KB142316

열일곱,
괴테처럼

열일곱, 괴테처럼

2016년 8월 8일 초판 1쇄 발행
지은이 · 임하연

펴낸이 · 김상현, 최세현
책임편집 · 김형필, 허주현, 조아라 | 디자인 · 임동렬

마케팅 · 권금숙, 김명래, 양봉호, 최의범, 임지윤, 조히라
경영지원 · 김현우, 강신우 | 해외기획 · 우정민
펴낸곳 · (주)쌤앤파커스 | 출판신고 · 2006년 9월 25일 제406-2012-000063호
주소 · 경기도 파주시 회동길 174 파주출판도시
전화 · 031-960-4800 | 팩스 · 031-960-4806 | 이메일 · info@smpk.kr

ⓒ 임하연(저작권자와 맺은 특약에 따라 검인을 생략합니다)
ISBN 978-89-6570-351-8(03810)

• 이 책은 저작권법에 따라 보호받는 저작물이므로 무단전재와 무단복제를 금지하며, 이 책 내용
의 전부 또는 일부를 이용하려면 반드시 저작권자와 (주)쌤앤파커스의 서면동의를 받아야 합니다.
• 이 책의 국립중앙도서관 출판시도서목록은 서지정보유통지원시스템 홈페이지(http://seoji.nl.
go.kr)와 국가자료공동목록시스템(http://www.nl.go.kr/kolisnet)에서 이용하실 수 있습니다.
(CIP제어번호:CIP2016017300)
• 잘못된 책은 구입하신 서점에서 바꿔드립니다.   • 책값은 뒤표지에 있습니다.

쌤앤파커스(Sam&Parkers)는 독자 여러분의 책에 관한 아이디어와 원고 투고를 설레는 마음으로 기다리고
있습니다. 책으로 엮기를 원하는 아이디어가 있으신 분은 이메일 book@smpk.kr로 간단한 개요와 취지, 연
락처 등을 보내주세요. 머뭇거리지 말고 문을 두드리세요. 길이 열립니다.

열일곱,
괴테처럼

임하연 지음

스스로를 천재로 만든 하연이의 '르네상스식 공부법'

쌤앤
파커스

창조 없는 공부가 괴로웠다. 그래서 선택했다

이 책은 내 열여섯부터 스무 살까지 5년간의 기록이다. 처음 이 책을 쓰기 시작하고 출간까지 몇 년이 더 걸렸는데, 20대 중반에 접어들어 다시 원고를 보니 과거의 내 어린 모습에 놀랍고 부끄럽고 쑥스럽다. 그렇지만 용기를 내서 독자에게 조심스럽게 다가가고 싶다.

미숙한 생각, 섣부른 판단, 서투른 선택, 이 모든 것들이 모여 지금의 나를 형성했기 때문이다. 그 과정을 깨끗이 공개해야 학생들이 나의 방황과 성장에서 위안을 받고 자신이 가지고 있는 선택지를 넓혀갈 수 있을 것이다. 과연 내가 훗날 완성된 상태에서 보여준다면 얼마나 큰 공감을 얻을 수 있을까? 학창시절을 갓 벗어난 상태에서, 진심을 잃어버리기 전에 왜곡 없이 온전히 전달하고 싶었다.

제도권 교육을 박차고 나오기 전까지 한국 학생이라면 공통적으로 안고 있는 문제를 끌어안고 나도 너무나 오랜 시간 고통받고 고민하고 번민했다. 온 나라가, 온 세상이 창조력, 천재성, 크리에이티브를 외치는데 정작 학교 안에 갇혀 있는 우리들에게는 왜 그걸 추구하는 게 허락되지 않는가? 지금의 나를 억누르고 이름 있는 대학에 가면 과연 지금 내 안에서 요동치는 폭발적인 창조성을 잃어버리지 않을 수 있을까? 그때까지 나는 창조의 생명력을 온전히 지킬 수 있을까? 내가 대학에 갈 때까지 재능과 영감, 무의식은 나를 과연 기다려줄까? 연기처럼 공중 속으로 사라져버리는 건 아닐까? 반복되는 시험, 성적 순위, 서열, 쫓기는 시간에 정신적으로 깊은 상처를 입은 채 나약한 어른이 되어버리는 것이 아닐까? 이 모든 것들이 몹시 두려웠다.

유학을 떠난다고 해결되는 것일까? 외국의 일류 명문대를 목표로 하고 있는 내가 운 좋게도 성공한다고 해도, 결국 방법론은 전혀 변하지 않았는데, 그런 내가 국제사회에서 무엇을 할 수 있을까? 어떻게든 학교에 남아 방법을 찾아보려고 무척 애썼다. 참고 참았으나 더 이상 견딜 수 없다고 느낀 시점이 다가왔고, 그때는 떠나야 함을 알았다. 그래서 미련 없이 떠났다.

그 후로 온전히 내 힘으로 학습체계를 통제하며 혼자서 지식과 지혜를 찾아 찾아가는 여행을 했다. 세월을 거스르는, 시간을 지배하는 창조력의 생산성은 어디서 비롯되는가? 근원적인 질문을 탐구했다. 왜 한국에서는 수많은 영재들이 천재로, 대가로 성장하지 못하고 사상되어버리는가? 그들에게 붙여졌던 수많은 찬사와 수식어는 이토록 허망한 것이었나?

남은 고등학교 시절을 독일 귀족이자 세계적 대문호 괴테의 18세기 교육과정을 비롯해 수많은 역사 속 천재들, 왕족들, 사상가들, 혁명가들의 기록을 뒤져가며 창조의 규칙을 배워나갔고, 빠르게 나 자신에게 적용해갔다. 숱한 시행착오를 겪으며 이루어나간 방법을 이 책을 통해 들려주고 싶다.

물론 이것이 옳은 방법이라고 주장하는 건 아니다. 그저 나를 지배했던 의문, 그리고 거기서 벗어나려고 몸부림쳤던 내 모습에서 만약 자신의 모습을 발견한다면 조금이나마 도움이 되고 싶을 뿐이다. 여리고 여린 마음을 갖고 끊임없이 발버둥치던 과거의 나를 바라볼 땐 웃음이 나오기도 하고, 가끔은 앙칼진 십대의 모습이 그대로 살아있어 현재의 내가 되돌아봐도 날카로워 베일 것만 같다. 하지만 불완전하지만 에너지를 갖고 있는 편이 완벽하지만 죽어 있는 것보단 낫다고 믿는다.

마무리를 하기에 앞서, 나는 아직 20대에 불과하고 미완성된 상태임을 말하고 싶다. 그러므로 이 책은 완성된 이야기가 아니며, 끊임없이 새로운 결말을 만들어낼 수 있다는 가능성을 열어두고 읽어준다면 더할 나위 없이 고마울 것 같다.

I.

초상화 말고 자화상

Self-portrait, not Portrait

1장

학교는 내가 원하는 곳으로 데려다주지 않았다

Self-portrait not portrait

A Little Princess

"엄마, 오늘 난생 처음으로 오페라를 보러 가게 되나요?"

"그래, 네가 드디어 일곱 살이 넘었으니 예술의 전당에 함께 가자꾸나."

"이모가 출연하는 오페라의 제목이 뭐예요?"

"베르디의 '라 트라비아타'야. 네가 늘 음반으로만 듣던 곡."

"귀로만 듣던 비올레타를 직접 볼 수 있다니 너무 기뻐요!"

갓 초등학교에 입학한 나와 엄마 사이에는 이런 대화가 오갔다.

엄마가 외출을 준비하는 동안 나는 작은 담비털이 달린 검정색 코트를 입고 인형머리처럼 굵게 말린 머리를 만지며 외출 채비를 했다. 그날 태어나서 처음으로 예술의 전당에 출입한 후, 발레와 클래식, 오페라, 공연, 미술 전시를 보는 것은 가족 정례행사가 되었다.

이탈리아와 폴란드에서 공부한 오페라 성악가 이모를 두고 있던 덕에 나는 자연스럽게 다섯 살부터 노래를 부르기 시작했다. 외갓집에서는 내가 첫 손녀였기 때문에 외할머니, 엄마와 이모는 나의 교육에 열성이었다. 걷는 자세부터 등허리 곧게 펴라는 가르침을 받았고 말투나 매너에 주의를 받았다. 하지만 엄격한 건 아니었다. 나는 모든 사랑을 독차지한 아이로 자랐다.

모두가 칭찬해주고 귀여워해준 덕분인지, 나는 초등학교 1학년 때 세종문화회관에서 열린 피아노타임스 콩쿠르에서 성악으로 전국 대상을 받았다. 오빠 언니들은 피아노며, 플루트며 다양한 악기를 연주했는데, 가장 어린 학생이 모두를 제치고 대상을 거머쥐었던 것이다. 나중에 알아보니, 당시 심사위원들이 최고로 꼽았던 것은 내 무대 장악력이었다. 열 살도 채 되지 않은 소녀가 사람들이 지켜보는 무대 위에서 떨기는커녕 환희에 넘치는 표정을 짓고 충분히 즐기고 있다는 느낌을 주었으니 말이다.

그 후로도 어른들은 내가 무대 체질이라는 말을 많이 했다. 커튼 뒤에서 바들바들 떨다가 무대 위에 나가는 순간, 갑자기 마음이 편안해지며 좌중을 압도할 수 있다는 자신감, 당당한 자세. 나는 사람들의 관심을 집중시키는 것에서 기쁨을 느꼈고 늘 주인공이었다.

그런 내게도 영웅이 있었다. 프랜시스 호지슨 버넷Frances Hodgson Burnett이 1905년 발표한 소설 《소공녀A Little Princess》였다. 주인공 사라 크루는 크루 대령의 외동딸로, 인도에서 자라다가 영국으로 건너와 일곱 살에 민친 선생의 기숙학교에 입학한다. 아버지의 죽음과 파산으로 하루아침에 공주에서 하녀로 전락하지만, 신분이 천해졌다고 해서 마음까지 천해지지 않는다. 끝까지 자신이 공주라고 상상하며 고귀함을 지키고, 특유의 상상력으로 재미있는 이야기를 지어낸다. 의연함으로 역경을 견뎠던 사라는 마침내 예전의 공주님으로 되돌아가 행복한 결말을 맺게 된다.

"모든 여자아이들은 공주예요."라고 말하던 사라의 기품 있는 태도를 경외감 어린 시선으로 바라보곤 했던 나는 가끔 내가 '소공녀'가 아닐까 상상하곤 했다. 사라처럼 지나치게 부유한 것도 아니었지만 삶 속에서 선물 받은 것이 많다고 여겼기 때문에 불평하지 않는 법을 배웠다. 간혹 어려운 일이 있더라도 엄살떨지 않고 누구도 꺾을 수 없는 고고함으로 살아간 내 또래 소설 속 사라 크루는 유년기 내가 원하던 모든 것이었다. '에밀리'라

이름 붙인 인형을 소유하는 것 외에도, 마음껏 상상력을 발휘할 수 있다는 점에서도 그녀와 동질감을 느꼈다.

"자, 이렇게 상상하자. 우리는 숲속에서 늑대와 자란 야생 소녀들이야." 친구들에게 내가 말했다. 서울 도심에서 벗어난 곳에서 자랐기 때문에 집밖을 벗어나면 바로 자연과 숲, 산을 곁에 두고 상상의 나래를 펼칠 수 있었다. 친구들을 이끌고 들판을 뛰어다니며 나무를 타고 위에서 놀면서 나는 나무와 대화를 할 수 있다고 진짜로 믿었다. 무언가를 상상할 때만큼은 나는 뛰어난 몰입을 보였다. 그림을 그릴 때나 성악을 할 때나 책을 읽을 때나 글짓기를 할 때 흠뻑 빠져 무아지경의 상태에 이르러 외부세계가 차단되며 완벽하게 내가 존재하고자 하는 세계에 있을 수 있었다.

이러한 환경에서 나는 낙천적이고 긍정적이며 쾌활한 성격을 갖게 되었다. 사랑한다는 표현을 아낌없이 듣고 자랐기 때문에, 어떤 형태로든 예술작품에서 받은 감동과 영감을 표현하는 것을 즐겼다. 이런 유년기의 기억은 성인이 된 후에도 내겐 일종의 방어막이 되어주어, 어떤 실패를 해도 패배감에 젖지 않고, 독기를 품는 게 아니라 바로 잊어버리며, 금방 털어내고 다시 밝아질 수 있게 했다.

열세 살이 채 되기 전에 나는 영어와 불어, 중국어를 술술 할 줄 알게 되었는데, 부모님은 제 나이에 맞지 않는 책을 너무 빠르게 닥치는 대로 읽는다고 걱정했다. 이를테면 엄마의 교육학 서적이나 아동심리학 책을 몽땅 다 읽어버리고는 엄마가 혼을 내는 상황이 닥치면 사뭇 심각한 표정을 지으며 "엄마, 엄마는 내게 그렇게 말하면 안 돼. 내가 이런 행동을 하면 어른은 이러이러하게 행동하는 게 옳거든. 책에 그렇게 쓰여 있었어."라며 도리어 엄마의 훈육을 지적했다.

이런 나를 동네 아주머니들은 관심의 대상으로 여겼다. 나의 일거수일투족을 궁금해하고 소식을 서로 전달했다. 지금 생각해보면 내가 특별히 예뻐서 그랬던 건 아니었던 것 같다. 나는 조금 특이했을 뿐이고, 영특한 편이었고, 매우 진지했다. 어느 순간부터는 나의 무대가 학교 교실이 되었다. 학교에서 나의 재능을 보여주는 일에 신났다. 그것은 일등이 되고 싶어서가 아니었다. 일등이 되어야지만 사랑을 받을 만큼 부모의 사랑이 조건적인 것도 아니었고, 바깥에서 인정을 갈구할 만큼 내면이 채워지지 않았던 것도 아니었으니 말이다. 그저 탁월함과 특별함을 보이는 게 너무 재미있었고 공부를 할 때든, 어떤 일을 할 때 자아를 잊어버릴 만큼 빨려드는 게 흥분되는 경험이었기 때문이다.

모든 것이 꿈만 같았다. 그러나 그때까지는 몰랐다. 내게 주어진 무대를 송두리째 빼앗기게 된다면, 결국 내 힘으로 재능을 펼칠 무대를 반드시 되찾아야 한다는 것을 말이다.

중학교에 들어가자 상황이 돌변했다. 마치 천덕꾸러기 신세로 전락한 것만 같았다. 모든 것이 성적으로 판단되었으니까. 재능 따위는 필요 없는 듯 보였다. 나의 잠재력이나 가능성을 칭찬하던 어른들도 돌변해서 중간고사 점수가 더 중요하다는 듯이 행동했다. 혼란스러웠지만, 상황이 이렇게 변한 거라면 기왕이면 철저하게 규칙을 따라서 성공하겠다고 결의를 다졌다. 사실, 고작 열네 살 중학생이 무슨 판단을 하고 무엇을 할 수 있었겠는가? 살아남느냐, 아니냐뿐이었다. 전교 석차가 더 중요한 그곳에서 자존심을 지키는 조건은 모든 재능을 포기해야 한다는 것이었고, 나는 기꺼이 내팽개쳤다. 현실이 어찌되었든, 학생의 본분은 공부였기 때문이다.

미국 대학으로 진학하기로 한 것은 일찍이 부모님과 합의를 봤기 때문에, 나는 유학에 대한 꿈을 키우며 각종 조기유학이나 해외 명문 대학 성공 수기를 섭렵했다. 어른들이 "나중에 커서 무엇이 될 거니?"라고 물어보면 "하버드 법대를 졸업하고 기업 인수 합병 전문 국제변호사가 될 거예요."라고 줄곧 당차게 대답하곤 했다. 물론 지금 돌이켜 생각해보면, 그게 정확하게 무엇을 하는 직업인지도 모른 채 매번 그렇게 대답했을 때 짐짓 놀라거나 대단하게 생각하는 어른들의 표정을 보고 안심했던 것 같다. 그러나 그럴수록 남들과 다른 특별함이 있다고 생각했던 나는 평범해져만 가는 것 같아 불안해졌다.

철저하게 현실적으로 변한 나는, 나름대로 열심히 계산했다. '우선 민족사관고등학교에 입학한 뒤, 하버드에 진학하는 걸 목표로 삼아야지.' 초등학교 6학년 겨울방학, 시험을 쳐서 당시에 민사고를 가장 많이 보낸다는 Y 학원 최상위 반인 민사반에 합격해 중학교 3년을 그곳에서 몽땅 보내게 됐다. 그곳은 지금까지 내가 겪었던 그런 곳이 아니었다. 학원 같은 반 아이들은 이미 중학교 1학년 때 고등학교 수학 진도를 나가고 있었고, 이에 자존심이 상했던 나는 다시 한 번 공부에 열의를 불태웠다. 그러나 원래부터 수학을 좋아하지 않았던 탓에 학교에서는 중간고사 기말고사 시험에서 100점을 맞아도 각 학교에서 전교 1등만 모이는 민사반에서는 늘 순위 밖에 맴돌기 일쑤였다.

어느 날, 몰라보게 많이 위축된 나는 조용히 교실 뒤에서 예전의 습관대로 혼자 책을 펼쳐 읽고 있었다. 그런데 백 명 남짓한 소수 정예반에서도 늘 일등을 도맡아 하던 한 친구가 나를 슬쩍 보더니 말 한마디를 건넸다.

"책 한 권 읽을 시간에 수학 문제 하나를 더 풀겠다."

그 말은 내게 잊을 수 없는 큰 상처였다. 그 순간 한가롭게 책을 읽는 것이 너무나 부끄럽게 여겨졌고, 슬그머니 책을 가방 속에 넣었다. 그리고 나머지 중학교 3년 내내 책 한 권을 읽지 않고 열심히 입시에 매달렸다. 내가 공부하는 기계로 전락했다는 걸 알아차렸을 때는 이미 늦은 뒤였다. 그 당시에는 그런 생각조차 할 여유가 없었다. 하지만 결국 중학교 3학년 막판에 민사고 토론대회를 학교 대표로 가서 우수토론자 상을 타고 돌아온 뒤, 내가 스스로 만들어놓은 허상을 쫓고 있었다는 것을 깨달았고, 지원을 포기했다. 직접 캠퍼스 땅을 밟아보고 그곳 고등학생들과 대화를 나눠본 후, 내가 꿈꿨던 것은 환상이었으며 현실은 그렇지 못하다는 걸 알게 됐기 때문이다. 그 뒤로 한 번도 생각해본 적 없던 외고에도 부리나케 지원을 해보았지만 이미 때는 늦었다.

　모든 것이 끝나고 잠잠해진 중학교 3학년 말 겨울, 3년 내내 학교 방송부 아나운서로 몸담고 있던 방송실에서 수업에 들어가지 않는 혜택을 얻어 하루 종일 숨어 지내곤 했는데, 이때 비로소 용기를 내어 학교 도서관에서 보이는 책 한 권을 뽑아 들어 읽기 시작했다. 그때 만난 책이 바로 힐러리 클린턴Hillary Clinton의 책이었다. 허망한 가슴을 뒤로하고, 실로 오랜만에 책 속으로 빨려드는 환희를 느낄 수 있었다. 나는 힐러리가 객관적으로 우등생이었고, 전교 수석을 한 학생의 몇 배의 노력을 기울였는데도 일등을 번번이 놓쳤다는 부분을 보고 그간 느꼈던 초라함과 비참함에 대한 상처를 치유받을 수 있었다. 그리고 힐러리가 존경하고 찬양해마지 않았다던 한 여성, 재클린 케네디 오나시스Jacqueline Kennedy Onassis에 눈길이 가기 시작했다.

미국 제35대 대통령 존 F. 케네디John F. Kennedy의 영부인이었던 재클린은 미국인들의 사랑을 한 몸에 받으며 '재키'라는 애칭으로 불린 영화배우를 능가하는 당대 최고의 스타였다. 케네디 가족은 미국인들에게 왕과 왕비의 재현이었고, 특히 재클린 여사를 여왕처럼 추앙했다. 뉴욕 상류층 프랑스계 가정에서 태어나 책과 승마를 사랑하며 자란 재키는 바사 칼리지Vassar College와 조지 워싱턴 대학을 졸업하고 결혼 전 신문기자로 활동했다. 남편의 암살로 백악관을 떠나 훗날 뉴욕 사교계의 대모로, 출판업계의 편집장으로 일하다가 세상을 떠났다. 지금까지도 그녀의 스타일과 문화 예술적 영향력은 회자된다.

순식간에 나는 그녀의 깊이를 알 수 없는 지성에 매료됐다. 시집과 예술, 역사 서적을 탐욕스럽게 읽었다는 그녀의 독서법은 지난 중학교 3년의 입시 공부가 천박하기 짝이 없다고 느껴지게 만들었다. 성적만 좋았을 뿐, 어린 시절 지니고 있던 지적 재능은 이미 불구가 돼버렸다고 여겼기 때문이다. 내가 여태까지 받은 교육은 똑똑한 척을 하게끔 만들 뿐, 지적 사고를 전혀 작동할 수 없게 만들었다. 지나치게 석차에 매달린 나머지, 나는 스스로 정신병을 앓고 있다고 판단할 정도였다.

그런 내 눈에 재클린의 모습은 그 누군가를 연상시켰다. 바로 내 유년기 영웅이었던 소공녀 사라였다. 사람들은 자신의 영웅을 닮아간다고들 한다. 나는 영웅을 잊어버림으로써 나 자신을 잃어버렸다. 두 여성 모두 자신을 강하고 품위 있게 지켜냈다는 점이 공통적이었다. 한 명은 소설 속 인물이고, 한 명은 역사 속 인물이라는 게 다른 점이었다. 나는 한층 더 고상한 정신세계에 사는 듯한 그녀를 동경하기 시작했다. 그리고 아름답고 순수했던 본모습을 되찾아야겠다고 결심했다. 무방비로 한국 학교에 내동댕이쳐진 힘없는 아이에 불과했지만, 이제부터는 나 자신이라는 왕국을 온전히 세워 다스려 나가야겠다고 다짐한 것이다.

수많은 신동들, 그리고 잊혀짐

나는 특목고와 외고 입시에 실패하고 내가 전형적인 엘리트가 될 수는 없음을 깨달았다. 나의 지적 관심사를 포기하면서까지 대학 입시에 매달리는 게 의미 없다는 느낌이 자꾸만 강하게 들었다. 그러나 아직까지 내가 원하는 것이 정확하게 무엇인지 몰랐기 때문에 무조건 아이비리그에 가야 한다고 마음을 정리하려 애를 썼고 더욱 이 목표에 집착하게 되었다. 이러한 마음속 갈등은 고등학교 3학년 마지막 순간까지도 심했다. 한 사립여고에 진학했지만 아이비리그에 진학해야겠다는 생각에는 조금도 흔들림이 없었다. 홀로 떨어진 섬처럼 학교에서 모두와 다른 길을 묵묵히 가야만 한다는 점은 감수할 자신이 있었다.

나는 당시 스탠퍼드 출신의 강남의 한 유학원 원장님께 시간
당 수십만 원에 이르는 고액 과외를 받고 있었는데, 주로 셰익
스피어의 시를 읽고 분석하는 작문 지도였다. 그 분은 적지 않
은 수의 하버드와 프린스턴 합격자들을 지도한 경력이 있던 분
으로, 압구정동 학부모들의 성화에 못 이겨 강남역에서 압구정
으로 학원을 옮겨야 했을 만큼 유능한 실력자였다. 나는 어떻게
내 갈 길을 가야 하는지를 잘 알고 있었기 때문에, 외롭지 않
고 착실하게 준비하면 문제 될 게 없다고 생각했다. 그래서 학
교에서도 기죽지 않고 내신 공부를 할 것 하면서 남들과는 차별
화된 특별 활동을 하기 위해 치밀하게 준비를 해나갔다.

그렇게 일반 여고에 입학하고 분주하게 시간을 보내던 어느
날, 원어민 교사가 가르치는 시간에 어김없이 교과서 대신 SAT
문제집을 책상에 펼쳐놓고 풀고 있었다. 학교 영어 수업은 어차
피 한참 수준이 떨어졌기 때문에 시간이 아까웠던 나는 그 시간
에 미국 대학 입시를 준비하는 데 할애했다. 옆에서 같은 반 친
구들이 웃고 떠들며 기초적인 영어 대화를 하는 것을 들은 체
만 체, 한참 고개를 파묻고 공부를 하다가 고개가 뻐근해 목을
뒤로 젖히고 잠시 눈을 감았다. 어렸을 때부터 모국어와 다름없
는 영어에 가만히 귀를 기울였다. 눈을 깜빡이며 다시 SAT 문
제집에 집중하려는 찰나, 영어 교실 책장에 꽂힌 《생각의 탄생
Sparks of Genius》이라는 책을 멀끔히 쳐다보았다. 어떤 기운에 끌렸

는지는 모르겠으나, 나도 모르게 손을 뻗어 그 책을 뽑아 들고는 심드렁한 표정으로 아무 생각 없이 훑어 내려가기 시작했다.

그런데 쿵. 심장이 멎는 것만 같았다. 갑자기 온 세상의 시간이 멈추고 바깥풍경이 차단되며 책 속으로 빨려 드는 것만 같았다. 엄청난 비밀을 발견한 나는 너무나 흥분이 되고 가슴이 뛰어 책장을 넘기는데 손이 바르르 떨렸다. 마치 책을 훔치기라도 하듯 잽싸게 대출하고 가슴에 품고 집에 돌아와 읽기 시작했다. 그 책에는 놀랍도록 명확한 창조의 비밀이 숨겨져 있었다. 위대한 작가 버지니아 울프와, 그녀의 재능과 역사적 위치의 발끝에도 따르지 못한 케임브리지 출신 우등생 아버지의 비교가 담긴 부분을 눈으로 빠르게 훑어 내려갔다.

"작가 버지니아 울프의 회상에 따르면 (케임브리지 출신의) 아버지 스티븐은 철학자로서도 작가로서도 항상 패배의식을 안고 있는 사람이었다. 그는 학문적으로 눈부신 성취를 이루었지만 정작 딸에게는 자신이 그저 그런 아류 지성인에 불과했음을 고백했다고 한다. … 이와 대조적으로 울프는 괄목할 만한 문학적 성취를 이룩했다. 그녀의 작품은 문장력이 뛰어났을 뿐 아니라 문학적으로도 대단히 혁신적이었다. 아버지가 한계와 진부함 속에 머물러 있었다면 그녀는 역대 어느 작가보다도 모험적이고 창의적이었다. 아버지가 대학에 보내주지 않았을 때만 해도 울프는 좌절감 속에서 하루하루를 보냈다. 하지만 그녀는 정규 교육에 얽매이지 않고 독학을 했던 것이 결과적으로 가치를 따질 수 없을 정도로 귀한 것이었음을 뒤늦게 깨닫게 된 것이다."

너무나 충격적이었다. 무언가에 홀린 듯 미친 듯이 이 구절을 반복해서 머릿속으로 중얼거렸다. 나는 눈물을 흘렸다. '버지니아 울프의 아버지처럼 되고 싶지 않아. 버지니아 울프가 되고 싶어. 아무도 기억하지 않는 사람으로 남고 싶지 않아. 케임브리지를 나온 수천 명 학생 중 하나처럼 흔적도 없이 사라지고 싶지 않아. 정말이지 그렇게 되고 싶지는 않아.'

그러나 나는 잘 알았다. 아주 정확하게 200년이 지난 현재 한국이라는 나라에서 버지니아 울프의 아버지인 레슬리 스티븐이 열일곱 살 때 영국 케임브리지에서 공부했던 방식을 내가 그대로 답습해서 하고 있다는 것을 마음 아프지만 뼈저리게 인정할 수밖에 없었다.

목표가 서울대에서 하버드로 옮겨졌을 뿐 사실 미국 명문대 입학 준비생들의 방식이 다르지 않음을 누구보다 잘 알고 있었다. 초등학교 때까지만 해도 나는 학교 성적을 유지하는 것 외에도 독서를 비롯해 미술과 음악과 관련한 전국 대회에서 수상할 만큼 다방면에 관심을 기울였다. 하지만 중학교에 들어오면서부터는 특목고 입시를 위해, 또 고등학교에 입학하고서는 바로 아이비리그 입학을 위해 사춘기를 저당 잡혀 있었다.

학교에서 매겨지는 등수와 성적은 나의 명예와 직결되어 있었고 나는 나의 다른 자질과는 상관없이 조금이라도 등수와 성적이 떨어지면 수치심이 들었다. 이러한 회의감이야 이대로만 간다면 그토록 원하던 하버드에 진학할 수 있을 거란 생각에 억누르면 되는 것이라 생각하고 있었던 나였다. 하지만 이 책과의 만남 이후에 이르러 아주 어렸을 때부터 가슴 깊은 곳에서 간절히 원하던 것은 '실패한 지식인의 전형'이 되는 것이 아닌 역사 속에서 찬란하게 빛나는 이름이 되는 것이라는 생각을 하기 시작했다.

천재와 엘리트의 차이

역사학자 루트번스타인Root-Bernstein 부부가 쓴 "창조의 교과서"라 불리는 《생각의 탄생》을 접하게 된 건 운명과도 같은 일이었다. 마치 나의 간절함과 필요함이 자석처럼 끌어당긴 것만 같았다. 나는 목 타는 갈증을 느끼기 시작했고 마구잡이로 이와 비슷한 창조력에 대한 책을 찾아보기 시작했다. 그렇게 읽게 된 《열정과 기질Creating Minds》, 《괴테와의 대화Conversations with Goethe》를 더한 3권의 책은 내 삶을 통째로 바꿔놓는 계기가 되었다. 실제로 나는 홈스쿨 성적 리포트 커버레터에 '내 홈스쿨링 전반의 철학을 아우르는 책'이라고 적어 대학 측에 제출하기도 했다.

그 첫 번째 책《생각의 탄생》에서 나의 마음을 잡아 끈 또 다른 부분은 알베르트 아인슈타인Albert Einstein에 대한 것이었다. 나는 으레 아인슈타인이 물리학 문제를 푸는 데 복잡한 수학 공식과 이론을 통달했을 것이라 생각했다. 그러나 실제로 그가 수학을 그리 잘하지 못했던 것을 알고는 적지 않은 충격을 받았다. 루트번스타인은 "아인슈타인의 동료들은 그가 상대적으로 수학에 취약했으며, 자신의 과업을 진척시키기 위해 수학자들의 도움을 자주 받아야 했다고 말한다. 실제로 아인슈타인은 친구에게 보낸 편지에서 '수학이 애먹인다고 걱정하지 말게. 나는 자네보다 훨씬 심각하다네.'라고 썼다."고 적었다. 아인슈타인은 스스로 수학에 자질이 부족하다는 것을 알고 많은 수식들을 그의 친구들에게 부탁해서 수식화했다고 한다.

갑자기 가슴이 아려왔다. 그동안 나는 수학을 극복하려고 너무나 많은 애를 써왔다. 중학교에 올라와서 전교 석차에 오르기 위해 새벽 두 시까지 졸린 눈을 비벼가며 잠을 자지 않고 수학 문제 풀이를 했다. 내가 원하는 것을 이루기 위해서는 가장 먼저 좋은 대학에 가야 하고, 그러기 위해서는 수학을 공부해야 한다는 논리로 나 자신을 억누르며 스스로를 학대해왔던 것이다. 그러나 아인슈타인은 처음부터 스스로 수학에 뛰어난 재능이 없다고 느꼈기 때문에 이 분야 강의를 일부러 맡지도 않았을 뿐 아니라 연구도 계속하지 않았다. 나는 내 방식의 공부가 옳은 것인지, 그른 것인지에 대해 판단할 여유조차 없었다. 당장 이루어야 할 목표가 있었기 때문에 그것을 방해하는 모든 장애물들은 버려야 했고, 그 장애물이란 바로 내가 사랑하고 좋아했던 독서와 예술이었다. 나는 이것들을 극복하지 못한 내 의지를 탓했고, 더 강해지라는 주변 사람들의 부추김에 잠을 줄이려고 노력했다. 그렇게 결국 한창 자랄 나이에 잠을 자지 않고 몸을 혹사시킨 탓에 성장이 멈추기도 했다. 정신이 쇠약해질 때마다 의지했던 책들은 하나같이 나보다 서너 살 많은 또래의 선배들이 밤을 지새우고 먹는 시간까지 줄여가며 공부를 해서 못하는 과목을 '정복'해 '좋은 대학'에 들어가는 류의 책이었다. 이 책들은 마치 마약과 같아서 힘들 때마다 서점에서 한 권씩 사서 방에 쌓아두곤 했는데, 이런 '꿈을 향한 도전기' 종류의 책들은 단기적으로 자극을 주어 다른 학교 영재반 학생들과 서로 격려하며 한 문제라도 더 맞추기 위한 결의를 다지는 데 제격이었다.

그러나 시간이 흐를수록 내 성격은 변해갔다. 사람은 어떻게 사느냐에 따라 성격이 변하는 것 같다. 내 공부법이 독해지면 독해질수록 내 성격도 독해져만 갔다. 사소한 일에도 예민해졌고 신경이 날카로워 엄마와 부딪히는 일이 많아졌다. 나보다 잘하는 친구를 보면 질투심이 생겨 어떻게 공부를 하는지 유심히 살펴보면서도 절대로 마음을 열고 다가가는 법이 없었다. 나는 쉬는 시간 10분이 아까워 자투리 시간을 이용해 열심히 집에서 가져온 수학 문제를 풀었고, 자율학습 시간에는 수학올림피아드 수업을 들으며 엄마가 픽업하러 올 때까지 밤새 공부를 하곤 했다. 학교에서 돌아오는 길에 엄마가 운전하는 차 안에서 잠깐 눈을 붙였을 뿐, 이를 악물고 시간을 쪼개서 극복한 뒤 성공하는 것 말고는 그 어떤 관심도 없었다. 그것이 나를 비롯한 모든 우등생들의 성공 신화였고 공식이었기 때문에 나는 일종의 강박관념에 사로잡혀 있었던 듯하다.

그런 생활을 3년쯤 계속하고, 중학교를 졸업한 후 나는 나 자신을 완전히 잃어버려서 기억조차 할 수 없는 지경에 이르렀다. 내가 누구인지, 내가 뭘 좋아하는지, 나는 나 자신을 표현할 수 있는 글 한 자도 쓰지 못하게 되어버리고 만 것이다.

그런데 그때, 《생각의 탄생》은 위대한 창조적 천재로 추앙 받는 알베르트 아인슈타인이 수학을 못했다고 말하고 있었다. 이게 말이 되는가? 내가 알아왔던 천재들은 학원 같은 반에서 대학교 수학도 척척 풀어내는 친구들이었고, 한국영재수학올림피아드 같은 곳에서 금상쯤은 우습게 받아 든 친구들이었다. 또 그렇게 함께했던 민사반 선배들이 MIT에 합격하고 스탠포드에 합격했다는 소식을 들을 때마다 나도 더 분발해야겠다는 조급한 마음이 들었을 뿐이다. 그런데 그때 만났던 '진짜 천재' 아인슈타인은 달랐다. 위대한 과학자가 되기 위해 응당 밟아야 한다는 절차 같은 건 없었다. 그는 김나지움Gymnasium을 좋은 성적으로 졸업하지도 못했고 스위스 취리히 공대 입학마저 실패해서 다시 공부를 해서 들어가야 했다. 어린 아인슈타인이 어떤 입직을 이룰지 알 도리가 없던 당대인들은 당연하게 그를 실패한 사람으로 여겼을 것이다. 나는 한국 사회에서 천재라는 단어가 남용되고 있으며, 사람들은 무엇이 천재의 의미인지도 모른 채 갖다 붙인다는 사실을 깨닫고 있었다.

루트번스타인은 《생각의 탄생》에서 미국의 명문대에 재학 중인 한 대학생의 예를 든다. 학생은 물리학 시험에 나온 토크toque 문제를 수학 공식을 이용해 풀었으나 정작 자신의 머릿속에 있는 이론과 자신이 겪고 있는 실제 세계의 물리학적 경험을 연결시키지 못한다. 이에 대해 루트번스타인은 말한다. "존은 그저 방정식의 환상을 보았다고 해야 할 것이다. 그에게 그런 수학 문제들은 실생활에 존재하지 않았다. 자신이 지닌 엄청난 지식과 계산 능력을 일상에서의 행동과 결부시킬 수 없었다. 환상은 실재와 연결되어 있지 않았다. 불행하게도 많은 학생들에게 공부와 실제 생활은 이처럼 별개다."

이른바 '천재들'이라 불리긴 하지만 무언가를 현실에 적용하는 데에는 속수무책인 미국 일류대 학생들에 반해 아인슈타인은 자신이 호기심이 가는 분야에 천착하고 나머지는 이를 해결하는 데에 필요한 수학 공식들은 수학자들에게 물어봄으로써 수학에 시간을 낭비하지 않았다. 나는 이를 통해 큰 교훈을 얻었다. 모든 것을 잘하기 위해 엄청난 노력과 시간을 쏟아 붓는다 해도 결국 내가 정말로 좋아하고 재미있어 할 수 없다면 결코 최고가 될 수 없다는 것을. 나는 이미 오랫동안 '학교에서 배우는 것들이 과연 훗날 정말로 써먹을 수 있는 것들일까?'라는 회의감에 젖어 있었다. 그런데 정말로 창의적인 천재라 불리는 사람들은 뭔가 다른 방법이 있는 것 같았다. 또한 입시에 치열했던 선배들이 일정 기간 동안 '천재'라는 타이틀을 거머쥘 수는 있을지 몰라도, 인류에 기여하는 업적을 남기는 '천재'들과는 근본적으로 다르다는 것을 깨달았다. 나는 한때 나 자신을 극복해야 된다는 아집으로 오랫동안 나를 괴롭혀왔지만 내가 할 수 없는 일에 대해서 애써 노력하지 않아도 된다는 걸 배웠다. 내가 부족한 것을 인정하고, 내가 진짜 좋아하는 일을 찾아 하는 것. 이제 나는 다시, 내가 잘하는 것들 곁으로 돌아가기로 마음먹었다.

길들여지지 않는 야생성

여태껏 몰랐던 세상의 비밀을 알게 된 듯한 기분에 취해, 나는 무엇이든 닥치는 대로 읽고 보고 생각하기 시작했다. 한번은 남동생 방에 놓여 있던 축구선수 박지성과 크리스티아누 호날두의 자서전을 그 자리에서 읽기 시작했다. 도통 축구에 흥미가 없던 내가 갑자기 이 두 사람에 대해 알아보고자 했던 것은 '왜 같은 최고의 팀 안에서도 함께함에도 엄청난 몸값의 차이가 날까?' '한국 사람 중에서는 그래도 박지성이 최고의 선수인데, 그가 더 큰 세계적인 선수로 발전하는 데 어떤 한계가 있었던 것일까?'와 같은 호기심 때문이었다.

나는 내친 김에 박지성과 호날두를 비교하는 4쪽짜리 보고서를 작성해보기도 했다. 그런 면에서 박지성 선수의 아주 솔직한 책《더 큰 나를 위해 나를 버리다》는 내가 배움을 얻는 데 많은 도움이 되었다. 예컨대 양쪽 발을 모두 일정하게 쓰도록 요구받았던 박지성은 자신과 맨유 동료들을 비교하면서 "오른발을 써야 한다는 스트레스 때문에 왼발의 재능을 양발로 나눠야 하지 않았을까요?"라고 적었다. 이어서 그는 "너무 틀에 박혀 살아온 게 후회가 됩니다. 내 발전에 큰 장애물이었던 것처럼 여겨집니다. 가끔은 친구들과 함께 스릴 넘치는 일탈을 했더라면…"이라며 아쉬움을 털어놓으며 유럽에 개성 있는 선수가 많다는 사실을 부러워했다. "루니와 호날두 같은 대형 스타들은 지금도 여전히 사고를 치곤 합니다. 그들의 '길들여지지 않은 야생성이 부럽습니다. 어디로 튈지 모르는 자신만의 개성이 넘치고, 자기 의사 표현이 확실한 성격을 지닌 선수들은 축구장에서도 예측

하지 못하는 플레이를 펼치곤 합니다.”

내가 부쩍 고민을 하기 시작한 것은 나보다 앞서 조기 유학을 가고 아이비리그에 진학한 선배들의 소식을 듣거나 뉴스로 접하게 되면서부터였다. 내가 초등학생일 때는 한국에 한창 조기 유학 붐이 일던 시기였고 각종 외고와 자사고에 해외 유학반이 신설되며 ‘서울대보다 하버드’를 겨냥하는 학생들이 부쩍 많아졌다. 세계 최고가 되고 싶었던 나는 하버드에 입학한 한국 학생들이 책을 내고 인터뷰를 할 때마다 자극을 받으며 저곳에 들어가는 것이야말로 세계 최고가 되는 길이라 생각했다. 그런데 내가 중고등학교를 다니며 몇 년이 지난 후 한때 모든 학부모와 학생들의 주목을 받았던 ‘천재’들이 아이비리그에서 적응하기 힘들어한다거나, 졸업 후 뭔가 좀 더 글로벌한 일을 하지 못하고 한국으로 리턴하는 모습을 보며 실망했다. 더구나 어떤 선배들은 여름방학 때마다 한국에 들어와 SAT 학원에서 강사 아르바이트를 한다는 사실을 알고는 충격을 금치 못했다. 세계 최고 엘리트라면 좀 더 의미 있는 일에 시간을 쏟을 것이라 믿었기 때문이다. 나는 하버드에 입학하는 동시에 모든 사람들의 동경과 부러움의 대상이 되는 걸 보며 전 세계 사람들이 모두 아는 대단한 인물이 한국에서도 탄생할 것이라 믿었다. 하지만 몇 년이 지난 후 보니, 그게 아니었다. 그러면서부터 내적 갈등으로 나는 혼란스러웠다.

나는 박지성 선수의 말을 새겨듣기로 했다. 내가 단순히 외국에 나간다고 해서 한국에서 체득한 시스템을 버리지 않는다면 그가 경험한 장벽을 다음 세대인 나 또한 깨지 못할 것이라 생각했기 때문이다. 박지성은 축구밖에 몰랐고 자기 자신을 통째로 내주었다. 그러나 호날두는 끝까지 자신을 잃어버리지 않았다. 축구를 사랑하지만 또 다른 자기만의 삶이 있었다. 그는 연습에만 매달리는 게 아니라, 수영도 하고, 게임도 하고, 모든 것을 놀이처럼 즐기면서 했다. 내가 여태까지 받은 교육은 박지성과 마찬가지로 한 가지 목표, 즉 입시를 위해 모든 것을 버리라는 것이었다. 그것이 가족과의 추억이든, 친구들과의 우정이든, 현재 나 자신의 행복이든 말이다. 그렇게 대학이라는 목표를 담보로 나 자신을 내어주었던 것이다. 그러나 이제는 이렇게 해서는 안 된다는 것을 깨닫고 나 자신을 지키는 방법을 선택하기로 했다. 내 안에 살아 숨 쉬는 날 것 그대로의 나를 지키기로 결심했다. 이건 생존 본능이나 다름없었다.

오랜 고민 끝에, 나는 겉으로 보기에 안전하고 흠 잡을 데 없는 이 길이 결국 내가 원하는 곳까지 나를 데려다주지 않는다는 걸 깨달았다. 울퉁불퉁해 보이고 불안정해 보이지만 더듬더듬 보이지 않는 미래를 손을 뻗어 진짜 자신만의 길을 찾아가는 것이 훨씬 더 멀리 갈 수 있는 것이다.

다른 예를 들어보자. 20세기 가장 위대한 패션 디자이너라 불리는 코코 샤넬Coco Chanel은 정작 디자인을 할 줄 몰랐다. 그녀는 간단한 모자 하나도 제대로 그리지 못할 만큼 데생 실력이 형편없었고 재단 기술 또한 고아원에서 배운 그저 그런 정도의 실력이었다.

그러나 그건 그녀에게 전혀 문제가 되지 않았다. 대신에 샤넬은 모델들을 세워놓고 직접 바느질을 해가며 조각하듯이 옷을 완성했다. 샤넬에게는 시각적인 재능이 있었고, 그녀는 그것을 이용해 자신의 단점을 채워냈다. 그는 자신이 원하는 것만 자신의 인생에 허용하고, 원하지 않는 것은 무시해버리는 놀라운 능력을 소유하고 있었다. 만약 한국에서 디자이너가 되고 싶어 하는 학생이라면 어땠을까? 명문 패션스쿨에서 요구하는 포트폴리오 완성을 위해 선 긋기 연습부터 다시 하라고 강요받을 것이다. 그리고 그 학생이 자신의 단점을 열심히 메우는 시간 동안 본래 가지고 있던 독특함은 발휘되지 못하고 평범해져 버릴 것이다.

성공에 이르는 길은 과학이 아니라 예술이다. 모든 걸 제대로 했는데도 아무것도 얻지 못하는 일이 빈번한 반면, 무언가 변변치 않아 보이지만 결국 모든 걸 얻게 되는 경우가 있다. 세련되어 보이지 않더라도 내 안에서 길들여지지 않은 야생성과 본능으로 온전히 나의 장점을 극대화시켰을 때 비로소 한 차원을 뛰어넘을 수 있다. 나는 그 느낌을 정확하게 집어내는 감을 기르고 싶었다.

그래서 마인드 셋을 달리하기 시작했다. 여태까지 나는 '아이비리그 대학들을 만족시킬 만한' 활동들을 하느라 몹시 지쳐 있었다. 온통 어떻게 하면 남들과 차별화되는 이력을 만들까 하는 궁리뿐이었다. 시민단체를 설립하기도 하고 새터민을 돕는 봉사활동도 했다. 그러나 소모되는 기분을 지울 수 없었다. 나는 열정을 가지지 못했고 그런 나에 대해 자괴감을 느끼며 자책하고 좌절했다. 사람들이 마땅히 해야 한다고 생각하는 일에 얽매일 필요도 없고, 사람들이 생각하는 일반적인 길로 가야지만 성공이 보이는 것이 아님을 깨닫고, 나는 오히려 그러지 못할 때 창의적인 삶의 생명력이 터져 나오고 극적인 삶을 살아가게 될 수 있다는 것을 알게 되었다.

나는 점차 내가 진정으로 행복감을 느끼는 일에만 집중하기 시작했다. 나는 나를 쌓아가는 과정에서만 흥미를 느낄 수가 있었다. 그래서 이를테면 문학과 예술, 철학을 제외한 내가 가고자 하는 길에 방해되는 모든 것들을 냉정하리만치 쳐내기 시작했다. 나는 내가 인정하는 내가 되고 싶었고 단점을 애써 잘 숨기며 고만고만하게 살기 싫었다. 턱없이 부족한 면을 비난받더라도 나만의 그 무언가로 특별한 사람이 되고 싶었다. 그리하여 서서히 내 안에 길이 들여져 있는 모습들을 모조리 물을 빼고 어린 시절의 날 것 그대로의 모습으로 야생성을 드러내기 시작했다.

나는 국제적이고, 창조적인 사람이 되고 싶었다. 이렇게 되는 것이야말로 내가 갖고 있는 태생적 한계를 극복할 수 있는 유일한 방법이라는 생각이 들었기 때문이다. 그런데 방법을 몰랐다. 그래서 무언가 섣불리 만들어내는 작업보다는 도대체 어떻게 해야만 그러한 위치에 도달할 수 있는지 먼저 공부를 해보기로 마음을 먹었다. 나에게 두 번째로 운명처럼 다가온 지침서가 되어준 책은 하버드대 교육심리학 교수 하워드 가드너Howard Gardner의 책 《열정과 기질》이었다. 우연한 기회에 접했던 한 국내 대기업 여성 회장의 인터뷰에 그 책 내용이 언급되어 읽게 되었다. 누군가의 삶에서 힌트를 얻는 것, 그게 바로 내가 어렸을 때부터 일관되게 가지고 온 배움의 자세인 것 같다. 또 필요하다고 절실히 느꼈기 때문에 운명적으로 이러한 책들이 줄지어 찾아온 게 아닌가 싶다.

이 책에서 가드너 박사는 천재적인 재능을 보이는 인물들이 독립성과 자신감, 관습에 얽매이지 않는 태도, 기민함, 기꺼이 무의식에 내맡기는 경향, 일에 대한 집중력 등의 성격적 특색을 다른 일반인들에 비해 훨씬 풍부하게 갖고 있다는 사실을 지적한다. 아마 이러한 성격을 지닌 사람들이 창조적인 업적을 이루는 것인지, 아니면 창조성을 인정받은 결과로 이와 같은 긍정적인 성격을 드러내는 것인지는 분명치 않다고 그는 말한다. 나는 본능적으로 느낄 수 있었다. 바로 나 또한 이러한 면들을 가지고 있다는 것 말이다! 오랜 시간 한국식 교육에 나를 맞춰가며 이러한 기질들이 많이 마모되었지만, 분명히 내 깊은 속 안에 이러한 면들이 있었다는 것을 알고 있었다. 나에게 천재들이 어떤 결과물을 인정받음으로써 이러한 성격이 나타날 수도 있다는 말은 의미가 없었다. 나는 우선 나의 성격을 변모함으로써 성과를 만들어내는 방법을 선택했다.

가드너 박사는, 창조적 인물이 유년기의 통찰과 감정 그리고 경험을 생산적으로 활용하는 면에서 두드러진 모습을 보인다고 말한다. "아주 어린 시절에 축적해놓은 자원을 파헤치는 것은 바로 현대가 부과한 짐인 것이다."라고 설명한다. 나는 그가 알려준 대로 그대로 실행하기 시작했다. 나는 내 삶의 태도를 바꿀 수 있는 이론만 소화했다. 허상에 떠도는 이론은 무의미했다. 나는 천재성이라는 낭만적인 이미지를 걷어낸 가장 객관적이고 신뢰할 수 있는 교육학자와 역사학자들의 책을 읽으며 조금씩 그 방법을 터득해나갔고 나에게 바로 적용시켰다. 나는 중학교와 고등학교 때 일등이 되지 못했던 반복적인 성적 부진을 겪으면서 점점 신경질적이고 자신감을 잃어갔고, 꿈 많고 창조적이었던 나의 어린 시절을 잠시 잃어버렸다. 그러나 이제는 내 안의 어린아이를 되찾아야 함을 깨달았다. 바로 자리에 앉아 내가 기억할 수 있는 시점부터 현재까지 내가 제일 좋아했던 소설, 영화, 드라마, 책, 사람들을 하나씩 적어나가기 시작했다. 훗날 이 종이 리스트에 적은 어린 시절의 경험과 기억이 나의 홈스쿨 프로그램을 짜는 기반이 되었다.

나는 이 책에서 저자가 창조적인 거장들은 일반인들과 달리 어린아이와 같은 관점으로 세상을 바라본다는 것을 지적하는 부분에서 많은 것을 느꼈다. SAT1 점수를 걱정하고, SAT2는 3개를 봐야 하는 둥, 2개를 봐야 하는 둥, 일반고를 다닌다면 6개 정도는 봐줘야 한다는 둥, 토플 점수를 110점을 넘기려면 삼성역 어디 학원을 다니는 게 좋다는 둥, 입학 허가 에세이는 어떤 유학원에서 잘 봐준다는 둥, 내신등급은 어느 정도로 유지하면 좋다는 둥, 나는 십대에 불과했지만 세상살이를 어떻게 해나가야 하는지 훤히 꿰뚫고 조건들을 읊어대는 매우 '현실적인' 학생으로 변해 있었다. 하지만 그러는 사이, 나는 내가 정말로 원하는 것에 대해 생각할 겨를이 없었고, 종국에는 내가 정말 원하는 것이 무엇이었는지 잊게 되었다. 남들이 보기에 내가 천재들에 대해 공부를 하고 연구를 시작한 것이 '시간 낭비' 또는 '이상적'이라고 보일 수도 있었겠지만, 나에게는 이것이야 말로 내가 궁극적으로 원하는 국제적이고 창의적인 사람이 되기 위한 더없이 현실적인 공부가 되었다. 나는 다시 순수한 눈으로 세상을 바라보기 시작한 것이다.

가드너 박사는 어떤 사람이든 개인의 내부에 어떤 분야의 대가가 될 소질을 가지고 태어나는데, 이것만으로는 창조성이 발휘되는 성인으로 성장해가지 못하고, 반드시 소질을 발견하고 키울 수 있는 환경이 마련되어야 한다고 강조한다. 나는 중학교를 졸업하며 특목고에 진학한 학원 친구들을 보며 이런 점을 뼈저리게 느꼈다.

나와 초등학교 때부터 같은 학교 같은 반, 같은 학원 같은 반을 다니며 선의의 경쟁 상대이자 초등학교, 중학교 내내 가장 친한 친구였던 K가 생각난다. 초등학교 6학년 3반, 반에서 활발하고 떠들썩하게 친구들과 어울리는 것을 좋아하는 나와 달리, K는 늘 조용히 자기 자리에 앉아 헤드폰을 끼고 영어 숙제를 하는 타입이었다. 나와 K는 늘 묘한 경쟁관계에 있어 서로를 흘깃흘깃 쳐다보며 서로가 무슨 공부를 하는지를 지켜보기도 했다. 그러던 어느 날 학원버스를 기다리는 버스정류장에서 K가 당시에 값이 꽤 나갔던 소니 워크맨을 들으며 〈틴타임즈〉 영자신문을 읽는 걸 보고, 그날 바로 엄마를 졸라 똑같은 신형 워크맨과 〈주니어헤럴드〉와 〈틴타임즈〉 두 개를 구독할 만큼 K는 가장 친한 친구이자 늘 서로에게 좋은 자극을 주는 라이벌이기도 했다. 담임 선생님은 반에서 가장 글짓기를 잘한 사람으로 나와 K를 꼭 함께 뽑았는데, 나는 화려하고 매력적인 문체로 표현한 반면, K는 섬세하고 간결한 문체를 썼다고 서로의 스타일이 얼마나 다른지를 말씀해주시곤 했다. 이때만 해도 우리는 또래에서 가장 뛰어나고 영특한 아이들이라는 자부심으로 같은 우상을 공유하며 큰 꿈을 갖고 있었다.

초등학교 때 전교 1, 2등 석차를 다투던 나와 K의 상황은 중학교에 들어가자 많이 달라졌다. K는 줄곧 중학교에서 전교 5등 안에 들었고, 나는 전교 10~20위를 맴돌았다. 나는 암기과목에서 뛰어난 성적을 내지 못했다. K는 민사고를 갔고, 나는 지원 자체를 포기했다. 그런데 민사고에서 한 달에 두 번 주말마다 돌아올 때 만나는 K를 볼 때마다 안타까운 마음이 들었다. K는 민사고에서 너무나 뛰어난 상대들을 만났고 자신이 더 이상 최고가 아니라는 자괴감에 괴로워했다. 나는 K가 자신의 페이스를 잃지 않고 남들을 개의치 않고 지내기를 바랐지만, 한편으로 K가 지나치게 경쟁이 치열한 곳에서 그런 생각조차 할 여유가 없다는 것도 느낄 수 있었다. 그런 반면, 내가 다닌 여고는 비교적 여유로운 학풍을 가지고 있었고, 오히려 나에게 그것이 큰 도움이 되었다. 내가 만약 그렇게 승패가 바로 갈리는 환경에 처해 있었더라면 운신의 폭이 좁아졌을 것이다.

"재능이라는 것은 몰래 키워져야 한다."는 괴테의 말이 떠오른다. K는 내가 본 친구 중에 가장 빛나는 재능을 갖고 있던 친구였다. 우리 둘의 다른 점은 그녀는 시스템 안에서 잘 적응해 그만큼의 성과를 냈다는 것이고, 나는 시스템 안에서 도무지 원하는 성과가 나오지 않아 그것을 박차고 나와야만 했다는 점이다. 물론 K는 국내 명문대에 진학했고, 그것만으로도 충분히 잘했다. 그러나 나는 K에게서 진한 아쉬움을 느낄 수 있었다. K야말로 재능이 순간순간 평가되는 전쟁터가 아니라 쉬이 내보이지 않는 곳에서 내면의 성장을 느끼며 자신의 순수함과 꿈을 키워나갔더라면 더 큰 인재가 되었을 수도 있었을 텐데 말이다. 나는 아직까지도 왜 우리가 어린 시절 세상을 바라보던 그대로를 유지할 수 있는, 또한 풍부한 상상력과 창조력을 보호받고 키워나갈 수 있는 시스템이 마련되지 않았던 걸까, 하는 너무나 안타까운 생각이 든다.

누구도 나의 가능성과 창조력을 먼저 발견해주지 않았지만, 나는 나 스스로 내 가치를 알아챘다. "자신의 세계를 창조하지 못하면 다른 사람이 묘사한 세계에 머무를 수밖에 없다."는 말처럼, 나만의 세계를 창조하기 위해서 내가 먼저 나 자신을 발견하고 느끼는 게 가장 중요하다고 생각했을 뿐이다. 나는 내 세계에서는 조언해줄 사람이 딱히 없다는 것을 깨닫고, 세계적인 학자들의 책을 열심히 읽어가며 이를 버팀목으로 삼아 나의 세계를 만들고자 노력했다. 어린 시절 품었던 호기심과 동심, 상상력으로 세상을 바라본다는 것. 그것이 얼마나 쉽게 잃어버릴 수 있는 힘인지, 그리고 얼마나 파괴력이 큰 힘인지를 깨닫게 되었다.

셰익스피어의 잃어버린 7년

내가 고등학교에서 그나마 가장 진심을 담아 활동했던 것을 꼽는다면, 그건 바로 학교 도서부 동아리였다. 도서부원들은 점심시간 동안 대출과 반납을 맡아 하고 담당 책장 정리를 도맡아 했다. 하지만 학생들이 도통 책을 읽으러 오지 않아 학교 도서관의 꼴이 말이 아니었다. 도서 수가 심각하게 부족했을 뿐만 아니라, 너무하다 싶을 정도로 오래되고 낡은 책들 천지여서 위에서 아래로 읽는 70, 80년대 스타일의 누런 책들을 어렵지 않게 찾아볼 수 있었다. 그럼에도 나는 이곳에 애착을 느껴 책장에서 꺼내 읽을 만한 책은 하나도 빠짐없이 모조리 읽어버렸다. 가끔 도서관에서 빌려 쉬는 시간마다 짬짬이 읽었던 책들은 나의 기본 자양분이 되었고, 이곳에 애착을 느낀 나는 다른 도서부원들과 학교에 탄원을 해서 100만 원 도서 구입 명목의 비용을 받아 새로운 책을 주문할 수 있었다.

학교 도서관에는 민음사 세계문학시리즈 전 권이 구비되어 있었는데, 그걸 1번부터 순서대로 독파해나가는 게 크나큰 희열이었다. 바로 이때 나의 인생을 바꾼 세 권 중의 하나이자 니체가 "현존하는 독일 최고의 양서"라고 평한 요한 페터 에커만 Johann Peter Eckermann의 저작 《괴테와의 대화》를 만나게 되었다. 괴테의 제자였던 에커만은 책에서 "인간은 아주 우연하게 행한 일을 통해서 자신에게 잠재해 있는 더욱 높은 것을 배우게 되는 법"이라고 적었다. 내 경우도 마찬가지였다. 나는 이 책을 통해 바로 진정한 천재성에 대한 정의를 나름대로 내리게 되었다.

괴테는 천재를 "의미 있고 지속적인 생명력"을 갖고 활동하는 "생산력"으로 규정한다.

"어떤 사람이 이루어낸 작품이나 행동의 양이 많다고 해서 그 사람을 생산적이라고 볼 수는 없다는 거네. 우리는 시집을 연달아 출판함으로써 생산적이라고 여겨졌던 시인을 알고 있네. 하지만 내가 보기에 그들은 비생산적일 뿐이네. 왜냐하면 그들이 쓴 작품에는 생명력도 영속성도 없기 때문이지. 그와 반면에 올리버 골드스미스가 쓴 시의 분량은 얼마 되지 않으나 그래도 나는 그를 생산적 시인이라고 말하겠네. 그가 쓴 것은 소량이기는 하지만 그 속에는 내재된 생명이 들어 있어서 영속될 수 있기 때문이지."

그는 제자인 요한 에커만에게 이렇게 말한다. 바로 이것이었다. 내가 늘 궁금했던 것이었다. 나는 왜 어떤 스타들은 반짝하고 사라져버리는지, 왜 내 주위 또래 친구들과 학부모들 사이에 회자될 정도로 유명했던 똑똑한 모범생들이 일정 시간이 지난 후 순식간에 그 빛을 잃어버리고 소리 소문 없이 평범해졌는지 너무나 궁금해 참을 수가 없었다. 나는 왜 그들이 일찍 생명력을 잃어버리는가를 공부해보고 싶었다. 그것을 알아야지만 괴테가 말한 영속력을 지닌 생산적인 사람이 될 것이기 때문이었다.

나는 스탠리 웰스Stanley Well의 《셰익스피어, 그리고 그가 남긴 모든 것Shakespeare of All Time》과 피터 게이Peter Gay의 《모차르트: 음악은 언제나 찬란한 기쁨이다Mozart: A Life》 전기를 읽고 나의 행동 모델에 가장 적합한 천재가 이 둘이라는 결론을 내렸다. 이 둘은 세상 사람들이 모두 인정하는 인류에 기여한 작품을 만들어낸 인물이라는 점에서 나는 괴테의 천재에 대한 정의와 꼭 부합한다는 생각을 했다. 또 셰익스피어와 모차르트는 우울하고 비관적인 천재 유형이 아닌, 낙천적이고 긍정적인 성격의 소유자들이었다는 점에서 나와 비슷한 점을 발견했다. 생산적인 사람이 되고 싶다는 충동은 이제 열망으로 변했다.

반세기에 걸친 셰익스피어 연구 결과를 바탕으로 쓴 《셰익스피어, 그리고 그가 남긴 모든 것》에서 작가 스탠리 웰스는 '셰익스피어의 잃어버린 7년'에 대해 이야기한다. 그가 20세가 되는 시점부터 27세가 되는 해에 그의 공식적인 처녀작이라고 부를 수 있는 《헨리 6세King Henry VI》를 들고 나오기 전까지의 7년 동안의 행방이 묘연하다는 것이다. 수많은 연구 결과 끝에, 학자들은 이 기간 동안 셰익스피어가 한 소극단에서 일하며 극작가들의 미완성된 원고들을 자기가 수정해나가는 과정을 거듭하며 자신이 훗날 극작가로서 성장할 기반을 마련한 것으로 보인다고 설명했다. 이 부분을 읽으면서 이미 나는 학교를 그만둬야겠다는 엄청난 생각을 하기 시작했던 것 같다. 나는 이미 학교를 그만 둔 뒤 혼자만의 프로그램을 머릿속으로 짜고 있었다.

'그래. 나에게는 셰익스피어의 잃어버린 7년이 필요해. 바로바로 결과물을 내놓아야 하는 한국의 중고등학교 시스템에서 나는 더 이상 보여줄 게 없어. 이미 고갈된 느낌이야. 나는 성장할 수 있는 충분한 시간이 필요해. 고등학교 3년, 대학교 4년, 이렇게 7년이라는 시간을 누군가에게 보여주고 인정받기 위해서 보내는 시간이 아닌, 예민한 감수성으로 최대한 많은 것을 흡수해서 숙성의 시간을 거쳐 탁월한 작품—이론이든, 사상이든, 책이든—으로 결과물을 보여주자.'

공교롭게도 나는, 어려서 신동이라 불리며 유럽 왕실 곳곳으로 연주를 다니던 모차르트에게도 이와 비슷한 세상의 관심과 멀어져 성장할 시간이 있었다는 점을 발견했으며, 정신분석학의 창시자인 프로이트 또한 김나지움을 졸업하고 대학교에서 의학 학위를 받을 때까지 8년 동안 지식의 세계에 흠뻑 젖었다는 사실을 발견했다. 지그문트 프로이트Sigmund Freud는 대학 시절 영어와 프랑스어를 익히고 괴테와 셰익스피어를 비롯한 대문호의 작품을 영어와 독일어로 동시에 읽었으며 성경과 고대의 고전 또한 닥치는 대로 섭렵했다는 구절을 확인하는 절차를 거친 뒤 나는 천재들에게 십대 후반에서 이십대 초반에 대략 7~8년에 이르는 양적 투입이 있었다는 사실을 알아냈다. 이것은 모든 천재들에게 동시 다발적으로 일어나는 공통된 현상이었다.

이렇게 생각하니 마음이 조급해졌다. 나는 벌써 열일곱 살이었고, 지금 당장 시작하지 않는다면 내가 그토록 열망하던 '창조적인 인물'의 꿈은 요원해질 터였다. 나는 열여덟 살이 되던 해를 나의 '셰익스피어의 잃어버린 7년'으로 규정하고, 스물네 살까지 되는 7년을 구상했다. 천재란 그냥 태어날 수 없는 법이다. 괴테는, 천재란 위대한 유산을 물려받아야 한다는 말을 했다. 셰익스피어는 그리스와 로마의 영향을 받았으며, 신화 연구를 하고 그리스로마 원전을 엄청 뒤지고 다녔다. 미국 사립학교 학생들이 머리를 쥐어짜며 셰익스피어 작품을 해석하고 있을 때 나는 그의 삶을 연구했다. 나는 그의 작품으로부터 압도되기가 싫었다. 그게 바로 단순한 이유였다. 나는 그의 작품을 먼저 접함으로써 왜 셰익스피어가 위대한지를 주입받는 것이 아닌, 그의 삶을 먼저 연구함으로써 나와 비슷한 또래일 때의 셰익스피어는 어떤 수준에 있었고 시간의 흐름에 따라 어떻게 발전해나갔는지를 주목했다. 그리고 내가 물려받아야 하는 역사적 유산은 무엇인가를 찾기 시작했다.

나는 나 자신을 다 쏟아 부어야만 했다. 단순한 호기심에 찔끔찔끔 알아보는 건 나로서는 아예 시작조차 안 하느니만 못했다. 그래서 나는 한동안 '동양의 셰익스피어'가 되겠다는 야무진 꿈을 가지고 직업의식을 갖고 진심을 다했다. 무언가에 마음을 주면 컨트롤이 안 되는 나의 성향을 잘 알기 때문에 목적의식이 없고 최선을 다 할 수 없는 것이라면 아예 발 담그는 것 자체를 두려워하는 경향이 십대의 나에겐 있었다. 먼저 셰익스피어의 작가 경력을 파헤치는 섯을 우선으로 여겨, 그의 20~30년치 작품 목록을 프린트해서 1~2년 단위로 어떤 작품을 냈는지를 파악하고 소설 자체를 먼저 읽기보다는 조심스럽게 이 작품이 왜 인정을 받았는지를 평론과 에세이를 통해 이해하는 관점에서부터 접근했다. 비밀의 문을 연 나는 더 이상 과거로 돌아갈 수 없었다.

우아한 아웃사이더

Old Guard. '올드가드'라는 단어는 원래 나폴레옹 1세의 친위대를 가리키던 말로 쓰였지만, 오늘날 미국에 와서는 '특정한 주의나 주장에 대한 옛날부터의 옹호자'라는 사전적 의미로 바뀌어 사용되고 있다. 이는 또한 1961년 〈타임〉에서 재클린 케네디와 그녀의 친정을 가리켰던 말이기도 하다. 그러나 나의 상상력을 사로잡은 미국의 '영원한 영부인' 재클린 리 부비에 케네디 Jacqueline Lee Bouvier Kennedy는 대중이 알고 있는 것처럼 미국 상류층을 대변하는 주류WASP가 아니었다. 1900년대 초반, 미국에 정착한 유대인을 비롯한 아일랜드, 이탈리아계 후손자들은 기존의 주류 세력에 의해 엄청난 차별을 받았으며, 백인이라는 인종의 정의 안에도 들지 못했다.

흔히들 재클린이 '부비에'라는 결혼 전 라스트네임 때문에 프랑스 혈통이라고 생각하지만, 사실 따지고 보면 재클린은 아일랜드 후손이었다. 그렇기 때문에 뉴욕에서 비교적 부유하게 자란 재클린은 표면적으로는 완벽한 미국의 전통적 엘리트의 주류 교육을 받은 것처럼 보였지만, 개신교도가 아닌 가톨릭교도이며 앵글로색슨이 아닌 아일랜드 혈통이 더 많았다. 따라서 재키는 동부의 귀족이라는 겉모습과는 달리 한 번도 미국 주류 사회에 자신이 속해 있다고 느낀 적이 없었다. 재키는 자신의 이복동생에게 이렇게 말하기도 했다. "너와 피터 그리고 나, 이렇게 우리는 모두 아웃사이더야." 그러나 재키는 주류에 비해서 자신이 열등하다고 느끼지 않았다. 오히려 그 반대였다. 재키는 자신이 특별하다고 생각했으며, 다른 무리와 섞여서 자신의 존재를 확인받고 싶지 않아 했다. 이러한 환경 때문에 재키는 예술가들처럼 자신의 한계를 뛰어넘은 사람들에게 관심을 더 가졌는지도 모르겠다.

재키의 신분과 그것을 뛰어넘는 데 창의적이었던 그녀의 삶은 현재의 나를 비추어볼 수 있는 거울이 되어주었다. 나는 줄곧 '한국의 최고 엘리트' 집단에 속하려고 했으나 늘 아웃사이더였다. 수많은 동양인 학생들이 만점에 가까운 SAT 점수와 우수한 내신 성적, 열정적인 과외활동, 그리고 흠잡을 데 없는 에세이로 미국 최고의 대학에 들어가고, 또 다시 공부에 열중해 완벽한 학점을 받고 유명 금융회사에 스카우트되거나, 거대 로펌 변호사가 되는 길을 선택한다. 나는 어려서부터 한 치의 의심도 없이 그 길을 밟을 것이라 생각했고 또 그렇게 하고 있었다. 그러나 나는 자꾸 헛발을 디뎠고, 최선을 다하고는 있었지만 내 영혼은 사라져버린 것만 같은 기분을 지울 수가 없었다. 수면 위로는 너무나 안전해 보였던 주류의 세계에서 늘 이방인이라는 불안감을 겪어야 했던 재키는 "이곳에서 벗어나고 싶어."라는 말을 하며 공상에 자주 잠기곤 했다. 나 역시 그랬다. 밖에서 보았을 때 나는 아무런 문제가 없어 보이고 주변사람들의 부러움을 샀지만, 내면으로는 복잡한 마음을 떨쳐버릴 수가 없었다. 엄마는 "넌 너무 생각이 많아. 더 치고 올라가려면 머릿속을 비워야 할 거야."라는 말을 자주 했다. 그러나 나는 동의할 수가 없었다. 그렇게 된다면 나는 결국 '공부하는 기계'로 멈춰버리고 말 것이다!

나는 동양인이 가지고 있는 한계를 벗어던지고 싶었다. 왜 한국은 국제사회에서 변방의 국가 취급을 받으며 주목을 받지 못하는 것일까? 한국 출신인 내가 국제사회의 지도자가 되는 방법은 없는 것인가? 한국에서 말하는 '글로벌 리더'가 되기 위한 방법이 과연 대학에 목숨을 걸어야 하는 것일까?

그러나 나는 솔직히 '무슨 직업을 가져야 할지'를 몰랐다. 어떤 직업을 가질 것인지 확답을 내놓아야만 의심을 거두는 듯한 표정을 짓는 어른들 때문에 한 번도 진지하게 고민해보지 않은 답을 기계적으로 내놓았는지도 모르겠다. 열일곱, 열여덟의 나는 내가 무엇이 되고 싶은지를 생각하기 전에, 내가 누구인지, 나 자신이 어떤 사람인지에 대한 기본적인 것부터 정의하고 싶었다. 나는 가치관이랄 게 없었다. 나의 자아는 형태가 없었다. 이것은 유동적인 액체와 다름없어서 어떤 생각을 하느냐에 따라 모양이 수시로 변했다. 나는 나 자신을 정의 내릴 수 없는 나 자신이 싫었고, 나의 뚜렷한 가치관을 성립하고 싶었다. 이것부터 하지 않으면 모든 게 무너져버릴 것만 같은, 아무것도 확실하지 않은 그런 느낌이 싫었다.

나는 재클린처럼 시대의 아이콘이 되고 싶었다. 도립 도서관에서 발견한 바버라 캐디Barbara Cady가 쓴 《아이콘, 차이를 만들어낸 200인Icons of the 20th Century》두 권을 보면서 생각했다. 이 책에는 현대사의 흐름을 구축하는 데 큰 기여를 한 인물들이 예술, 정치, 과학, 스포츠, 출판, 패션, 기술 분야에 걸쳐 소개되어 있다. 작가가 세계 문서 보관소를 돌며 고르고 또 고른 세실 비통, 앙리 카르티에-브레송과 같은 사진의 거장들의 흑백 초상화는 더욱 감동적으로 다가왔다. 그레타 가르보, 빌 게이츠, 마거릿 대처, 다이애나 왕세자비, 샤를 드골, 거트루드 스타인, 가

브리엘 '코코' 샤넬, 우디 앨런, 재클린 케네디 오나시스, 버지니아 울프 그리고 앤디 워홀 등등 이 유명인사 목록에 없는 이름이 없었다.

그들의 스토리를 열심히 읽던 중 맙소사, 나는 한 가지 놀라운 걸 발견했다. 이름은 기억나지 않는 예일대를 나온 어떤 한 인물의 페이지에 그의 탄생부터 예일대 합격은 물론 졸업했다는 것까지 고작 5줄에 설명이 모두 가능했다는 것이다. 그 뒤 두 페이지가량은 그의 업적으로 채워졌다. 20대 초반까지 나를 비롯한 한국의 너무나 많은 학생들이 대학 문턱을 넘기 위해 20년에 걸친 시간을 바치고, 아이비리그 합격과 동시에 마치 대단한 일을 이룬 사람처럼 추앙받게 되는데, 결국 이것이 후대에 남길 업적에서는 아무런 부분도 차지 못한다는 것을 자각하게 된 것이다. 그 사람은 그저 좋은 대학에 합격했군, 그게 끝이다.

바로 이 시점이 내가 비로소 아이비리그에 대한 집착을 버리게 된 때였다. 하버드대와 예일대에 가기 위한 과정과 큰 사람이 되기 위한 공부 과정이 사뭇 다르다는 것이다. 물론 내가 후자를 공부하면서 아이비리그에 들어갈 수 있다면 금상첨화였겠지만 전자를 위해 후자를 희생하지 말자는 것이다. 결국 학교를 빛내는 건 졸업생이 아니던가. 학교 소개를 할 때 '누가 나온 학교'로 타이틀을 달게 되는 것처럼, 차라리 덜 알려진 명문대를 가더라도 내가 빛이 난다면 오롯이 학교의 명성과 함께 내가 떠오를 것이라는 배짱을 두둑이 갖추게 되었다. 나는 역사에 남는 가장 큰 요인은 내가 얼마나 잘났느냐가 아니라 동시대의 사람들의 마음을 얼마만큼 많이 움직였느냐에 있다는 비밀을 깨닫기 시작했다. 결국은 나만의 스토리텔링이 필요한 것이고, 그건 '올드가드'의 룰에 따라서가 아닌 나 스스로의 힘으로 만들어가 나가야 함을 의미했다.

성적과 교실 내 권력

내가 성적에 대한 미련을 쉽사리 놓지 못했던 이유는 아마도 반에서의 등수가 권력과 직결되어 있기 때문이었는지도 모르겠다. 엄마는 "공부 잘하는 애들은 쉽게 못 건드려."라는 말을 자주 입에 담으셨고, 나의 성적과 등수는 같은 반 아이들이 나를 함부로 대하지 못하게 하는 견고한 성벽이 되어주었다. 나를 비롯한 학교에서 공부를 잘하는 축에 끼는 학생들은 그것 자체가 하나의 특권이 되었고 알게 모르게 엄청난 혜택을 받았다. 게다가 중학교에서 번번이 벌어지는 선생님들의 무자비한 행동에도 우등생들은 이를 면할 기회를 얻었으니, 이를 포기하기란 생존과 직결된 문제처럼 너무나 힘들었다.

　학교 석차에서 자유로워지기란 결코 쉽지가 않았다. 특히나 아이들 사이에서는 시시 때도 없이 암투가 벌어지기 마련이다. 거기서 자유로워지는 방편이 바로 공부에 올인하는 것이기도 했기 때문에 나는 이미 머릿속으로는 '놓아야지, 놓아야지.' 생각하고 있으면서도 결코 쉽게 그렇게 할 수가 없었다. 이때, 나의 인생에서 가장 중요한 친구 중 한 명이 또 다시 내 삶에 들어오게 된다.

동현이와 나는 고등학교 1학년 때 같은 반이 되었는데, 각각 반에서 배치고사 1, 2등으로 들어와 담임선생님께 함께 주목받았다. 나는 곧 동현이와 서로의 고충을 나누며 친해지게 되면서 곁에서 많은 것들을 배우게 되었다. 부유한 집안으로 주목받던 동현이는 어떤 순간에도 남의 시선을 개의치 않는 '쿨함'을 가지고 있어 나의 시선을 끌었다. 커다란 가방 두 개에 한 가득 문제집과 교과서를 쑤셔넣고 쉬는 시간마다 어김없이 고개를 숙이고 문제를 풀었고, 점심시간까지도 아껴가며 공부를 했다. 반친구들과 어울리는 문제에 대해 신경을 쓰지 않는 것이 눈에 보였고 반 친구들의 수군거림에도 아랑곳하지 않고 체육시간에도 줄을 서서 자신의 차례를 기다리는 동안 영어 단어를 외우거나 스트레칭을 하곤 했다. 나는 혼자서 딴 세계에서 사는 듯한 동현이의 모습을 보면서 '나도 한때는 저랬는데.'라는 생각이 들기 시작했다. 나 자신이 가장 우선이었던 내가 어느 순간부터 '쟤는 왜 공부하는 만큼 성적이 나오지 않는 거지.'라는 말에 상처를 받고 나서는 '쉬는 시간에까지 공부를 하지 않는, 조금은 쿨하며 공부 잘하는' 이미지를 갖추기 위해 어느 순간부터 여자애들의 눈치를 보기 시작했다는 것을 깨닫고 서글퍼졌다.

동현이와 우정을 쌓으면서 나는 점점 의기소침하고 나약한 모습에서 벗어났다. 우리는 이 좁은 세상에서 벗어나 더 큰 것을 이루고 싶었다. 부모님에게도, 다른 친구들에게도 쉽사리 꺼내지 못했던 원대한 꿈을 털어놓기 시작했다. 동현이와 나는 곧 편지와 이메일을 주고받기 시작했고, 유명 블로거의 미술사 강의를 함께 학교가 파한 저녁시간에 서울 광화문까지 가서 듣고 오곤 했다. 나는 서초구 내곡동에 있는 동현이네 집에 놀러 가서 1박 2일 동안 '인생설계 캠프'라고 이름을 붙이고 나름대로 '앞으로 각자의 인생을 어떻게 경영해 나갈 것인가'라는 심각한 주제를 갖고 밤새 의논하고 토론하고 자료를 찾아보는 '미팅'을 하기도 했다. 나는 스티브 잡스Steve Jobs의 스탠퍼드 졸업식 연설을 보고는 깊게 감명을 받아서 인문학을 대학에 가서 깊이 있게 공부를 해야겠다고 계획했다. 동현이와 나는 남들이 알아주어야만 하는, 남들에게 자랑하기 위한 '알 만한' 대학에 진학하는 것보다는 내가 성장할 수 있는 '숨겨진 명문'을 찾아보자고 다짐했다.

동현이와 남동생 둘이 쓰는 별채에 책과 서류가 가득한 짐을 풀어놓은 나는 밤새 《작지만 강한 대학》과 《내 인생을 바꾼 대학》책 두 권을 펼쳐놓고 옆에 있는 노트북으로 '숨겨진 명문'이라 일컬어지는 리버럴 아츠 칼리지Liberal Arts College에 대한 정보를 찾기 시작했다. 리버럴 아츠 칼리지는 '아이비리그'와 같이 미국 대학의 또 다른 명문대를 일컫는 말로, 한 학년에 500명 정도를 선발해 소수정예 교육을 한다는 것이 참 마음에 들었다. 게다가 인문학, 사회과학, 자연과학, 어학 등 교양과목에 중점을 두고 교수님과 함께 토론하고 연구하는 학풍이 매력적이었다. 미국의 수많은 저명인사들이 바로 이 리버럴 아츠 칼리지 계열 학교 출신이라는 것에 용기를 얻었다. 나는 이러한 대학에 진학하는 것이야말로 '나의 잃어버린 7년'을 채울 수 있는 가장 좋은 방법이라고 생각했다. 이날 밤의 열띤 토론을 계기로 지금 이 순간 내가 리버럴 아츠 칼리지 중 한 곳에 다니게 되었으니, 우리 둘만의 '미니 컨퍼런스'가 도움이 되었던 셈이다.

나의 고등학교 시절 유일한 단짝친구였던 동현이와 나는 남들이 허무맹랑하다고, 그런 생각은 보류해두었다가 대학에 가서 생각하라고 하는 것들을 서로에게 가감 없이 털어놓았다. 동현이는 디올 한국지사의 프랑스 사장이 아빠의 초대로 집에서 열린 파티에 왔던 것을 이야기해주며 자신은 그런 사람들과 대화를 하고 한국과 프랑스를 드나들며 사업을 하는 것이 꿈이라고 말했다. 그리고 그렇게 하기 위해서는 보통 생각하는 것처럼 시험을 잘봐서 유명 대학에 진학하는 것이 먼저가 아닌, 인문학적 지식을 갖춰서 경영에 대한 통찰력을 먼저 길러야 할 것 같다고 덧붙였다. 부모님의 유학 반대로 수능 공부를 하는 동현이를 위해 나는 일주일에 한 번씩 지하실 서재에서 무료로 불어과외를 해주기도 했다.

어느 순간부터 나는 동급생들로부터 인정을 필요로 하지 않게 되었다. 나는 더 이상 나약한 여학생이 아니었다. 나는 모의유엔을 하거나 학생회 운영을 맡거나 이런 행사에 한 번도 참가한 적이 없었고, 닥치는 대로 책을 읽고 내실을 채우는 데에 집중했다. '마음이 약해지면 안 돼. 지치면 수레바퀴 밑에 깔리고 말 테니까.'라는 말을 수없이 되뇌며 내가 열정과 애착을 가질 수 있는 분야에 대한 지식을 쌓느라 새벽 1~2시까지 꼼짝 않고 앉아 산더미 같이 쌓여 있는 책을 읽었다. 그러면서 본래의 밝고 쾌활한 성격도 되찾았다. 나는 나에 대한 무언의 자신감과 내가 하려고 마음먹으면 무엇이든 이룰 수 있다는 타고난 신념을 다시 갖추게 되었다.

물론 성적이 떨어졌지만 개의치 않았다. 엄마 또한 나의 이러한 변화를 놓치지 않으셨고 섣불리 재촉하지 않으셨다. 오히려 놀란 건 학교 선생님들이었다. 고등학교 2학년 한문 시간에는 성적순으로 앉아야 했는데, 늘 앞에서 첫 번째, 두 번째 자리에 앉던 내가 저 뒤로 밀려나자 선생님은 놀란 표정으로 "도대체 무슨 일이냐?"고 걱정하셨다. 그러나 나는 주변에서 뭐라 하든 완벽하게 신경 쓰지 않게 되었다. 고등학교 2학년이 되어서 동현이와 다른 반이 되었지만 나는 그녀에게서 배운 '오로지 나 자신에게만 집중하기' 자세를 완벽하게 내 것으로 만들어버리고야 만 것이다. 어느 날, 나는 엄마에게 말했다. "엄마, 나 밀이야, 진짜 나 자신으로 돌아온 것 같아."

그러자 정말 신기한 일이 벌어졌다. 내가 내면에서부터 변하자, 그걸 다른 사람들도 알아채기 시작한 것이었다. 내가 비록 성적 중심으로 짜여 있는 권력 구도에서 밀려날지라도, 당장의 수모를 견딜 수 있어야 한다는 강한 마음을 먹었다. 교실 안에서 허리를 꼿꼿하게 펴고, 가슴을 내밀고, 당당하게 입시 공부가 아닌 내 할 일에 숨소리도 들리지 않을 만큼 몰입하는 모습을 보이자 같은 반 친구들이 나를 존중해주고 가끔은 존경하는 눈빛까지도 바라본다는 것을 느끼게 되었다.

몇 개월 후, 내가 자퇴를 한다고 담임선생님이 내가 떠나는 날 마지막 날 반 친구들에게 발표를 하자, 언제 준비했는지 그 새 친구들은 박스 한 상자 가득히 과자를 담아서 롤링페이퍼와 개인적인 편지까지 수줍게 건네주는데, 그 순간 눈물이 왈칵 쏟아질 뻔했다. 그동안 반장인데도 불구하고 나 자신에게 미쳐 있느라 별로 주변에 관심도 가져주지 않고 바쁘게만 살았는데, 끊임없이 나에게 호의를 갖고 관심을 많이 가져준 친구들이 너무나 눈물겹게 고마워졌다. 나를 늘 호기심 어린 눈으로 봤는데 마음의 여유가 없어서 퉁명스럽게 대하기만 한 나를, 그래도 먼 발치에서나마 응원해주었다는 사실에 한없이 고맙고 감사할 따름이다. 나의 내면의 성숙을 이루기 위해 한국 고등학교에서의 1년 반은 더없이 소중한 교육의 장이 되어주었다.

2장

천재들의 방식으로 입시를 준비하다

Self-portrait not portrait

왕관은 내 손으로 쓴다

삶에 대한 열정으로 가득 차 있던 어릴 적과 다르게 약간 자신감을 잃고 의기소침해 있던 나는 유년기의 미소가 가득하고 자신만만하며 활기찬 모습을 되찾았다. 서둘러 나는 내가 닮고 싶은 여왕들을 찾기 시작했다. 빅토리아 여왕, 엘리자베스 여왕, 예카테리나 여제, 마리아 테레지아 여제의 초상화를 방에 붙여놓고 그들의 삶을 철저히 연구했다. 관련된 모든 것을 읽으며 내 성격을 조금씩 바꾸어나갔다. 마치 배우가 맡은 배역을 위해 실제로 성격을 바꾸어가듯이 말이다. 그들은 나와 비슷한 어린 나이에 왕위를 물려받아 정적들을 물리쳐가며 스스로 목숨을 부지하는 수준에서 천하를 호령하는 강력한 여왕으로 탈바꿈한 역사적인 인물들이었다. 나는 그들에 감정이입하며 두려움을 극복하는 법을 배웠다.

나는 상상력이 세상을 지배한다는 말을 믿었기에, 내가 왕위를 물려받아야 하는 공주라고 상상했다. 당시 나의 일기장을 들추어보면 이런 내용이 적혀 있다. "영화 '영 빅토리아'를 봤는데 그녀는 1819~1901년까지 살았고, 재위 기간은 1837~1901년이었다. 열여덟 살 때 즉위했다 하니, 약 170년 전 빅토리아는 나와 같은 나이에 왕위에 올랐다. 영화 내용이 이해가 되지 않는 부분이 있어 영국 역사서를 찾아보았다."

어릴 적 사랑해마지 않았던 동화책 《소공녀》는 인생 전반을 지배하는 테마곡이 되었다. 나는 내 스스로 즉위 전 빅토리아 공주라고 상상하며 '켄싱턴 규칙Kensington Rule'을 만들어놓고는 'Expired by the end of year 2011' 즉 2011년 말에 종료된다고 적어놓기도 했다.

그 중 핵심적인 것은 천 권에 가까운 책을 읽는 것이었는데, 그간 읽었던 독서목록을 훑어보면 천재, 천재성, 무의식, 정신분석학, 역사 속 인물들의 전기, 영웅서, 문학소설, 베르사유 궁전과 프랑스 왕정생활, 롤랑 바르트의 서적, 잉그리드 버그만 전기, 그리고 뉴욕 아파트에 관한 예술서적은 물론, 유명 작가들의 일기 모음집, 아동심리 분석, 요절한 랭보의 시집까지 알지 못하는 세상에 대한 두려움을 조금이라도 해소할 수 있는 것이라면 닥치는 대로 먹어 치웠다. 러시아 문학에 잠깐 심취했던 적도 있는데, 톨스토이와 셰익스피어의 천재성을 비교하기 위해 톨스토이가 쓴 《셰익스피어에 관하여 Tolstoy on Shakespeare》라는 텍스트를 구해서 읽기도 했고, 도스토예프스키의 "굶주림보다 평범함을 더 두려워한다."는 말을 반복해서 적어놓기도 했다. 위대한 작가들의 책을 읽으며 생생하게 상상하기 시작하자, 나는 그들처럼 생각하기 시작했다. 그들의 세계가 곧 내 세계가 되기 시작했는데, 분명한 건 뇌는 실제로 경험한 것과 이를 구분하지 않는다는 것이다.

나름대로 커리큘럼을 구축하기도 했는데, 우선은 가장 기본적인 교양은 외국어 구사 능력과 글쓰기였다. 모국어나 다름없는 영어와 한국어를 제외한 프랑스어, 이탈리아어, 중국어, 일본어를 고등학교 내내 공부했다. 또한 예술적인 갈증을 채우고 싶었기에 어렸을 때부터 들었던 오페라 전집을 다시 듣기 시작했고, 풍월당이나 예술의 전당에 찾아가 수업을 듣기도 했다. 대부분 40~50대 중장년층 수강생들 사이에 나 홀로 교복을 입고 있었다. 먼저 말을 걸지는 않았지만, 신기한 눈치로 나를 바라보았다. 그런 눈빛을 신경 쓸 겨를이 없었다. 이때는 더 높은 것을 찾아 방황하던 시기였기 때문이다.

불확실한 미래에 대한 두려움은 똑같았지만, 나는 막연한 두려움으로부터 초연해지기로 마음먹었다. '사람들이 내 눈에서 두려움을 읽을 수 없도록 할 테야. 역사 속에 어느 시대에나 지금보다 훨씬 힘든 환경에서 전쟁을 치러가며 생명을 부지했던 사람들보다는 나은 처지이지, 뭐.' 나는 현재의 불행을 참아가며 미래의 행복을 약속하고 싶지는 않았다. 그런 내 모습이 무기력하고 무능력해 보였다. 자유로움은 매 순간 느껴야 하는 것이라고 생각했다. 가만히 앉아서 자유를 기다리는 건 바보 같은 짓이라고 느꼈다.

세상과 맞서 싸워야 할 필요가 있었다. 이 세상이 나에게 요구하는 것들을 받아들이지 않고, 내가 세상에 요구하는 것을 얻어내기 위해서는 강해져야 한다고 생각했다. 그래서 열일곱, 열여덟, 이때의 나는 이미지와 권력 탐구에 있어 열심이었다. 나폴레옹이 말한 것처럼, 나는 권력을 정치로서 사랑한 것이 아니라, 예술로서 권력과 사랑에 빠졌다. 강한 척이 아니라 진실되게 강해져야만 했다. 내 삶에 대한 통제권은 온전히 내 것이어야만 했다. 내가 보기에 실패했다고 생각하는 인생을 사는 어른들의 조언을 귀담아 들을 필요가 없다는 것을 깨달았다. 2010년 어느 날, 분노에 가득 찬 채, 나는 이렇게 적었다.

"어른들은 뭔가 착각 속에 빠져 있다. 자신들이 살아온 인생이 있으니 어떻게 해서든 자기보다 나이가 어린 사람들에게 훈계를 하고 싶은가 보다. 정작 자신들은 실패한 인생을 살고 있으면서 말이다. 우습기 짝이 없다. 그들이 뭐 한 번이라도 야망을 품고 열정을 품었다가 실패해서 그 자리에 있는 거라면 나는 충분히 존경하고 따르겠다. 그럴 만한 가치도 없는, 조용한 절망감에서 살아가는 사람들의 훈수라니. 나는 그들의 말에 따르지 않고 내가 하고 싶은 대로 한다. 그들이 내 인생에 끼어들 권리가 어디 있다고 감히 훈수인가 훈수는?"

지금 보면 놀랍게도 오만함이 뚝뚝 묻어나는 글이다. 세상과 투쟁하는 이 열여덟 살 소녀의 오만하기 짝이 없고 도도한 성격이 그대로 묻어난다. 나는 그 아래 이렇게 썼다. "나에게 주어진 재능을 정말 모두 끝까지 태워버리고 죽을 것이다." 그 당시에는 모든 표현이 강렬했다. 마치 전쟁에 나가는 전사처럼 결의에 가득 차 있던 나는 적당한 오만불손함을 무기로 삼았다. 이 모든 것은 나 자신을 지키기 위해서 어쩔 수 없는 선택이었다. 나 자신을 잃어버리지 않고, 내 부모가 나에게 주었던 것, 내가 타고난 것들을 잃어버리기 위해서는 고고하게 굴 필요가 있었다. 모든 소녀는 공주이며, 공주는 자신의 왕국을 목숨을 걸고 지켜야 할 의무가 있는 것이다.

"나는 나 자신에게 10~15페이지에 달하는 페이퍼를 쓰도록

부과한다. 타이핑으로 손수 친 리서치 페이퍼 과제여야 하고, 현대에서 역사학자들이 영국 튜더 가문 지도자에 대한 평가를 분석한다. 그리고 주변의 왕정 사람들, 정치인들, 문화인사들, 종교적 지도자들에 대한 것들을 몽땅 조사한다."

다른 친구들이 모의고사를 공부할 때, 나는 왕조와 권력과 역사를 공부했다. 교활한 음모나 술수를 부리는 소인배가 되기 위해서가 아니라, 발타사르 그라시안Baltasar Gracian이 말했던 것처럼, 나의 소극적인 악성을 제압하고 품격을 연마해서 자아를 승화시켜 숭고한 이상이나 사업을 이루고 싶었기 때문이다. 대부분의 사람들은 위대한 인물이나 작품 앞에서 도도함을 유지하기란 어렵다고 생각하며, 자신이 무능력하다는 생각에 허리를 굽히지만, 나는 먼저 압도되지 않을 만큼의 도도함을 가졌다. 그 자신감은 내가 실제로 능력을 갖출 때까지 계속 노력할 수 있는 확신을 주었다. 그 마음을 유지하기 위해서는 의지라는 야생마를 길들일 필요가 있었다. 제 멋대로 날뛰는 야생마가 생산적인 일을 할 수 있도록 나는 피하지 않고 참을성 있게 의지라는 야생마를 타려고 했다. 몇 번은 땅에 떨어졌지만, 인내심을 가지고 결국은 내가 조율할 수 있는 단계에 이를 수 있었다. 2010년 7월 16일, 나는 드디어 결심했다.

"앞으로 무엇을 해야 할지 알겠다. 학교를 그만두는 것이다."

제도권 밖에서

자퇴를 결심하기까지도 쉽지 않았으나, 결심을 관철하는 데까지도 만만찮은 고비가 기다리고 있었다. 바로 부모님이었다. 나는 학교에서 돌아온 후에는 내신공부니, 모의고사니, 이러한 것들에 방해받지 않고 책을 읽고 자유롭게 사색하고 탐구하는 시간을 갖겠다고 선언했다. 몇 달간의 치열한 전투 끝에 허락을 받았다. 나는 두 개의 공을 쥐고 이리저리 놀이를 하는 광대 같은 기분이 들었다. 그러나 둘 다 놓칠 수는 없다고 생각했기 때문에 최선을 다했다.

그렇게 허둥지둥 애를 쓰며 몇 달을 보내다가 나는 더 이상 이렇게 살 수 없음을 감지했다. 어떻게든 학교생활과 개인 공부를 병행해보려 했으나, 도저히 불가능하며 나의 공부가 진행될수록 학교가 답답하고 숨이 막힐 것만 같았다. 마침내 결심을 해야만 했다. 이내 아빠에게 보낼 세 장짜리 편지를 썼다.

사랑하는 아빠, 두 주인을 동시에 섬길 수 없다는 옛말은 사실이었던 것이에요. 아빠가 걱정하시는 건 고등학교를 다니다가 그만두는 게, 사회에 나갔을 때 혹여 제게 피해가 가지는 않을까 하는 염려 때문일 것입니다. 제가 행하는 모든 것에는 그 결과가 따르겠지요. 그러나 현명하고 올바른 행동이라 해서 언제나 유리한 결과가 생겨나는 것은 아니며, 그 반대의 행동이라 해서 언제나 불리한 결과가 초래되는 것은 아닙니다. 왜냐하면 오히려 정반대로 좋은 결과를 가져오는 수가 종종 있으니까요. 그래서 저는 어떠한 선택을 하건 간에 불투명한 미래의 수를 재고 따지는 것이 아니라 현재의 제 생각을 존중하고 싶습니다. 살아가는 데 허무하게 하루를 보내는 것이 아니라 자신이 원하는 것과 목표를 확실하게 재정비하고 삶을 살아가는 것은 인생의 마지막에 다다랐을 때 자기 자신에게 뿌듯한 삶을 살았다는 증거로 분명 돌아올 거예요.

조지프 캠벨이 이렇게 말했대요. "행복을 따라가면 처음부터 나를 기다리고 있던 길로 들어서게 되고, 나를 위해 준비된 인생을 살게 된다." 단순히 아빠가 원하는 '빛나는 졸업장'을 위해 교실 안에 10시간씩 있는 것이 정말 제 미래에 도움이 되는 것인지, 아니면 한창 밑천을 쌓고 경험을 쌓아야 하는 때에 시기를 놓쳐버려 20대에 허우적거리는 것이 아닐지 두려워요. 저는 제 생각을 확고히 했습니다. 괴테는 정신적으로 많은 용기를 주었고, 제게 아무런 결실을 가져다주지 않거나, 제게 맞지 않는 모든 일은 그냥 지나가게 내버려두라고 충고했습니다. 아무리, 아무리 참으려고 해도 이건 제 삶에 전혀 도움이 되지 않는걸요.

제 주변에 아빠만큼 생각이 진보적이신 분도 없고, 아빠만큼 행동이 보수적이신 분도 없는 것 같아요. 저는 아빠의 딸이기도 하지만 아빠와는 독립적인 삶을 살 권리를 가지고 있는 한 여성이고, 뚜렷한 자아상으로 자신이 선택한 길을 끝까지 밀고 나갈 겁니다. 저는 정말로 중요한 일에 시간을 할애하고 싶고, 하고 싶지 않은 일은 거절하면서 미안함을 느끼지 않을 겁니다. 제가 어떤 사람이고 무얼 이루고 싶은지 알고 있기 때문에 우선순위에 관한 기준이 분명하니까요. 살아가면서 무언가 보람 있는 결과를 얻으려면 이기적이다 싶을 정도로 전념할 필요도 있어요. 저를 아빠가 영원한 후원자라는 미명하에 또는 최선의 안전장치라는 말 속에 저를 감금하지 말아주세요. 제발 간곡히 부탁드려요.   -2010년 9월 30일, 딸 올림.

이성적이고 냉철한 엄마와는 달리 감성적이고 사랑 표현이 넘치며 유달리 시를 좋아하는 아빠는 나와 편지를 주고받는 걸 즐겨 했다. 그래서 나는 엄마에게서 받은 답장보다 아빠에게 온 답장이 비교도 안 되게 수북하게 쌓여 있을 정도였다. 가족끼리 이메일을 주고받는 건 다반사였다. 외동딸인 나에 대한 사랑이 넘치는 아빠는 이메일을 보낼 때마다 맨 끝에 "아빠는 너의 영원한 후원자"라고 코멘트를 붙이는 걸 잊지 않으셨다.

하지만 이러한 중대한 문제 앞에서 아빠는 어쩔 수 없는 한국의 평범한 부모일 뿐이었다. 아빠는 급기야 미국 대학 유학 지원 약속까지 취소하면서 엄마를 통해 "앞으로 너의 경제적인 지원은 모두 끊을 것."이라고 협박했다.

"너는 여태까지 너무 편하게 살아왔어. 네가 무슨 요구만 하면 우리가 뭐든 다 들어줄 거라는 걸 알고 있기 때문에 여태까지 어려움을 요리조리 피해왔던 거야. 더 이상 강하게 클 수 없다면 앞으로 대학도 네가 알아서 벌어서 가도록 해. 우리는 네 멋대로 하는 너를 지원해줄 수는 없어." 엄마는 단호한 태도로 매우 냉정하게 나왔고, 무력감에 나는 눈물을 흘릴 수밖에 없었다. 평소 사랑하는 딸을 위해서라면 "안 돼."라고 말하는 법이 없으셨던 부모님이 호락호락하게 나오지 않자 나는 정신이 번쩍 들었다. 반대는 예상했지만 두 분이 이렇게 불같이 화를 내고 강경하게 나오는 모습을 보니 나는 정신이 번쩍 들며 진검승부를 보지 않으면 안 되겠다 싶었다.

그러나 나는 처음부터 한 수 위였다. 처음 이 싸움을 시작할 때부터 부모님에 대한 왠지 모를 믿음이 있었다. 부모님이 나를 절대로 버릴 수 없다는 걸 알고 있었다. 부모님이 나를 얼마나 사랑하는지도 너무나 잘 알고 있었고, 내가 어떤 잘못을 하던 나를 끝까지 내치지는 않을 거라는, 왠지 모를 그런 믿음이 있었다. 사실 그랬기 때문에 내가 바로 이 싸움을 시작할 수 있는 용기를 얻었는지도 모른다. 시간이 아주 오래 흐르고 나서, 몇 년이 지나서야 아빠는 그때의 심정을 고백하셨다. "어쩌면 처음부터 너를 꺾을 생각이 없었는지도 모르겠다. 네가 얼마나 수도 없이 고민을 했을까를 이해하려고 노력하면서, 나 또한 많은 갈등을 겪어야 했기 때문에 시간이 필요했는지도 모르지. 무엇보다 네가 정말로 하고자 하는 의지를 시험하기 위해서라도, 너의 결심을 더 단단하게 만들기 위해서라도, 이 질 줄 아는 싸움을 부모의 입장에서는 끝까지 치열하게 해야만 했단다."

하지만 그 당시로서는 서로가 한 치의 양보도 없었다. 승자가 누가 될지 양쪽 모두 짐작하고 있는 피 터지는 싸움을 두 달여간 하게 된다. 부모님은 내가 학교를 그만두기 전 넘어야 할 처음이자 마지막 관문이었다. 어찌되었던 나는 제도권 안에 숨는 것이 아니라 그곳에서 벗어났다. 그리고 훗날 제도권을 뒤바꿔놓을 수 있는, 사회를 변혁시킬 수 있는 능력이 생기기를 조용히 바랐다. 나는 불완전한 상태로 제도권 밖으로 나왔지만, 그 불완전함을 채워가는 과정 자체가 나를 열정적이게 만들었다. 제도권 안에서 나는 어쩌면 완벽한 삶을 살아갈 수도 있었겠지만, 그건 결국 자신을 파괴하는 지름길이기도 했다.

창조적인 도약

명분이 있는 싸움이었기에 나를 망가뜨릴 수는 없었다. 두 번의 가출까지 감행했지만 아침이 되면 어김없이 교복을 잘 차려 입고 학교에 나타나 수업을 들으러 나타나 친구들이 가슴을 쓸어내리곤 했다. 제 발로 나가는 한이 있어도 퇴학을 당할 수는 없었기 때문이다.

'나는 기업을 물려받을 상속녀도 아니고, 집안을 책임져야 할 소녀가장도 아니고, 구태의연한 관습에 얽매일 필요도 없는 자유로운 영혼의 소유자야. 난 그 무엇에도 구속되지 않은 채로 살아갈 거야."이렇게 나는 일기에 적었다. 당시 내가 늘 품고 다녔던 책은 에밀리 브론테Emily Bronte의 유일한 작품이자 유작이기도 한《폭풍의 언덕Wuthering Heights》이었다. 영국 요크셔의 황량한 벌판과 버려진 집을 배경으로 한 이 소설과 사랑에 빠진 나는, 에밀리 브론테의 약간 음울해 보이는 초상화를 일기장 앞부분에 붙여놓기도 하고, 브론테 자매의 전기를 해외 배송으로 닥치는 대로 주문해 그들의 집필 과정에 대해 연구를 하기도 했다.

나는 보통 독자들이 남자 주인공 히스클리프에게 빠지는 것과 달리, 바람이 거센 언덕 위 저택의 주인인 캐서린에게 잔뜩 몰입해 있었다. 조신하지도 정숙하지도 않은 이 야성적이고 거친 소녀에게 깊숙이 동화되어 있던 나는 "자유롭다는 것은 때로 비정하기까지 한 것이야."라고 중얼거리며 나의 자유를 향한 결투을 다졌다. 돌이켜 생각해보면,《창조자들Creators》이라는 책에서 작가 폴 존슨Paul Johnson은 "거장들은 자기만의 악마를 품고 있으며 내부의 악마가 타오르기 시작하면 곧 마법이 펼쳐진다."
라고 썼는데, 바로 이때가 내 깊숙한 곳에 있던 어둡고 거칠고
사나운 악마 같은 열정이 폭발된 시기가 아닌가 싶다. 십대 사
춘기 소녀의 끓어오르는 피가 없었더라면 결코 제도권 안에서
벗어나려는 엄청난 일을 해낼 수 없었을 것이다.

이렇게까지 한 데에는 지금 여기서 적당히 양보를 한다면 앞
으로 어떤 어려움이 닥쳐도 결국 타협을 하게 될 거라는 엄청난
두려움 때문이었다. 나는 대학을 안전장치로 두기 싫었다. 내 힘
으로 돌파구를 찾지 않으면 여기서 생긴 관성이 무의식에 잠재
되어 있다가 유사한 상황이 닥쳤을 때 과거 경험에 근거해서 똑
같이 물러나는 결정을 내릴 것이라는 걸 본능적으로 알고 있었
다. 그렇기 때문에 '내가 내 삶의 유일한 독재자'라는 나폴레옹의
말을 떠올리며 내 삶의 지배권을 부모님에게 넘겨주지 않기 위
해 사투를 벌였다. 나를 보호해주는 사람들과 싸운다는 건 정말
이지 처절하지 않을 수 없었다. 그렇기 때문에 배우가 캐릭터에
완벽하게 몰입을 하듯 의식적으로 나 자신을 《폭풍의 언덕》에
감정이입해서 캐서린의 대사를 밑줄까지 쳐가며 내 성격을 표독
스럽고 치열하게 변화시켰다.

갈등은 고등학교 2학년 여름방학에 접어들며 대폭 심화되었
다. 평소 일탈이라는 것에 관심도 없고 시도조차 해보지 않은 내
가 괴테 문화원에서 독일어 수업을 마치고 짐을 챙겨 가출을 했

다. 그러나 딱히 갈 데가 없어 분당에 사는 외할머니 댁으로 피신했다. 이날 밤, 내 소식을 들은 이모와 이모부는 아무 일도 없다는 듯 나에게 외식을 하러 나가자고 제안했다. 시끌벅적한 팬케이크 집에서, 이모와 이모부는 나를 설득하기 시작했다. 한 병원의 원장을 지내고 있는 이모부는 평소에 내가 공부를 잘하고 똑똑해 어릴 적 자신을 보는 것 같다며 유난히 예뻐했다. "너를 다 이해해. 나도 열일곱 되는 네 나이 때는 더 큰 꿈을 꾸고 더 큰 것을 이루고 싶었어. 그러나 그건 어린 치기에 불과해. 너는 너무 어려. 현실에 무릎 꿇게 되어 있어." 이모부는 차갑게 말했다. 나는 머릿속이 정리가 되지 않아 논리적으로 말할 수가 없었다. 울면서 소리쳤다. "그래서 이모부가 이룬 게 뭔데요? 제 나이 때 꿈을 못 이뤘잖아요! 이모부처럼 살고 싶지는 않아요! 나는 안전하게 기득권층으로 그렇게 지루하게 살고 싶지 않아요! 더 큰 걸 이루고 싶단 말이에요!"

외할머니의 간곡한 설득으로 결국 집으로 돌아와 눈물을 삼키며 일기장에 썼다. "내 안에 악마가 들어 있는 것 같다." 에밀리 브론테의 여주인공처럼, 나는 차라리 파멸을 두려워하지 않는, 제어할 수 없는 열정을 확인하게 되었다. 또한 내 열정은 사회가 요구하는 잣대 속에 맞추기 위해 나 자신의 결점을 극복하는 데에 나오는 것이 아니며, 사회가 요구하는 많은 것들 속에서 나 자신의 색깔을 지키고자 할 때 비로소 나온다는 것을 깨달았다. 나는 꽤나 현실 감각이 있는 사람이었고, 결코 단순한 치기로 오기를 부린 것이 아니었다. 그 때문에 자퇴를 결정하기까지 고민에 고민을 거듭해 꼬박 1년 반이라는 시간이 걸렸다. 별 잡음 없던 학교생활을 그만 두어야 할 때가 왔다고 생각했을 때에는 과감하게 밀어붙였고, 결국 나의 뜻을 관철시켰다. 일단 부모님과 결정이 나자 자퇴는 학교 측과 조용히 처리했다. 얌전한 모범생으로 보였던 나는 사실 자유 영혼을 갖고 있는 반역자였던 것이다.

내 가능성에 모든 걸 걸다

학교를 그만두게 된 과정은 나뿐만 아니라 부모님 두 분께도 성장기였다. 그동안 내가 부모님께 줄기차게 요구한 것은 "내게 꿈을 꿀 수 있는 시간을 달라."는 것이었다. 언젠가 신문에서, 세계적인 과학자들이 모인 포럼에서 한 저명인사가 외국에서는 연구를 위한 투자 자금을 받을 때 과학자들을 절대 재촉하지 않고 몇 년이 걸리든 참을성 있게 기다려준다는 말을 하는 걸 읽고 참 부러웠던 기억이 있다. 그러면서 나는 '장기적인 투자'에 대한 생각을 하기 시작했다. 한국 학생들은 아무리 우수해도 도무지 미래나 꿈에 관해 생각할 겨를이 없다. 당장 내일 닥친 암기과목과 쪽지시험 결과가 인생을 좌지우지하는데 마음껏 사유할 시간이 허락되겠는가?

나를 비롯한 꿈 많은 한국의 학생들이 당장 눈에 보이는 결과를 내보이지 않는다고, 어른들이 자꾸 조급해하며 쪼기 시작한다면, 우리는 독립적이고 비판적인 사고를 할 수 있는 기회를 놓치게 되며 결과적으로 신선하고 창조적인 사람이 절대로 될 수가 없다.

금융업계 종사자인 아빠는 언제나 투자에 대한 개념이 투철했다. 높은 연봉을 받더라도 버는 데에는 한계가 있기 때문에 어디에 돈을 쓸 것인가에 신중해질 수밖에 없는 것이다. "사람은 버는 만큼 쓰게 되어 있다."는 가르침을 준 아빠는 "언제나 일차적으로 자기 자신의 가치를 높이는 데 투자할 것, 그리고 여유로움을 잃지 말고 늘 유지할 것."이라고 당부하셨다. 지금까지도 내가 평생을 가지고 갈 금쪽같은 조언이다. 아빠는 강조하셨다. 당장 몇 푼 아끼는 것보다 교육과 경험에 투자를 할 것, 단 사치는 하지 않을 것. 사치품을 이해하고 잘 알고 있는 것과 단순하게 소비에 그치는 것에는 차이가 있기 때문이다. 어릴 적 나는 박물관에서 예술품을 보듯이 사치품을 다루는 컴퍼니의 역사나 이야기에 매료되었지만 쉽게 가지도록 허락되지는 않았다. 가장 좋은 투자처는 나 자신이라는 점을 잊지 않고 배움에 투자해야 나중에 몇 배가 되어 돌아온다는 철학을 충실히 따랐고, 내 경험과 교육에 있어서는 돈을 아끼지 않았다.

그런 부모님께 내가 내건 조건은 바로 장기적인 투자, 내 미래를 위한 연구개발을 할 수 있는 여유와 시간을 확보할 수 있도록 허락해달라는 것이었다. 지금 당장 내가 전교 석차 순위에서 밀려나고 SAT 시험 점수를 덜 받아도 경제적인 협박을 하지 말아달라고 부탁했다. 바로 제제가 들어온다면 나는 나 자신에게 투자를 할 수 없다는 것을 설명했다. 모든 투자는 불확실성을 안고 출발한다. 그럴수록 용기와 기다릴 줄 아는 인내가 필요한 법이다. 나는 아빠에게 그 원칙을 내게도 적용해달라고 부탁했다. 지금은 투자를 하는 시기이지 결과물을 바로 받아보는 시기가 절대로 아니라는 점, 대학이라는 급하고 단기적인 목표에 매달릴 것이 아니라, 내가 앞으로 어떤 인생을 살아갈 것인가에 대한 폭넓고 전반적인 고민을 통해 답을 찾아야 하는 시기라는 점을 강조했다.

사람들은 불안감에 시달리기 때문에 안전함을 최우선으로 친다. 하지만 안전한 것만 좇다 보면 쉽게 한계에 다다르기 마련이다. 때로는 위험을 감수할 수 있어야 큰 결과물을 손에 쥘 수 있다. 나는 대학을 오히려 부차적인 것이라 의도적으로 생각하고자 했다. 인생은 장기전이기 때문에, 살아가는 데에 있어 필요한 철학을 구축하는 데 투자하는 게 우선이었다. 그야말로 R&D, 연구개발이었다. 끝내 부모님은 나의 끈질긴 노력을 납득하셨고, 가능성을 믿고 기다리기로 하셨다.

그렇게 나는 꿈을 꿀 시간을 조건 없이 확보했다. 이러한 특권을 누릴 수 있었다는 점에 한없이 감사하게 생각하며, 반대로 그렇게 쉽게 할 수 없었던 친구들에 대해 미안하게 생각한다. 그래서 내가 먼저 돕고 베풀며 살아야겠다는 생각도 한다. 부모님과의 이러한 경험을 통해, 나는 부쩍 인간에 대한 신뢰에 대해 많은 생각을 했는데, 사람을 믿어준다는 것, 부모가 자식을 믿어주는 것, 더 나아가 내가 사랑하는 사람을 믿어준다는 것이 사실은 얼마나 어렵고 모두가 할 수 있는 일은 아니라는 점을 깨달았다. 사람에 대한 무한한 신뢰는 무조건적인 사랑을 주고받아본 사람만이 할 수 있겠단 생각이 든다. 얼마나 많은 이들이 사랑하는 사람을 끝까지 믿어주지 못해, 자신의 불안감에 항복해 먼저 포기를 해버리는 경우가 많은지 주변의 사례를 보면서 더욱 그런 생각이 든다.

사람에 대한 투자도 마찬가지일 것이다. 미덥지 않더라도 믿어주는 척, 모르는 척, 짐짓 기다려주는 것이, 그 사람에게는 얼마나 고마운 일인지 모른다. 나의 부모님도 사실은 별반 다르지 않아서, 당장 성과를 내도록 재촉하고, 계속해서 뭔가를 하라고 하고, 보여주어야 투자할 가치가 있다고 압박하는 시기가 분명 있었다. 그러나 나는 설득할 용기와 자신감이 있었다. 그것이 바로 나의 저력이었다. 이 저력은 몇 년 동안 키우지 않아 많이 죽었지만, 그래도 상관없었다. 제대로 다시 키우면 된다. 이미 내재되어 있는 힘이기 때문에, 반드시 다시 꺼내 쓸 수 있었다. 상호 간의 절대적인 신뢰관계를 재구축한 다음에야 양쪽 모두 좀 더 큰 그릇으로 거듭날 수 있지 않나, 지금 와서 생각하면 그렇다.

이때부터 나는 아이비리그가 아니라, 나의 부족함과 잠재력 양쪽을 받아줄 수 있는 학교를 찾기 시작했다. 스펙을 쌓는 것보다는 실력을 쌓고 싶었다. 그래, 그게 내가 당시에 원한 거였다. 스펙이 아니라 실력 말이다. 진짜와 가짜를 구분해내는 능력, 그것이야말로 투자의 기본일 것이다. 당시 스티브 잡스의 연설을 보고 크게 감명을 받은 나는, 그가 미국의 리버럴 아츠 칼리지 계열인 리드 칼리지Reed College에서 철학 수업을 듣고 사업 아이디어를 얻었다는 기사를 보고 눈을 돌려 리버럴 아츠 칼리지에 진학하는 게 좋겠다고 생각했다. 리버럴 아츠 칼리지란, 대규모 종합대학이 아닌, 소수정예의 학생들을 뽑아 철저히 학부 중심으로 돌아가는 인문 교양 대학을 일컫는다. 철저한 시스템 위주의 민첩하고 효율적인 면을 강조하는 아이비리그와는 달리, 창조적인 학생들이 여유롭고 유연한 조직 안에서 마음껏 학문을 추구할 수 있다는 환경은 내게 너무나 매력적이었다. 국내에는 잘 알려져 있지 않았지만, 미국 엘리트 사회에서는 크리에이티브한 인물이 대거 동부 리버럴 아츠 칼리지 출신이기 때문에 상관없다고 생각했다.

나중에 내가 여러 대학에 장학금까지 받고 합격했다는 소식을 듣고 다시 만난 이모부는 그동안 많은 생각을 했다고 한다.

"어쩔 수 없이 당시에는 너희 부모님과 한편이 되어 반대했지만, 많은 생각을 했어." 이모부는 어렵게 말을 꺼냈다.

"정말로 창조적인 인재란 무엇일까, 한국 사회의 제도를 뛰어넘을 수 있는 사람이란 어떤 것일까. 하연이 너를 보며 많은 의문이 들었고, 앞으로 너의 사촌동생인 건우를 어떻게 키워야 할까, 새로운 고민도 많이 들더구나." 그 말이면 됐다. 나는 그 말에 위로를 받았다.

물론 나도 처음에 당장 눈앞에 보이는 성적이며 시험 점수를 어느 정도 포기하면서, 나의 기준에 못 미치는 대학에 들어가게 되더라도 결과를 달게 받아들이리라, 담대하게 생각해야만 했다. 겉으로 보이는 순위에 매달리는 삶을 살다가 갑자기 아무렇지 않은 척하고 사는 게 쉬운 일은 아니다.

그러나 나의 성장 속도는 정확하게 나만이 아는 것이다. 그것은 내부에서 느껴야 한다. 외부에서 순위를 정해주고 해봤자 그건 일시적인 위안에 불과하다. 미래에 대한 투자와 나 자신의 발전 가능성에 대한 믿음을 갖고 본질적 가치에 꾸준히 노력을 기울여야 한다. 축적된 역량이 받혀주지 않는 가짜 실력은 대학에 들어가서, 사회생활을 하면서, 곧 들통나버린다. 겉에서 보기엔 그럴싸하게 명문 대학교에, 좋은 직업을 가져도, 내부에 쌓인 게 없는 듯한 느낌으로 살아가야 한다면 공허하기 이를 데 없지 않을까. 내가 엄마의 마음을 움직인 한마디도 "엄마, 내가 행복하지 않아."라고 말했을 때였다. 엄마는 그 말에 울컥하셨다고 한다. 그리고 허락해주셨다. 보장된 것은 아무것도 없었고 믿을 만한 길잡이도 없었다. 아예 처음부터 다시 시작해야 했다. 그러나 바로 그때부터 나만의 정보를 축적해나가는 과정이 시작됐다.

모방과 해체, 나를 재구성하다

나의 대학입학 지원서 메인 에세이의 도입부다.

Ever since I was a child I've had a habit of stealing. I was a little thief—yet I wasn't ashamed. When I was standing at the art museum I would hurriedly collect the features of the Old Masters and put them on my school artworks tinged with my own taste, which quite surprised teachers. When I read a good book I would lock myself up in my bedroom to copy the whole manuscript down on my note or make up new stories from the copy and put my name on it as though I was the original creator.

나는 어린아이일 때부터 훔치는 버릇이 있었다. 나는 작은 도둑이었다. 그러나 부끄러워하지 않았다. 미술관에 홀로 서 있을 때면, 나는 위대한 거장의 작품에서 내 마음을 끄는 특질을 서둘러 모아 와서는 학교 숙제를 할 때 나의 고유한 취향을 적절히 섞어내곤 했는데, 선생님들은 어린아이의 작품이라는 것에 놀라워하곤 했다. 좋은 소설을 읽을 때면 나는 방 안에 틀어박혀 책 전부를 몽땅 베껴 써보고는 그 안에서 새로운 이야기를 만들어내고는 노트에 내가 창작자인 것마냥 이름을 적어 놓기 일쑤였다.

800자 정도 되는 공통지원서Common App에서 나는 세상에 없는 무언가를 만들어내고자 꿈틀대는 내 안의 작은 악마에 대해 썼다. 괴테의 《파우스트Faust》에서 얻은 영감이었다. 에세이에서 "나의 파편들이 위대한 작품에 여기저기 산재해 있다는 사실을 깨달았다. [⋯] 내가 감탄해 마지 않았던 거장들의 인생에서 나는 내가 어디에서부터 출발하면 되는지를 배웠다."라고 썼다. 나 자신을 추스르고 재창조하는 과정에서 자아의 파편들은 역사 속 인물들을 통해 하나 둘씩 주워 담기 시작했다는 내용이었다.

고등학교에 입학하자마자 천재성의 발달 과정을 면밀하게 탐구한 나는 천재들이 모방에 탁월한 재주를 지니고 있다는 점을 익혔다. 《모차르트》에서 역사학자 피터 게이는 모차르트가 영재에서 성장이 멈추지 않고 자신만의 작품을 만들어낼 수 있던 데에는 모방을 꼽았다. "모차르트는 습작 시절에 당시에 유행하던 작곡가들의 작품을 들으면서 귀중한 시간을 보냈으며, 다른 초심자들처럼 그들의 작품을 통째로 부지런히 베끼곤 했다. 그의 특출나게 섬세한 흡수력은 언제나 가동 중이었기 때문에, 그는 당대의 지배적인 양식들을 자유자재로 받아들일 수 있었다. 그 결과 그 시대 최고 작곡가들의 악상이 그 자신의 악상 속에서 메아리치게 되었다. 모차르트의 학습 방식은 거의 모든 위대한 예술가들이 밟았던 것과 같았다. 즉 선배들의 작품을 학습하고 모방하면서, 그 과정에서 자기 나름의 독창성을 향해 힘겹게 나아갔던 것이다."

당시의 나는 어떻게든 나를 표현하고 싶은 욕구는 있었으나, 도무지 어떤 방식으로 표현해내야 하는지 알 길이 없었다. 그래서 어린 시절 그랬던 것처럼, 무조건 많은 작품들을 통째로 베껴보기 시작했다. 자유롭게 선택한 스승들 밑에서 배우기 시작했다. 한국 학교 교육은 주변 세계를 차단하며 가르칠 뿐 외부의 자극들을 받아들여 자신의 것으로 만들게끔 가르치지는 않기 때문에 아무리 재능 있는 아이라도 스스로 소멸해갈 수밖에 없다는 것을 깨달았다.

공교롭게도 나는, 신동이라 불리며 유럽 왕실 곳곳으로 연주를 다니던 모차르트에게, 또한 프로이트나 아인슈타인에게도 세상의 관심과 멀어져 성장할 시간이 있다는 점을 발견했는데, 그것은 바로 우리나라 교육에 심각하게 결여되어 있는 숙성의 기간과 사유, 은둔의 기간이라는 점이었다. 이 시기 나는 학습 계획서course syllabus를 내 힘으로 만들어가며 개요description, 구성 organization, 탐구 주제course topics를 만드는 작업을 시작하며 내가 가장 하고 싶은 공부를 커리큘럼을 알아서 짜는 데에 이미 능숙했다. 교재를 선정하는 교재 및 부교재textbooks and required reading 칸에는 매일 시간을 내서 창작creative writing, 극drama, 시poetry, 소설 fiction 한 작품씩 읽고 해석하는 공부를 했다. 또한 문장을 수집하는 것을 게을리하지 않았다. 일기에 "책을 읽어서 내가 존재하는지조차 모르는 세상의 모든 환희를 찾겠다."고 적어놓은 나는 책을 몇 번이고 반복해 읽으며 좋은 문장을 천천히 컴퓨터에 타이핑하며 음미했다.

"문장들을 정리해놓은 종이들과 일기, 생각 들을 모두 날짜 순으로 차곡차곡 정리해놓았다. 날짜를 써놓는다는 것이 이렇게 중요한지 몰랐다. 종이 묶음이 내 손바닥 크기만큼 쌓였는

데, 언제쯤 내 키까지 올라올 수 있을까 궁금하다."(2010년 10
월 2일)

필사만큼이나 일기를 열심히 썼는데, 하루 일과 중 산책을 제
외하고 가장 많은 시간을 차지했다. 2009~2011년 시기에 쓰
던 일기의 주된 내용은 특별한 이벤트보다는 당일 어떤 공부를
했고 거기서 무엇을 느꼈는지에 대한 자기심리분석이 대부분
을 차지했다. 일기조차 평범하게 쓰는 것을 거부했기 때문에,
일기를 잘 쓰기 위해 여러 가지 방법을 연구하기도 했다. 버지
니아 울프의 일기가 담긴 원서를 구매해서 읽고는, 'A Writer's
Diary'라고 이름을 붙이고 그녀의 일기에서 좋은 문구들을 베껴
보기도 했다. 영어 공부의 일환이기도 했는데, 한동안은 미국의
사상가 헨리 데이비드 소로Henry David Thoreau와 랄프 왈도 에머슨
Ralph Waldo Emerson의 철학에 푹 빠져서 그들의 편지와 일기를 수
집해보기도 했다. 정돈된 것이든 무질서한 것이든 관계없이 일
기장에 적힌 생각들을 소중하게 여겼다. 그런가 하면, 톨스토
이가 열여덟 살 때부터 쓰던 일기를 읽고는 일찍 일어나지 못한
자신을 나무라는가 하면, 규칙적인 삶을 살기 위해 그가 노력했
던 부분들을 그대로 답습하기 위해 노력하기도 했다.

홈스쿨을 하던 1년 반에서 2년간 시간 동안 나는 아이디어가

어떻게 작품으로 발전하는지에 대해 무한한 관심을 두었다. 감상→모방→분석→해체→재구성→창조의 과정을 반복했다.

사람들이 개성 있는 작품을 만들어내지 못하고 비슷비슷하며 뻔한 결과물을 만들어내는 이유는 자신이 좋아하는 것이 무엇인지조차 잘 모르기 때문일 것이다. 18~19세 당시 내가 관심을 갖고 있던 소재는 "꿈과 이상, 아이 같은 어른의 세계, 이기심에 대한 것, 화려한 욕망의 뒤틀림, 사회 고발, 주인공의 모험"이라고 일기에 적혀 있다.

서둘러 리스트를 작성해보았다. 어린 시절 순수하게 푹 빠져들었던 작품들의 매력과 비밀을 캐내보겠다고 결심했다. 가장 먼저 미야자키 하야오宮崎駿 감독의 작품들이 떠올랐다. 십대부터 빠짐없이 그의 영화를 챙겨보고 매년 연례행사처럼 수없이 반복해 보았기 때문에, 나를 매혹시킨 작품들이 어디로부터 나와서, 어떻게 창조되었는지를 알고 싶어 미칠 지경이었다. 아이들은 인내심이 없기 때문에 더 좋은 작품을 본능적으로 알 수 있는 법이다.

1970년대 후반 미야자키는 숲속에서 야생동물들과 함께 생활하는 아름다운 공주에 대한 영화 초안을 작성한다. 바로 불후의 역작 '모노노케히메(원령공주)'의 탄생 순간이었다. 처음 구상할 때 내용은 별거 아니었다. 아주 단순한 아이디어에서 출발했다. 미야자키는 민담을 하나의 중요한 아이디어 창고로 언급했다. 그는 일본의 고대문명을 답사했으며, 대학 시절 아동문학연구회에 가입해 서양의 동화를 많이 접했다.

나는 미야자키 하야오에 대해 쓰인 책을 도서관에서 몽땅 찾아 읽고, 9개의 인터뷰와 7개의 다큐멘터리 비디오를 봤으며, 그의 스케치 과정을 유심히 지켜보았다. '일본의 명산名山 기행' 다큐멘터리도 찾아볼 정도였다. 그의 말을 귀담아듣고 창작 과정을 나름대로 혼자 재구성해보기도 했다. 지금 당장 역작을 내기란 불가능한 것이었지만, 창작 과정을 배우고 모방하는 것은 해봄직했다. 그의 작가관을 해설한 영어 논문을 찾아 읽기도 했다.

또 다른 예를 들어보자면, 제인 오스틴Jane Austen의 6권 소설을 가지고 내가 탐구하고자 했던 주제들의 흔적을 살펴보면 심각하기 짝이 없다. 《이성과 감성Sense and Sensibility》에서는 영국 역사적 배경, 《맨스필드 파크Mansfield Park》에서는 교회, 패션, 음식, 《노생거 수도원Northanger Abbey》에서는 건축과 조경, 《설득Persuasion》에서는 나폴레옹과 군대에 대해 공부하겠다고 적었다. 1793년에 제인 오스틴이 열여덟 살에 미숙하게 시도했던 젊은 날의 작품들을 살피며 뻔한 초안들이 어떻게 발전했는지를 살펴보기도 했다.

나의 18~19세는 위대함에 대해 탐구하던 시절이기도 했다. 위대한 책이라 불리는 100권의 명작들을 꼽아서 제 멋대로 '도대체 왜 위대한지'를 찾아가는 공부를 해보기도 했다. 고전이라 불린다고 해서 당연시하며 덮어놓고 찬양 일색인 건 내가 질색하는 것이었다. 말했듯이, 나는 어린아이의 눈으로 돌아가서 작품을 보고자 했다. 어린아이의 눈이라면 납득이 가지 않거나, 즐거움을 주지 않는 무가치한 대목을 쉽게 발견하기 마련이다. 나만의 해체 작업을 했다. 이를테면 그 당시 평론가들의 반응, 신문기사나 독자들의 반응을 살펴보고, 시간이 흐른 후 최신 비평서를 구해 읽는다든지 해서 여러 사람들의 의견을 살피고, 그 다음에서야 작가의 인터뷰나 일기, 흔적이나 전기를 읽으며 작품 탄생 경로를 파악하는 식이었다. 이러한 총체적인 공부를 하기 위해서는 적어도 한두 달의 시간이 걸렸는데, 한번에 두세 개의 프로젝트를 진행했으니, 학교를 나왔다고 해서 한가할 틈 없이 정신없이 바쁜 시기였다. 이런 작업을 반복하니, 지나치게 하버드를 우상화하고 대학에 목매달았던 나 자신이 어리석게 느껴졌다. 내면의 성장에 집중하지 않는 학교생활의 실상이 덧없다는 것을 깨달았기 때문이다. 단점에 매달려 사는 것이 얼마나 불행하고 힘겨운 삶인지를 배웠다. 그래서 아예 내가 가진 재능을 보호하고 연마하고 키워서 웬만한 단점은 눈감아줄 정도로 우수해져야겠다는 생각을 했다. 너무나 탁월한 재능을 지닌 이들은 나부터가 용서해주고 싶으니까.

위대함에 대한 탐구를 지속하자, 천재라는 건 결국 시간의 마모를 견디는 작품을 남길 수 있어야만 그렇게 불릴 수 있는 자격이 주어진다는 것을 배우게 되었다. 남들보다 조금 빠르게 선행학습을 한다고 절대로 그런 이름을 함부로 붙여주면 안 된다는 것 또한 느꼈다. 위대한 천재들만 결국 역사에 남기 마련이나.

나는 그런 걸작을 탄생시키고 싶었지만, 지금 당장은 불가능했다. 제대로 된 깊이 있는 공부 없이는 수준 높은 독자들을 만족시키기란 어렵기 때문이다. 그렇지만 연습은 할 수 있었다. 십대 후반부터 엉망이지만 소설 쓰는 연습을 조금씩 하기 시작했다. 이때는 완성된 글을 쓸 수 없는 수준이었기 때문에, 베끼고 단상과 메모에 지나지 않은 것들이었지만, 이조차도 많은 노력이 들어갔다. 그러나 속도를 늦추고 노력을 기울이며 끈질기게 연습을 하니 아주 조금씩 무언가 달라지는 것을 느낄 수 있었다.

나는 홈스쿨 시절 내내 어린 시절 우연히 접했다가 영혼을 흔들 만큼 감동을 준 작품 속에 깊이 빠져들어 작품이 형성되는 과정을 파헤쳤다가 어느 정도 파악했다 싶으면 금방 다시 빠져 나오는 작업을 수없이 반복했다. 그러고 나니 일정한 창조의 규칙이 있다는 걸 발견할 수 있었다. 또한 나도 모르는 새에 비어 있는 것만 같았던 내면에 조금씩 밑천이 쌓이기 시작한다는 점을 느낄 수 있었다. 이 자체로는 의미가 없을지 모르지만, 무언가를 향해 꿈틀대고 서로 합쳐질 기미가 보이는 밑천이 얼마간의 시간이 지나 숙성 과정을 거친다면 온전히 나만의 것을 만들어낼 수 있겠다는 판단이 섰다. 한편으로는 중고등학교 때 이러한 공부가 결여되기 때문에 한국 학생들이 창작에서의 깊이나 질적인 향상을 추구하지 못한다는 점에서 홀로 통탄하기도 했다.

어린 시절과 유년기를 이렇게 보낸 것에는 나의 깊게 빠져드는 성향의 덕도 있었다. 나는 내가 좋아하는 것이라면 지나치리만큼 열정적이었고, 몇 번을 다시 읽어도 질리지 않고, 읽을 때마다 무엇인가 새로운 것을 발견하며 새롭게 느끼는 재주가 있었기 때문이다. 그런 면에서 18~19세 시기는 천재가 되고자 하는 이라면, 위대함이나 역사, 권력을 생각하는 학생이라면, 절대로 놓쳐서는 안 되는 중요하디 중요한 학창시절이다. 성인으로서의 문턱을 넘기 전에 마지막으로 순진무구함을 유지하며 자신이 탄생시킬 작품의 단초를 캐낼 수 있는 시기이기 때문이다.

나만의 대학 입시 오디세이

2011년 10월이 다가오자, 나는 본격적으로 미국 대학 입학원서 준비기간으로 정하고 고3 체제로 전환했다. 그러나 그 방식은 좀 특이했다. 성적표와 증빙서류를 직접 만들어야 했다. 이조차도 재능을 입증해 보여야 하는 힘든 난관이었던 것이다. 단순히 학교에서 성적표를 떼어 와서 제출할 수 있는 환경이 아니었다. 집에서 공부를 했던 만큼, 무엇을 어떻게 공부했는지 수치로 보여줄 수 있어야만 했다. 그러나 SAT는 관심사가 아니었다. 컨설팅 회사는 홈스쿨 과정에서 우수한 학생이라는 걸 증명하려면 SATII 6, 7개는 봐야 한다고 겁을 줬지만, 내키지 않았다. 나의 재능을 키우는 데에 차라리 그 시간을 집중하겠다고 생각했기 때문이다.

'The Home Scholar'라는 웹사이트에서 홈스쿨 고등학생 학부모를 위한 강의쯤 되는 'Helping Parents Homeschool High School'이라는 온라인 강의를 몇 개 연달아 들었더니 어떻게 홈스쿨 성적표를 작성할 수 있는지 감을 잡을 수 있었다. 한국에는 당연히 참고할 만한 예시가 없었으나, 미국에는 적지 않은 학생들이 홈스쿨로 고등학교를 마치고도 좋은 대학에 입학할 수 있다는 사실을 간파했다. 내가 잘만 해낸다면, 무언가 입증해 보일 수 있는 기회라 생각했다.

웹사이트에서 종합적인 성적 기록 샘플Sample Comprehensive Record 을 훑어보았다. 1~2장으로 고등학교 3년간 석차와 성적, 등급이 한눈에 요약되는 게 아니라, 내가 그동안 깊이 있게 공부한 주제들에 대한 탐구 과정을 요약해서 제출해야 한다는 것을 파악했다. 그리고 한 가지 미국 학생들과 차별화될 수 있는 점도 발견했다. 미국이라 한들, 홈스쿨이라 하면 부모가 학교를 대체하는 감독관이 되어 부모의 주도로 이루어져야 하는 반면에, 나는 부모님의 개입은 최소한에 머물렀고 온전히 자기주도적이었다는 점이었다. 따라야 할 규격이라는 게 전혀 존재하지 않았기 때문에 어디까지나 자유를 누릴 수 있다는 점이 위험천만하기 짝이 없으면서도 흥분되었다.

성적표를 대체할 수 있게 만든 것은 33쪽에 이르는 방대한 분량의 종합 기록부Comprehensive Record였다. 이것은 하나의 보고서에 가까운 것으로 2010~2011년까지 기록을 담았다. 나머지 1년 반은 여고에서 받은 성적표를 학교에서 떼어 와서 영문 번역본을 첨부했다. 커버레터, 이력서, 목차를 정성스럽게 만들어 나갔다. 비록 점수로 매길 수는 없으나 성장 과정을 비교적 세세하게 기재하는 것에 집중했다. 종이 한 장, 한 장에 내 진심이 가득 담길 수밖에 없었다. 단지 '대학에 합격하겠다는 목적'에 앞서서 진정성이 느껴지지 않는 건 싫었다.

첫 장 커버레터는 "친애하는 입학사정관께"라고 시작해, "내 종합 기록부를 받아주시길 바라요. […] 처음에 시작할 때 체계적으로 시작하기란 불가능했어요. 본능과 욕심을 따라가며 한 발짝씩 조심스럽게 내딛는 수밖에 없었어요. 공식적인 프로그램을 통한 건 아니지만, 관심사에 천착해서 파고들었는데 그걸 보여주고 싶어요. […]"라며 나의 입장을 상세하게 설명하고 설득시키기에 이르렀다. 모든 것이 점수화된 시스템으로 돌아가는 한국과는 달리, 인간적인 여지가 끼어들 소지가 다분한 미국 대학에서는 학생이 어떻게 자신을 표현하고 설득력을 가지느냐에 따라 성패가 좌우될 수 있기 때문이라는 조언 덕분이었다.

편지에는 내가 프로이트가 《꿈의 해석Die Traumdeutung》을 출간하기 전까지 시도를 거듭한 실험작인 '프로젝트'를 본받아 커리큘럼을 구성했으며, 자칫 별 볼 일 없어 보이지만 어떤 업적으로 발전될 가능성이 있는 특별한 무언가로 가득 채웠다는 점을 강조했다. 대학 기준에 완벽하게 맞춰진 고등학생이 아니라, 훗날 어떤 작품 활동을 이루기 위한 중간 단계를 밟아나가고 있는 예비 창작자로서의 모습을 보여주는 데 주력한 것이다.

이력서에는 중요한 순서대로 진지하게 파고들은 독학 과목이나, 오페라 수업, 아트클럽, 예술의 전당 감상 수업, 체코 프라하 드보르작 아카데미에서 성악 영재 수업을 받은 것, 이러한 것들을 적어 넣었다. 심지어 TASP(코넬과 미시간 대학에서 6주간 진행되는 유명 서머캠프)에 지원했다가 떨어졌음에도 불구하고 '처음으로 공식적인 자리를 빌려 제대로 된 글을 써봤다.'는 점에서 개인적으로는 성장을 이루었다는 것을 적었다. 나머지 고등학교 때 열정을 담아서 하지 못하고 보여주기 식으로 했던 활동들은 저 뒤로 밀려났다.

이렇게 만들어진 나만의 종합 기록부와 지원 서류를 모아 아빠, 엄마와 나는 명동 중앙우체국에 달려가 입시원서 마지막 날, 은행 문이 닫히기 전에 겨우 해외 배송으로 보낼 수 있었다. 추운 겨울이었는데, 셋 다 땀범벅이 될 정도로 눈코 뜰 새 없이 바쁜 날이었다. 오후 6시까지 마치지 못해 은행 직원들의 안내로 직원 출입구로 겨우 빠져나갈 수 있었다.

지금 돌이켜보면, 부모님과 나의 합작품은 세련되지 못하고 조악하기 짝이 없는 부분들이 있었다. 특목고나 해외 유학 컨설팅을 걸쳐 완성품으로 낸 학생들과는 비교도 되지 않았을 거다. 하지만 나는 입학 설명회를 갈 수도 없었다. 내 상황의 성질이 너무나 독특하고 누군가를 따라할 수 없는 것이었기 때문이다! 그중 하나는 내가 용감하게도 검정고시조차 보지 않았다는 것이었다. 애초에 필요하다고 생각하지도 않았던 나는, 대학 지원 도중에야 복병을 만났다. 많은 미국 종합 대학에서 GED(미국식 검정고시)를 요구한다는 사실을 알았기 때문이다. 좌절할 새도 없이, 무조건 일일이 지원하고자 하는 리버럴 아츠 칼리지 입학처에 모조리 이메일을 보냈다.

"안녕하세요. 저는 임하연이라고 합니다. GED 질문에 답변해주셔서 감사해요. 한국에서는 검정고시 범위가 고등학교 1학년 과정까지만 들어가는데 저는 2학년까지 우수한 성적으로 다니다가 홈스쿨로 전향한 사례이기 때문에 필요 없다고 생각했거든요. 하지만 만약 학교 측에서 원하신다면 4월 10일에 시험을 봐서 영문 번역본을 21일 안에 보내거나 학기말 보고서 동봉할 수도 있어요."

몇몇 학교에서는 거절했고, 몇몇 학교에서는 내 상황이 "매우 평범하지 않다."고 했지만 지원서를 받아주겠다고 연락이 왔다. 하마터면 대학 지원 자체를 하지 못할 아슬아슬한 상황이었다. 그러나 이 과정에서 오히려 크게 감동받았다. 미국 시스템에는 인간적인 이해가 끼어들 여지가 충분히 있다는 점이었다. 나의 상황을 설명하는 데에 있어 장황한 서류는 필요 없었다. 제도라는 잣대를 들이대는 사람도 없었다. 그저 입학처장에게 일대일로 대화해서 설득시킬 재간만 있다면, 그리고 부족한 부분을 상쇄시킬 탁월한 다른 부분이 있다면, 충분히 용서받을 수 있다는 점이었다. 고등학생 때 이러한 과정을 몸소 겪으면서, 나는 미국의 인간적인, 너무도 인간적인 시스템에 감동받았다. 이메일을 받을 때마다 입학처장은 "친애하는 하연 양," 이름을 부르며 자동응답기가 아닌 섬세한 배려가 담긴 말을 해주었다.

그 후 몇 달 뒤, 나는 몇몇 명문 리버럴 아츠 대학에서 합격통지서를 받았다. 그것 자체로 기뻤지만, 합격이 취소되지 않으려면 학기말까지 끝까지 잘했다는 것을 보여주기 위한 '미드 이어 리포트Mid Year Report'라는 것을 5월 중순에 제출해야 했다. 사실 한국 학교는 대부분 2월 달에 학기가 끝나기 때문에 굳이 할 필요가 없었지만, 나는 모든 것을 기회의 발판으로 삼고 싶었다. 억지로 해야 하는 것이 아니라, 이 기회를 빌려 대학에 가기 전에 '과제물 리포트'라는 것을 연습 삼아 제대로 해보고 싶었다.

보통은 고등학교 졸업반 기말고사를 망치지 않았다는 것을 증명하는 성적표를 동봉하지만, 나는 이번에도 내 멋대로 처음으로 빼곡하게 10페이지 가득 쓴 페이퍼를 동봉했다. 이것은 나의 홈스쿨 2년을 정리하는 보고서였다. 그 앞에는 편지를 써두었다.

"이렇게 비전통적인 '미드 이어 리포트'를 받아보셔서 놀라셨을 거라 짐작해요. 점수가 적힌 보고서를 기대하고 계셨겠지만, 저는 학교를 다니지 않는 학생이기 때문에 그런 걸 제출할 수가 없네요. 해서 4,000자 에세이를 써보았어요. 그간 이룬 성장에 대해서 말입니다. 가정교사가 없기 때문에 코멘트를 붙일 수는 없었지만, 1,000자 이상 쓰는 게 저로서는 첫 시도이기 때문에 시험 보는 것 못지않다고 생각합니다. 문법적인 오류 때문에 쓰레기통을 치워버리거나 하지는 말아주세요. 문법은 언제나 제 강점은 아니었지만, 자신 있는 건 아이디어와 영감, 생각과 꿈, 계획을 키워온 것이라는 점이에요."

합격을 취소하지 않은 걸 보면, 입학사정관들이 받아주었던 듯싶다.

그간의 공부 과정을 한눈에 보여줄 수 있는 종합 기록부를 서류화하는 것부터, 입학사정관들을 설득하고, 마지막으로 홈스쿨 보고서 10쪽을 보낸 것으로, 나는 애초에 계획했던 것보다 상상할 수 없을 만큼 성장하게 되었다. 그리고 큰 깨달음을 얻었다. 스펙이라는 엄격한 잣대를 들이대면 부족할 수 있는 내가 대학에 합격할 수 있었던 유일한 요인은, 그것을 받아줄 수 있는 사회에 소속되고자 했었기 때문이라는 것이다. 한국 대학이었다면 어림도 없었을 것이라는 걸 알기에, 내심 나와 비슷한 한국 친구들이 꼭 리버럴 아츠 칼리지에 갈 수 없는 형편이라도 독창성과 창의력을 마음껏 인정받을 수 있는 환경이 한국에도 마련되면 좋겠다는 바람이다. 학생들과 일일이 소통하고 숫자와 서류로 보이는 이면을 꿰뚫어볼 수 있는 미국 시스템을 통과하면서야 미국 사회의 포용력을 비로소 알게 되었다.

3장
내가 괴테식 학습을 선택한 까닭

Self portrait not portrait

착실하게 밟은 영어교육 코스

내 영어에는 영국 발음과 미국 발음이 둘 다 있다. 유치원을 다 닐 때부터 초등학교에 입학하기 전까지는 영국인 선생님이 있 었는데, 학교에 다니면서 방과 후에 귀국 학생들을 대상으로 하 는 학원에 다니게 되면서 환경이 바뀌게 되었다. 그 학원은 미 국 사립학교에서 쓰는 교재로 수업을 했는데, 레벨 테스트를 통 해 각자 수준에 맞는 학년에 들어가 미국 학생들과 똑같이 공부 하는 교육방식으로 교사도 미국인이 대다수였다. 중학생이 되 면서 청담동 인근의 학원으로 옮기면서 담당 선생님이 영국에서 성장해온 분으로 또 바뀌게 되었다. 이러한 잦은 변화 때문인지 성장 기간 동안 들어온 영어가 미국식과 영국식이 뒤섞여 내 발음에도 영향을 주게 되었다.

대학교 첫 학기를 런던에서 지냈을 때 유럽 친구들은 내가 당연히 미국에서 오랫동안 성장해왔으리라 짐작했다. 한편 미국에 와서는 반대 상황이 벌어졌다. 배정받은 기숙사에 도착해서 짐을 풀다가 룸메이트가 될 친구를 만나 악수를 하고 몇 마디를 나누었는데 이 친구가 살짝 이상한 표정을 짓더니 "너 영국에서 살다 왔니? 악센트가 있어서."라고 만나자마자 대뜸 물어보는 것이었다. 나는 깜짝 놀라서 마치 내 출신 성분을 들킨 것마냥 괜히 뜨끔했다. 영미권 사람들은 악센트로 그 사람의 출신 지역과 사회적 지위를 대강 알 수 있다는데, 뉴햄프셔 출신의 룸메이트는 그걸 대번에 알아낸 것이다.

나는 성인이 되기 전까지 해외에서 거주 경험이 없지만 태어날 때부터 한국어와 영어를 같이 배웠고 둘 다 자연스럽게 모국어로 받아들였다. 그래서인지 영어를 쓰는 데에 한 번도 큰 불편함을 느낀 적이 없었다. 물론 그렇다 해도 한국에서만 살았었기 때문에 영미권에서 새로 유행하는 단어라든가, 전문적인 용어나 속어를 가끔 알아듣지 못하는 부분은 있겠지만 일상생활에 크게 지장을 주지 않는다. 그런 섬세한 부분은 충분히 이곳에서 생활을 하면서 은연중에 습득해서 조율할 수 있었다.

사실 나는 꽤 오랫동안 학교를 두 개씩 다닌 것과 다름없었다. 한국의 정상적인 교육과정을 차례로 밟고 방과 후에 미국 사립학교의 정규교육 과정을 매우 체계적으로 받았기 때문이다. 내가 초등학교 때부터 다녔던 영어 학원은 원내에서는 영어만 사용하게 했고 규정을 어길 시에는 원장 선생님과 면담을 해야 했다. 대부분 외국에서 주거 경험이 있는 학생들만 상대로 하는 학원이었기 때문에 아이들 모두 영어로 말하는 규칙에 대해 거부감이 없었다. 나는 외국에서 살아본 적이 전혀 없었지만 레벨 테스트를 마치고 좋은 반에 들어갈 수 있었다. 엄마 손을 잡고 함께 처음으로 영어 학원을 구경 갔을 때 나는 원서들로만 가득 찬 도서관이 구비되어 있는 것을 보고 너무 설레서 꼭 이곳에 다니고 싶다고 졸라댔다. 입학한 첫날 선생님으로 보이는 분이 책장에 기대어 그 작은 도서관에서 가장 두꺼운 책인 빅토르 위고Victor Hugo의 《레미제라블Les Miserables》을 읽는 것을 보고 아홉 살짜리 나는 속으로 언젠가 나도 곧 반드시 저 책을 읽겠다고 다짐했다.

영어 학원은 완벽하게 이국적인 분위기였다. 문이 열리고 학원에 들어서는 순간 내가 외국에서 생활하는 듯한 착각도 들고 모든 게 재미있었다. 일주일에 한 번씩 선생님은 반 아이들을 모두 도서관에 데리고 가서 "자, 이제 일주일 동안 자신이 읽을 책을 마음대로 골라보세요."하고 원서를 읽어오는 숙제를 내주었는데 나는 뽐낸다고 조금 더 어려운 책을 골라 일주일 내내 낑낑거리며 원서를 끝내기 위해 매달렸다. 초등학생이 들기에는 꽤나 무거운 두껍고 커다란 영어 교과서를 가방에 매고 다니면서도 잘 다녔다. 그래도 상상력을 한껏 발휘해서 내가 정말 '호그와트'에 다닌다는 기분으로 살았다. 당시 나의 우상이었던 '해리포터'의 똑똑하고 야무진 여주인공 '헤르미온느'처럼 열심히 과제를 했다. 한국 학교 과제를 경주를 하듯 재빨리 마치고 집에서 각종 영어 숙제와 나름대로 짠 영어 프로그램을 소화하면서 그 또래 중에서 최고가 되기 위해 열심히 노력했다.

영어 학원 안에서 새로운 친구들을 사귀는 것도 좋았다. 열살 무렵에는 나랑 죽이 잘 맞는 친구들을 만나서 우리끼리 몰려다니면서 끊임없이 '헤르미온느 그레인저'에 대해 토론을 했다. 몇몇 여자애들과 나는 경쟁적으로 '해리포터' 영화 시리즈를 반복해서 보고, 영화 속 헤르미온느의 대사를 익히는 것만으로는 갈증을 느껴 소설 《해리포터》 시리즈를 몽땅 사다 놓고 한 권씩 차례로 펼쳐서 헤르미온느가 나오는 부분만 밑줄을 쳐가며 마치 기말고사를 준비하는 것마냥 달달 외우고 다녔다. 모두 욕심이 많은 여자애들이었기 때문에 서로 질투도 했지만 서투른 영어로 작성한 이메일을 주고받았다. "너희들, 지난번 월말 평가는 잘 봤니?" "응, 나는 잘 본 것 같아. 정말 열심히 공부했거든. 그런데 문법이 약한 것 같아 걱정이야. 어떻게 공부를 해야 할지 모르겠어." 나와 친구들이 영어로 작성한 이메일의 일부이다. 이렇게 서로 각자의 학교에서 힘든 일들도 털어놓고 영화 대본 공부도 하고 헤르미온느 역을 맡은 배우 엠마 왓슨의 사진을 모아 정보를 업데이트해주기도 하고, 그녀의 악센트며 목소리까지 정확하게 흉내를 냈던 게 훌륭한 영어 공부가 되었다.

무산된 영국 보딩스쿨 조기유학

비교적 여유 있는 가정이라면 한번쯤 자녀의 조기유학을 고민해보곤 한다. 나와 부모님 또한 조기유학을 심각하게 고려했다. 한국을 떠나 해외에 나가 어렸을 때부터 더 많을 것을 보고 배우자는 의미에서 말이다. 나는 어렸을 때부터 독립심이 강해서 외로워하지도 않을뿐더러 욕심도 많아 한국이 비좁다고 생각했다. 조금이라도 더 일찍 세계의 인재들과 겨루어야 잘해낼 수 있다는 생각이 앞섰다. 게다가 초등학교 때 한창 해리포터에 푹 빠져 있던 나는 '호그와트'에 너무 가고 싶어서 혼자서 직접 영국의 명문 보딩스쿨(기숙사가 딸린 학교)에 대한 정보를 찾아 입시요강을 만들어 아빠를 설득하기 위해 아빠 앞에서 프레젠테이션을 하기도 했다. 하지만 끔찍하게 아끼는 딸의 부탁이라면 모든 들어주시던 아빠는 이번만큼은 단칼에 거절하셨다.

아빠는 내가 미성년자일 때까지는 반드시 부모의 보호 아래에 있어야 한다고 설득하시며, 성인이 되고 나서는 내가 하고 싶은 대로 해도 상관없으나 십대 초반부터 멀리 떨어져 살 수는 없다고 하셨다.

"네가 대학에 가게 되면 결정의 권한을 너에게 전적으로 맡기겠지만 법적으로 성인이 되기 전까지는 절대로 가족과 떨어져 살아서는 안 된다. 엄마가 너와 함께 따라가면 모르겠지만 어린 동생이 있는데 그건 말이 안 되고, 설사 동생까지 같이 따라간다 해도 그렇게 되면 아빠는 기러기 아빠가 되는 것이고, 그건 결국 가족을 깨뜨리는 것과 다름없다. 또한 너를 혼자 영국에 보내게 된다 해도 그렇게 어린 나이에 타지생활을 하기 시작하면 성장해서 가족들과의 추억도 별로 없고 애정도 없어지는 건 어쩌면 당연한 논리란다."

나는 "헤르미온느처럼 혼자서도 잘 할 수 있어요."라며 보내달라고 울며불며 떼를 썼지만 아빠는 한 번 안 된다고 한 건 절대로 안 되는 분이셨기 때문에 좀처럼 변할 기미가 보이지 않았다. 어렸을 때는 아빠를 이해하지 못했다. 내가 재능이 있고 더 큰 물에서 놀 수 있는데 왜 굳이 한국에 잡아두려 하는지 원망스러웠다. 아빠는 초등학생인 내게 《서울대보다 하버드를 겨냥하라》,《하버드를 꿈꾸는 아이들에게》 종류의 책을 잔뜩 사다주어 비슷한 종류의 서적을 모조리 탐독하기 이르렀고, 2003년

SBS에서 방영한 다큐멘터리 '세계 명문 대학―다이하드 죽도록 공부하기'는 비디오 녹화를 해서 돌려보기도 했다. 그러면 그럴수록 나는 한국을 넘어 다른 세계에 대한 갈망이 더해만 갔다.

그러나 시간이 흘러 돌이켜보면 아빠의 결정이 옳았던 것 같다. 성장을 하면서 나는 그러한 책과 영상물에서 만들어내는 환상과 현실에 간극이 존재한다는 것을 파악하게 되었고, 내가 정말로 원하는 것은 환상을 좇는 것이 아니라 현실을 충실하게 좇아 환상을 만들어내는 것이라는 걸 깨달았다. 그런 깨달음에는 많은 시간이 필요했다. 지금 생각해보면, 철이 없던 나는 심사숙고하지 못하고 '조기유학'이라는 환상에 젖어 앞뒤 가리지 않았던 것이다. 나는 지금 나의 모습에 만족하므로 만약 그때 혼자 유학길에 올랐다면 그 나름대로 완전히 다른 사람이 되어 있었을 것이다. 나중에야 아빠는 당시 자신이 딸의 앞길을 막는 것이 아닐까 심각하게 고민하셨다는 속내를 털어놓으셨는데, 아빠는 당신이 옳다고 믿는 소신을 지킨 것이기 때문에 그것 또한 존중해드려야 한다. 만약 우리 집이 뉴욕에 있고 내가 차로 서너 시간이면 도착하는 매사추세츠 콩코드에 있는 보딩스쿨에 다닌다고 상상한다면 어찌 되었든 나에게 무슨 일이 생기면 바로 부모님이 내가 있는 곳으로 올 수 있지만 이건 그런 경우가 아니었다. 비행기를 타고 열여섯 시간이 걸리는 지구 반대편에 어린 아이가 왕래를 한다는 게 쉽지 않으니 말이다.

조기유학이 좌절된 아쉬움은 여름방학 때마다 이루어지는 영어캠프와 유럽 여행으로 보상받았다. 나는 독립심을 키워나가는 방식으로 부모님과 떨어져 있는 기간을 점차 늘렸다. 대학교에서 주최하는 여름방학 영어캠프에 초등학교 2학년 때는 주말마다 참석했고, 3학년 때는 한 달 동안 집에 돌아오지 않는 식으로 말이다. 착실하게 공부를 하다가 부모님이 그리워질 만하면 돌아오곤 했으니 나는 정서적으로 매우 안정된 환경에서 불안감을 전혀 느끼지 않고 점점 독립적인 성격으로 훈련되었다. 그 결과 자신감도 넘치게 되고 말이다. 그래서 그런지 외국에 처음 나가 살 때도 유럽 친구들은 내가 어린 나이에 가족이 보고파 혼자서 눈물을 훔친다느니 이런 것 전혀 없이 밝은 모습인 것에 놀라워했다.

이런 면에서 우리 세대는 참 운이 좋은 것 같다. 지금은 한국에서도 완벽하게 영어를 배울 수 있는 시스템이 충분하게 갖춰져 있다는 것이 감사한 일이다. 내 남동생의 경우 아예 처음부터 영어 유치원을 다녔는데 잘 적응하지 못해 내가 다니던 초등학교 병설 유치원으로 바꿔야만 했다. 나는 한국에서 정상적인 교육을 받을 것을 다 받고 따로 영어 학원을 다녀 그런 혼돈이 없었다. 당시 내가 살던 동네 분위기는 1~2년이라도 해외 거주 경험을 당연시 했는데 많은 친구들이 반드시 한국에 돌아와서 적응하는 데 고생을 했고 그새 영어를 까먹어 나보다도 훨씬 뒤쳐지는 것을 많이 보았다.

영어는 습득보다는 습관이어야 한다. 영미권 자체의 문화를 집에서도 가지고 있다면 굳이 단발적으로 외국에 나가지 않아도 모국어처럼 자연스럽게 받아들일 수 있다. 마치 해외 이민자 가정에서 집안 내에서는 부모와 모국어를 사용함으로써 잊지 않게 되는 것과 같은 이치이다. 비록 부모님이 영어를 쓰지는 않으셨지만 집안에서는 늘 영어가 들리는 환경을 제공해주셨기 때문에 나는 정서적으로 안정된 환경에서 꾸준하게 영어를 공부해나갈 수 있었다.

내가 조기유학을 가지 않은 이유

어느 순간부터인지 중학교, 고등학교 입시에만 매달린 탓인지 상상력의 세계에서 멀어져 '해리포터'에 대한 열정을 잃어버리고 까맣게 잊고 살아왔다. 그러다 자퇴 후 1년이 지난 2011년 해리포터 대단원의 마지막 편인 '해리포터 죽음의 성물'을 개봉한다는 소식을 듣고 영화관에 가서 보고 한참을 앉아 있었다. 그야말로 나의 '어린 시절'이었던 해리포터와 작별하는 순간이었다. 그 뒤로 가족여행을 가게 되었을 때 나는 숙소에서 나오지 않고 내내 원서 마지막 권을 읽었다. 어린 시절 나의 우상이었던 헤르미온느가 호그와트를 결국 졸업하지 못하고 일생을 건 모험을 하러 떠났다는 글귀를 보고 한동안 가슴이 먹먹했다. 내가 학교를 나오게 될 줄은 꿈에도 몰랐던 것처럼, 일탈이란 걸 생각해보지도 않은 모범생 헤르미온느가 나와 같은 길을 살 수밖에 없었다는 것을 알게 되었을 때의 허탈감과 동질감은 이루 말할 수가 없다. 문학이 주는 위로가 이런 것인가 새삼 생각했다. 비록 소설 속의 인물이지만, 나와 비슷한 점을 발견하고 열정적으로 좋아했고, 그녀가 성장한 만큼 나도 함께 성장한 만큼 나도 모르게 문학 작품의 캐릭터를 어느새 닮아 있었다. 덕분에 맹목적인 종교와도 같았던 '전교 1등'에 대한 집착을 버렸다. 나는 중학교 3년 시기를 유럽 중세시대와 같다 하여 '암흑기'라 이름을 붙이고 벗어던졌다. 그리고 내 인생에서 문학과 철학이 꽃피우던 '르네상스'를 기쁜 마음으로 맞이할 수 있었다.

내가 기억하고 있지 않던 순간에도 지혜롭게 한 발 먼저 엄청난 용기가 필요한 선택을 해준 '해리포터'의 '헤르미온느 그레인저'라는 캐릭터는 나의 추억 속 한 켠에 늘 존재하고 있을 것이다.

사실 한 번 더 때 아닌 유학의 기회가 찾아왔다. 하나밖에 없는 외동딸이 대학만큼은 미국으로 가는 것은 아빠가 오래전부터 계획해놓으신 일이었고, 나 또한 당연히 자연스러운 수순이라고 생각했다. 하지만 내가 일반고를 다니다가 도저히 학교를 다닐 수가 없겠다고 그만두겠다고 하자 고육지책으로 엄마는 강남의 한 유학원에서 노스캐롤라이나와 버지니아 주에 있는 보딩스쿨 리스트를 받아오셨다. 자퇴를 할 바에야 예정보다 일찍 미국에 가는 게 모양새가 보기 좋지 않겠느냐는 생각이셨다.

그러나 이번에는 내가 별로 내키지 않았다. 쫓기듯이 미국으로 가고 싶지 않았다. 내가 원했던 건 도피유학이 아니었다. 일찍이 해외로 나가고 싶어 했던 것은 보딩스쿨에 대한 환상이 있었고, 그 후 세계 최고 대학에 진학하고 싶어서였다. 하지만 나는 천재성과 창조성을 공부한 뒤로 마음이 바뀌었다. 그래서 충분히 준비할 시간이 필요하다고 느꼈다. 내가 아직 그런 사람들을 만날 준비가 되지 않았다고 느꼈다. 내 인격이 완성되지도 않은 상태에서, 혼란스럽고 불안한 상태에서 가봤자 좋을 게 없다고 판단했다. 내가 누구인지를 완전히 파악하고 가야지만 휩쓸리지 않을 것이 분명했다. 나는 나의 정체성부터 찾아야 했다.

미국에 와서 보니 고등학교를 갓 졸업한 미국 학생들이 얼마나 어리고 미숙한지 모른다. 오히려 또래의 한국 학생들이 정신적으로는 성숙한 것 같다. 그 격차가 확연하게 벌어지는 시점이 바로 대학 시절인데, 미국 학생들은 이때 비로소 이루 말할 수 없는 폭발적인 감정적, 정신적 성장을 이룩한다. TV 프로그램이나 미국 보딩스쿨 홍보영상을 보면 마치 그들이 엄청나게 대단한 생각을 하고 사는 엘리트인 듯 보이지만, 사실 엄청난 불안감을 갖고 방황하는 십대 청소년에 불과하다. 나는 대학에 오고 나서 일찍부터 조기유학을 한 친구들의 속내를 들을 수 있었는데, 때마침 나는 미국에서 태어나고 자란 재미교포 2세들을 제외한 한인들이 학부 내 한국인 커뮤니티를 벗어나지 못하는 것에 대해 의아하게 생각하고 있던 참이었다. 일찍부터 조기유학을 했던 친구들이라면 외국 사람들과 어울릴 기회도 시간도 나보다 많았을 텐데 그들은 오히려 내가 아무런 문제없이 잘 어울리는 것을 보고 신기해했다.

처음 미국에 왔을 때 같은 신입생 미국인 친구들은 내가 뿌린 향수 냄새가 너무 좋다며 가까이서 맡아보기도 하고 내 스타일이 마음에 든다고 내가 입은 코트를 어디서 샀냐고 물어보기도 했다. 한국이라면 호기심이 일어도 점잖게 적당히 모른 척하고 지나는 경우가 다반사일 텐데, 이 순진한 미국 친구들은 너무 솔직하게 칭찬해주어 오히려 내가 당황하기도 했다. 아무리 동부의 명문 사립고등학교를 나온 친구들이라고는 하나 그들 모두 미국을 벗어나서 거주한 경험이 없었으니, 한국에서 온 내가 바로 영국에서 공부를 마치고 온 데다가 옷도 '유러피안' 스타일로 입는다며 부러워했다. 더군다나 내 룸메이트는 신입생 오리엔테이션 기간에 내가 아프리카 브룬디 출신이자 벨기에에서 중고등학교를 다닌 새 친구와 불어로 대화를 하는 것을 보고 내가 유럽에서 자란 줄 알았다고 했다. 동양인인 내가 묘하게 이

도저도 아닌 분위기를 풍겨 이국적으로 느꼈는지도 모르겠다. 아무튼 의도치 않게 처음 보는 여학생들에게 좋은 인상을 준 것 같아 나는 안도의 한숨을 내쉬었다.

누구에게도 털어놓지 않았지만, 솔직히 나의 가장 큰 무기는 누가 뭐라고 입방아를 찧어도 꿈쩍도 하지 않을 만큼 독립적인 사고 체계를 갖추었다는 점이었다. 외적인 부분에서 호기심을 자아내고 친해지고 싶은 인상을 주었다는 것보다 중요했던 건 그들을 '외국인'이 아닌 '나와 별다를 것 없는 평범한 대학생'으로 대할 수 있는 자신감이었다. 조기유학을 한 한국 친구들은 너무 어릴 때 가서 또래의 미국인들에게 실망할 대로 실망하고 학을 뗀 부분이 있는 것 같다. 그들도 그 나이 땐 한국 청소년들과 똑같이 미숙하니 사람을 대하는 데에 서투르고 매정한 부분이 분명히 있는 것이다. 나야 이제 막 한국을 떠나 왔으니 본국을 그리워하고 말고 할 게 없었지만, 동기들은 오히려 여름방학에 잠깐이라도 한국에 돌아가는 시간을 애타게 기다리곤 했다. 반면에 섣불리 해외로 떠나지 않고 정체성부터 찾고 좀 더 성숙한 모습으로 그들을 맞이할 수 있었던 나는 '그래, 미국 애들이 저런 면이 좀 있기는 하지.'하고 넘어갈 뿐, 거기에 대해 상처를 받는다거나 이질감을 느낀다거나 하지는 않았다. 결국 언제 떠나느냐보다는, 내가 얼마만큼 성숙하고 타인을 받아들일 준비가 되었느냐, 그게 관건인 듯하다.

코스모폴리탄cosmopolitan이라는 단어는 '세계인, 국제인, 범세계주의자'라는 영어의 형용사이지만 한국에서는 명사로 쓰이기도 한다. 나는 나 자신을 코스모폴리탄이라 생각한다. 그건 내가 예를 들어 외교관의 딸이어서 해외 거주 경험이 많다거나, 외국회사 지사장의 딸이어서 아빠 곁에서 세계적 인사들을 만날 수 있는 기회가 많아서 그런 것도 아니다. 나는 평범한 금융인의 딸이었지만, 국제적인 감각을 가졌다고 자부할 수 있는 이유는 순전히 내가 받은 가정교육 때문이다. 나는 태어나서 성인이 되어 비로소 대학을 오기 전까지 한국에서만 자랐지만 내가 자란 가정 분위기는 분명 전통적인 한국 가정은 아니었다.

우선 TV를 거의 보지 않았기 때문에 친구들 사이에서 연예인 이야기가 나오면 나는 알아들을 수가 없었다. 나는 오히려 한국 내에서 문화 차이를 많이 느끼곤 했다. 아빠는 딸을 아시아를 넘어 세계적인 인물로 키우기 소망하셨고 이로 인해 한국 밖 세상을 집안에서 접하는 게 자연스레 가정 문화와 분위기로 자리 잡았다. 그게 나의 상상력을 자극했고, 한국 밖에 나와 전 세계 사람들과도 별다른 어려움 없이 친해질 수 있는 가장 큰 배경이 되었다. 아이러니하게도, 어렸을 때부터 해외에서 유년시절을 보냈음에도 불구하고 오히려 더 한국적인 사고를 갖고 있는 친구들을 많이 보았다. 그들이 어디에 있던 부모님이 전통적인 교육방식을 추구한다면 당연한 결과이다. 아니면 아예 어설프게 미국화가 되어버려 자신의 한국적 아이덴티티를 숨겨버리는 경우도 굉장히 많이 보았는데, 그게 그리 좋아 보이지는 않았다. 자기 출신을 부끄럽게 여긴다는 열등감이 보였기 때문이다. 그리고 그런 나약한 면모는 서양 사람들도 바로 파악한다.

나는 늘 두 세계에 동시에 살고 있었던 듯하다. 현실의 세계와 상상의 세계. 내가 속해 있는 한국과 내가 속하고 싶은 세상 밖. 최고로 세속적인 리그와 바깥세상과 동떨어진 듯한 가정. 그 간극을 뛰어넘는 데 별 힘을 들이지 않아도 나는 아주 쉽게 몸이 가벼운 고양이처럼 폴짝 넘나들 수 있었다. 물리적으로 움직이는 게 아니더라도, 내 마음속으로 나는 어디든 왔다 올 수 있었다. 언젠가 나는 부모님께 "삶을 관통하는 단어가 있다면 나는 주저 없이 바로 '상상력'을 꼽을 거예요."라고 말씀 드렸다. 나는 지금도 상상력의 힘이 나의 다른 모든 가치를 뛰어넘는다고 생각한다. 다른 세계를 상상할 수 없는 학생들은 더 멀리 나아갈 수 있는 힘을 잃어버린다.

아주 어렸을 때는 동화책을 많이 읽었다. 특히 스웨덴과 덴마크 동화작가들의 책을 많이 읽었다. 질 좋은 종이에 인쇄된 색감이 예쁜 동화책들을 구입하는 데 엄마는 아낌없이 돈을 썼다. 바바라 파크Barbara Park, 로알드 달Roald Dahl과 아스트리드 린드그린Astrid Lindgren 이런 부류였다. 나는 희곡 《말괄량이 길들이기The Taming of the Shrew》 시리즈의 천방지축 주인공 삐삐, 스쿨버스 안에서부터 난동을 부리는 깜찍한 조니 비 존스처럼 악동 기질이 있고 온 세상 온갖 엉뚱한 짓을 저지르는 다채로운 등장인물들에 매료되어 있었다. 초등학교 때는 아동문학의 고전들을 섭렵했는데,《빨간 머리 앤Anne of Green Gables》,《에이번리의 앤Anne of Avonlea》,《레드먼드의 앤Anne of the Island》의 고아 앤 셜리와《작은 아씨들 Little Women》의 작가 지망생 조 마치,《소공녀》의 세라 크루처럼 의지가 강하고 품위를 잃지 않으려고 노력하는 소녀들이 주인공으로 나오는 소설이라면 무조건 반했다. 매력적인 개성이 담겨 있기만 하면 위인전이나 역사책에도 서슴없이 빠져들곤 했다. 엄마는 한 달에 두어 번 영어 수입원서 전문서점에 꼭 데려가셨는데 당시 값이 꽤나 했는데도 전혀 아까워하지 않으셨다. 물론 나는 신중하게 골라야 했지만.

초등학교 4학년 어느 날, 학교가 끝나고 집에 돌아와보니 엄마가 내 손을 이끌고 서재에 데려가 "인사해. 영국에서 쭉 살다가 얼마 전에 옆집으로 이사온 너보다 두 살이 많은 언니야."라며 내 방을 구경하고 있는 새로운 얼굴을 소개시켜주었다. 자신을 종연이라 소개한 언니는 수줍고 어색하게 인사를 한 뒤 책한 권을 책장에서 뽑아 들더니 이리저리 살폈다. "우와, 너희 집은 책 한 권 한 권 마치 진짜 도서관처럼 분류기호 견출지를 다 붙여놨구나!"하며 감탄했다. 집에는 책장에 책이 흘러넘쳐 귀찮게 구는 아이들처럼 책이 여기저기 커피테이블이며, 화분이며, 식탁 옆이며 할 것 없이 쌓아둘 정도로 책이 많아, 적지 않은 사람들이 와서 '대출'을 해갔기 때문에 분실을 하지 않으려는 나의 묘책이었다. 특히나 내 또래 친구들은 영어책이 많은 내 서재를 부러워했기 때문에 책 겉표지에 일일이 '하연이의 글방'이라 쓴 견출지를 번호표를 써서 바코드처럼 붙여두었다. 종연 언니는 영어 소설책 한 권을 들어 보이며 "나 이 책을 빌려도 될까?" 물었다. 나는 흔쾌히 허락을 했고 언니네 집에는 훨씬 영어책이 많다는 것을 알고는 나도 자연스레 옆집에 자주 놀러 가서 책을 빌려다 읽게 되었다.

종연 언니와 나는 곧 영어로 쓴 편지를 주고받기 시작했다. 편지를 쓰는 일이라면 껌뻑 죽는 나는 열심히 영어로 편지를 썼고 언니는 엉터리로 쓴 부분을 친절하게 고쳐서 본인의 편지와 함께 보내주었다. 아침에 등교를 할 때마다 서로의 우편함에 편지를 떨어뜨려놓고 깜빡 잊은 날이면 다른 층에 있는 교실에 찾아가 건네주기도 했다. 편지의 일부를 공개하자면 이렇다.

"내년에는 어쩌면 우리가 함께 영국에 갈 수 있을지도 몰라.

나는 그곳이 어떤지 알고 싶거든. 행운을 빌어! 언니가 좋은 점수를 받아서 기뻐. 안녕! 답장 금방 해! 하연이가."(2002년 10월 8일)

10월에 들어서 보낸 또 다른 편지에는 이런 구절도 있었다.

"내가 이번 크리스마스에는 언니에게 아주 두꺼운 책을 선물로 줄게. 긴장돼. 나는 크리스마스를 어떻게 해야 잘 보낼 수 있을지 걱정하고 있거든. 하지만 재미있을 것 같아. 하얀 눈이 내린 성탄절 아침에 내가 언니네 대문 앞에 커다랗고 두꺼운 책 세 권이나 네 권을 박스에서 넣어서 둘지도 몰라!"

"하연이에게. 안녕, 잘 있었니? 빨리 같이 놀았으면 좋겠다. 다음번에는 영어사전을 공부하자. 알겠지? 토요일에는 아주 재미있었는데, 앞으로는 노는 것보다는 공부를 더 많이 할 거야. 네가 괜찮으면. 이제 가야 돼. 안녕!"(2002년 10월 14일)

영어로 서로의 일상을 전하는 것 외에 언니는 내가 문법적 오류를 범하면 유례없이 고쳐서 돌려보내주었다.

"네가 쓴 영어 편지를 읽었는데, 실수가 좀 있더라. 알아둬. 문장을 시작할 때는 항상 대문자로 시작하고, 새 문장을 'and'

로 시작하면 절대 안 돼. 안녕!"

덧붙여 언니는 시간 날 때 코엑스나 교보문고, 진솔문고 중 한 군데를 꼭 같이 가자고 약속했다. 또 편지 끝 부분에 '궁금증 풀이' 코너를 마련해서 ①, ②, ③… 이렇게 번호를 붙여가면서 문법을 설명해주었다. 나는 고맙다고 우선 감사의 표시를 하고 언니에게 수학점수가 몇 점이 나왔냐고 물은 뒤, 교보문고에 가서 영어책을 구경하고 5권이나 샀다고 말해주었다.

당시 6학년이었던 종연 언니는 나에게 어느 날 이렇게 썼다.

"나의 비밀 중 한 개를 말해줄게. 절대 말하면 안 돼, 알았지? 별로 비밀이라고는 할 수 없어. 언니가 2002년 5월 1일부터 현재까지 하루도 빼지 않고 일기를 썼는데, 그것을 나중에 책으로 만들려고 해. 일기를 재미있게 쓰려고 노력하고 있어. 물론 영어로 썼지."

우리의 편지 교환은 언니가 중학교를 올라가고 나서부터 점점 뜸해지게 되었다. 한국 중학교에 쉽게 적응하지 못하고 외로움을 많이 타던 언니는 결국 가족과 함께 영국으로 돌아가 안타깝게도 연락이 끊기게 되었다. 그러나 언니와의 추억은 고스란히 나의 작은 종이상자에 한 묶음의 편지로 남아 있다. 또한 이렇게 어떠한 방법으로든 평소에 순수하게 영어 자체를 좋아하고 갖은 방법으로 평소에 쓰려고 했던 나의 어린 시절의 노력은 자연스럽게 지금의 나를 만들었다.

나는 주변 사람들이 영어 공부를 어떻게 했냐고 물을 때는 난감했다. "하연이네 집에서는 하루 종일 CNN만 듣게 한데."라는 소문이 동네에 돌기도 했다. 물론 나도 입시철에는 다급한 마음에 삼성동 유명 토플학원에 등록해서 다닌 적이 있다. 그때가 중학생이었는데 분명 내가 원해서 갔음에도 가뜩이나 비좁은 교실에 사람들이 가득한 것도 너무 갑갑해서 참을 수가 없었다. 수업이 너무 지루해서 픽업해주던 아빠를 꼬드겨 학원 바로 건너편 삼성동 코엑스에서 엄마 몰래 바람을 쐬며 놀다가 그만, 하필이면 쇼핑하던 이모를 마주쳐 딱 걸려서 엄마한테 둘 다 된통 혼난 적도 있다. 그래도 욕심이 많아 늘 1등을 하고 싶어 해서 스스로를 괴롭히며 힘들어하는 딸을 이해해주던 아빠가 고마웠다. 돌이켜보면, 정해진 데드라인을 잡아두고 시험에 내 생활패턴을 맞추는 것 자체가 나한테는 너무 부담스러운 일이었다. 진짜 공부가 아닌 것 같아서 마음을 전혀 쏟을 수가 없었다. 스트레스는 받는데 몸이 따라주지 않아 힘들었다. 그런 요령이나 스킬을 배우는 데에는 열정을 가지지 못하고 자꾸 도망가려 했다. 다시 영어를 정상적으로 가르치는 나의 방과 후 '학교'와 같은 학원에 돌아왔을 때 비로소 성적이 엄청 올랐다. 그건 가짜가 아니라 진짜 실력이었기 때문이다. 토플이나 SAT 점수를 하나라도 더 올리려고 극약처방을 하는 대신에 장기적인 안목을 가지고 시험 성적쯤이야 적당히 포기하고 가는 편이 훗날에는 훨씬 도움이 될 것이다.

나만의 언어 공부 철학

나는 태어나자마자 배운 한국어와 영어를 비롯해 초등학교 6학년 때부터 배운 프랑스어와 중국어, 고등학교 때 추가로 배운 이탈리아어와 일본어까지 대여섯 개의 언어를 할 줄 안다. 내가 천부적인 언어적 재능을 타고난 건 인정한다. 그러나 내가 생각할 때 그 재능이라는 것은 언어에 대해 사고하는 방식과 본능이다. 그건 충분히 후천적으로 개발할 수 있다고 생각한다. 언어에 대해 어떻게 사고하느냐가 접근 방법을 달리하게 하고 큰 차이를 만들어내기 때문이다.

나는 외국어를 하는 것은 일종의 연기라고 생각한다. 자신의 아이덴티티를 숨길 수 있는 고도의 연기인 것이다. 언젠가 프랑스인 교수님이 나에게 "자네 아버지나 어머니가 프랑스인인가?"라고 물어본 적이 있다. 내가 악센트 없이 유창한 불어를 구사하니 그렇게 짐작하신 것이다. 물론 거기에다 대고 나는 "네, 저는 프랑스 가정에 입양된 아이에요."라고 농담을 했지만 말이다. 이렇게 외국어를 유창하게 한다는 것은 다른 사람들로 하여금 나의 성장배경에 대한 상상의 여지를 준다. 한국에서만 나고 자란 나를 제멋대로 부모님이 프랑스인이라고 으레 짐작한다거나, 외모는 동양인인데 프랑스인으로 자란 아이라든가 이렇게 생각하곤 한다. 오히려 내가 한국에서만 자라고 불어도 한국에서만 배웠다고 하면 그쪽에서 더 깜짝 놀란다.

내가 외국어를 처음 배울 때의 가장 큰 특징은 바로 모국어라고 믿어버리는 것이다. 모국어를 부끄럽게 또는 어색하게 구사한다는 것은 말이 안 된다. 아무리 언어 감각이 없는 사람이라도 모국어는 있는 법이다. 그래서 나는 외국어를 배울 때 모국어를 배우는 어린아이가 되어버린다. 내가 언어를 처음 배울 때의 기억을 더듬어 마음가짐을 똑같이 하는 것이다. 알리앙스 프랑세즈에서 프랑스인 선생님은 우리가 알아듣든 알아듣지 못하든 무조건 불어로 말했다. 어린아이가 눈치껏 엄마의 말을 알아듣는 것처럼 나는 그렇게 직감적으로 의미와 규칙을 찾아간다. 많은 사람들이 나에게 그렇게 많은 언어를 하면 서로 침범해서 헷갈리지 않느냐고 물어본다. 그러나 나는 머릿속에 스위치가 있어 불어를 말할 때 영어가 침범하지 않고 중국어를 말할 때 한국어가 침범하지 않는다. 왜냐하면 내가 그 언어를 말하는 순간만큼은 정말 그 원어민이 되기 때문이다. 그건 의식적으로 훈련을 해야 한다. 처음에는 발음을 표기하거나 의미를 적어두는 등 한국어의 보조를 받을 수 있겠지만 점점 그 언어를 사용할 때 한국어의 자취를 없애가는 작업을 거듭해야 한다.

모국어 발음을 이상하게 하는 경우는 없다. 많은 사람들이 '굳은 혀'를 탓하고는 하는데 그것보다는 '어린 시절의 귀'를 잃어버려서 그렇다고 생각한다. 나 같은 경우 목소리에 대한 집착이 강하다. 아마도 성악을 해서 그런지 귀가 예민한 것 같다. 내가 십대 때 즐겨 읽던 슈베르트 클래식 음악을 주제로 한 두 청소년의 사랑을 그린 크리스티앙 그르니에Christian Grenier의 소설 《내 남자 친구 이야기Pianiste Sans Visage》에는 주인공 피에르가 여자 친구 잔느의 목소리를 "마치 첼로처럼 들린다."고 묘사한 부분이 있다. 이처럼 나는 영화를 볼 때 발성이 뛰어나거나 목소리가 좋은 배우들을 보면 그 부분만 녹음해서 음악처럼 반복해 듣기도 한다. 그 정도로 나는 사람의 육성과 음감을 정확하게 기억하고 집착에 가까울 정도로 좋은 목소리를 찾아다닌다. 나의 이러한 섬세한 귀가 미묘한 악센트의 차이를 잡아내고 나의 악센트를 희석화시켜 최대한 네이티브 스피커처럼 들리게끔 하는 것 같다. 한창 불어를 공부할 때 모델 출신의 프랑스 전 영부인이자 현직 가수인 카를라 브루니처럼 말하고 싶다는 생각을 끊임없이 했다. 그래서 유튜브에서 카를라 브루니Carla Bruni의 인터뷰를 모조리 찾아서 알아들을 때까지 반복해서 들었다. 어느 순간 그녀가 자주 쓰는 단어의 배열이 귀에 들어오고 불어를 말할 때의 톤을 습득하게 되었다. 나는 나의 불어가 다른 사람들에게 어떻게 들리고 싶은지를 끊임없이 연구했고, 음악 공부를 하듯이 외국어를 습득했다.

이 책을 읽고 있는 어린 학생들에게 해주고 싶은 조언이 있다면, 내가 그랬던 것처럼 쓸데없이 특목고 입시에 목매달지 말고 차라리 그 시간에 외국어 공부를 해두라는 것이다. 나는 중학교 3년 내내 학원에서 제일 높다던 '민사반'에서 낭비한 시간이 너무나 아깝다. 각 학교 전교 1등만 모여서 쓸데없이 서열을 매겨 치열하게 공부했던 시간이 너무 아깝다. 특목고에 가야만 유학을 갈 수 있다고 착각한 시간이 너무 아깝다. 얼마 전 신문을 보니 '중학교 병'이 심각하다고, 중학교 학생들이 할 게 없다고 아우성치는 것 같은데 똑똑한 학생들이라면 고등학교 입시는 과감하게 포기를 하고 진짜배기 언어 실력을 키우는 게 나중에 생각지도 못한 엄청난 재산이 되어 돌아온다는 것을 알아두었으면 한다. 언어 공부를 대학교 때로 미뤄두는 것은 소용이 없다. 이것은 성인이 되면 머리가 굳어서 그렇다는 낭설 때문이 아니라 바로 시간이 없기 때문이다. 언어는 짬을 내서 공부하는 것만으로는 절대로 실력이 늘지 않는다. 대학교에서는 이미 상당한 수준의 실력을 심화시키는 과정일 뿐, 언어 공부에만 통째로 투자할 시간이 절대적으로 부족해진다. 그러니 부디 훗날 인생을 두 배로 넓혀주는 외국어를 두세 개 정도 공부하길 바란다.

중국어와 엄마의 선견지명

내가 초등학교 6학년 때부터 일찍감치 중국어를 배우게 된 것은 엄마의 선견지명 덕분이었다. 불과 2005년 때만 해도 모두들 일본어를 공부했지 중국어는 유행에 뒤떨어진 언어였다. 그러나 부모님은 앞으로 10년 후인 2015년 중국의 발전 가능성을 내다보셨고, 지금 당장보다는 훗날 많이 쓰이게 될 중국어를 배우는 게 낫다고 판단하고 나에게 중국어를 배울 것을 권유하셨다. 그때부터 나는 중국어 공부를 시작하게 되었다.

중국어 공부를 하는 데 가장 재미있는 교재가 되어주었던 건 내가 다섯 살 때 방영된 중국 드라마 '황제의 딸' 시리즈였다. 중국 대륙에서 시청률 90퍼센트를 기록하며 '환주열還珠熱'이라는 이름이 불릴 만큼 인기가 대단했던 이 드라마는 1997~1998년 당시 한국에서도 유행했는데, 온 가족이 둘러 앉아 재미있게 보았던 기억이 선명하다. 그래서 나는 나와 중화권 문화의 유일한 연결 끈인 '황제의 딸'을 시간을 거슬러 올라가 찾아보았다. 청나라 건륭황제의 공주와 왕자들이 벌이는 모험담은 10년이라는 세월이 훌쩍 지났어도 아주 재미있었다. 나는 극중 제비처럼 시조를 따라 외우기도 하고 대사를 줄줄 외우고는 그날 바로 중국어 시간에 선생님께 써먹고는 했다. 물론 내가 고사성어를 쓰고 궁중 언어를 쓰는 것에 선생님은 깔깔거리며 뒤집어지셨지만, 내 예상대로 만나는 중국인들마다 반응이 아주 좋았다.

그렇게 공부를 한 결과, 고2 때 자퇴를 하고 그해 겨울 가족과 베이징 여행을 갔을 때 중국 사람들에게 "어느 지역에서 왔냐?"는 질문을 받기도 했다. 내가 외국 사람이라는 것을 알아채지는 못한 채 중국 다른 지역에서 왔으리라 짐작한 것이다. 재미있는 것은, 미국에 와서 중국 남부 지역에서 온 친구들을 많이 사귀게 되었는데, 그들은 반대로 내 발음이 전형적인 베이징 발음이라고 생각했다. 사실 그도 그럴 것이, 오랫동안 나의 중국어 스승이었던 이수백 선생님은 산둥성 출신이나 완벽한 베이징어로만 나를 가르쳤기 때문이다. 중국 남부 광둥성 출신으로 홍콩대학교를 다니다 뉴욕대에 교환학생을 온 한 중국인 친구는 처음 본 내가 중국어를 유창하게 하자 소스라치게 놀라서 괴상한 소리를 지르며 도망기기도 했다. 제자리로 돌아와서는 기겁한 얼굴로 "너무 베이징 발음이잖아!" 하며 자기가 여태까지 지하철에서 중국어로 외국 사람들 흉을 보곤 했는데 이제는 더 이상 못하겠다며 슬픈 표정을 지었다. 한국인인 한국어 억양이 있다고 하는 게 아니라 베이징 사투리가 있다고 하는 게 재미있을 뿐이다.

일본인 친구가 많지 않아서 잘 모르겠으나, 확실히 중국인들과 나는 기질적으로 맞는 것 같다. 중국인들은 얌전하고 조용한 스타일의 여성보다 '엽기적인 그녀'의 전지현과 같은 엽기적이고 발랄한 성격의 여성을 훨씬 선호하는 편인데, 중국에서 히트를 친 한국 드라마 여주인공 캐릭터들을 보면 알 수 있다. 나의 적극적이고 쾌활한 성격에 중국인 친구들은 호감을 많이 보였다.

내가 고등학교 후반에 불어에 많은 시간을 투자할 수 있었던 것도 그 전까지 중국어 공부를 어느 정도 마쳤기 때문이었다. 고등학교 2학년이 될 무렵에는 중국 신문 사설도 읽고 중국 현지 교과서에 나오는 시를 읽고 해석하는 수준까지 실력을 안정권에 당겨놓게 되었다. 하지만 지금 HSK 시험을 보라고 한다면 아마도 당장 도망갈 것이다. 그때 당시의 중국어 공부는 시험 성적이나 자격증과는 전혀 상관없는 공부였기 때문이다. 어쨌든 입시철이 다가오면서 미국 대학원서 준비를 하느라 고3부터는 하루에 1시간씩 잊지 않게끔 실력을 다지는 데에 틈틈이 할애했다. 일본어는 과외를 붙이기에는 너무 짬이 없어서 학습지를 시켜서 정해진 양을 반복해서 푸는 것으로 기초를 다지는 데 주력했다.

앞으로 기초를 닦아놓은 중국어와 일본어 실력으로 더 큰 사업을 도모하는 것이 지금 나의 비전이다. 요즘은 단순히 언어를 배우는 것보다는, 내가 중국에 가게 된다면 무엇을 할 수 있을까, 무엇을 제공할 수 있으며, 어떤 부분을 도와줄 수 있는지를 살펴보고 공부하려 한다. 조만간 큰 사업을 구상하기 위해 중국 전역을 돌아보는 출장여행을 떠날 예정이다.

천재성과 창조성에 대한 공부에 열중하던 고등학교 시절, 수백 권에 이르는 책과 서너 가지 언어, 그리고 산책과 사색으로 가득 채워졌던 건 결코 우연이 아니었다. 자칫 내 방식의 공부가 입시 공부가 아니며 비생산적이라고 생각할 수도 있다. 그러나 내게는 이루 말할 수 없이 생산적인 나날들이었다.

창조라는 것은 창작열만 불태워서는 안 되며, 사실 무척이나 세밀하고 체계적인 연습 과정이 필요함을 앞서 배웠다. 창조에 이르는 길은 쉬운 길이 아니며, 반드시 소진되지 않는 밑천이 마련되어야 한다. 그 무엇을 창조하든—그것이 기업이 되었든, 정치, 가문, 문학, 예술, 작품이 되었든—세상에 남길 무언가를 생산해내고자 하는 학생들은 성인이 되기 전까지 어린아이의 예민함으로 주변의 모든 것들을 흡수해 영감을 활용할 수 있는 상태로 만들어둬야만 한다. 사춘기 시절을 지나서 창조성을 발휘한다는 것은 사실상 쉽지 않다. 가장 순수함의 결정체일 때 축적해놓은 영감들이 시간이 충분히 흐르고 개성 있는 결과물로 발현되는 것일 뿐이다.

사춘기 시절을 놓치면 안 된다는 생각에 만 열일곱에 고등학교를 나와 표방한 것이 바로 18세기 괴테식 가정교육과 독학이었다. 흔히 '홈스쿨링'이라는 단어를 쓰기는 하지만, 이가 어색하게 느껴지는 이유는 사실 부모님의 주도하에 이루어진 것이 아니므로 독학에 가까웠기 때문이다. 그러나 부모님이 마련해 주신 가정환경에서 알게 모르게 키워져 왔고 나중에 가서야 그것이 요한 볼프강 괴테의 18세기 교육법과 유사하다는 것을 깨달았다. 획일적인 학습법에서 벗어나 개성을 추구하는 자유롭지만 체계적인 학습법이다. 좋은 대학을 가는 것만큼이나 창조에 이르는 길은 나름대로의 규율을 요하는 법이다. 평생에 걸쳐 꺼내 쓸 수 있는 유년기 시절의 영감을 마련하지 못한다면, 그 필수적이고도 중대한 시기를 놓친다면, 그것은 모든 영재들이 천재로 넘어가는 시기에서 무너지는 가장 큰 요인이자 영감과 재능의 고갈로 이어진다. 혹은 자기 자신이 만들어내도록 주어진 것을 생산해내지 못한 채, 타인을 모방하는 데 그칠 것이다.

내가 알게 된 창조의 비밀이란 바로 그것이었다. 신비해 보이지만 일정한 체계가 있다는 것이며, 그것을 적용하고 훈련한다면 누구나 창조의 길로 이를 수 있다는 비밀이다. 앞으로는 한국 학생들이라면 누구나 스스로 창조의 비밀을 찾아가는 날이 오면 좋겠다.

알리앙스 프랑세즈, 불어를 배우다

나는 국제회의 통역사로 활동한 최정화 교수의 자서전을 읽고 인터넷에서 그의 인터뷰를 뒤져보다가 알리앙스 프랑세즈에서 불어 실력을 다졌다는 기사를 보고 바로 강남 캠퍼스에 등록해서 다니기 시작했다. 1884년 파리에 창설된 재단법인 알리앙스 프랑세즈는 일반 개인 학원과는 차원이 다르게 프랑스 외무부에서 직속으로 관리를 해 프랑스 교육부로부터 인적, 재정적 지원을 받고 있다. 나를 가르친 선생님 모두 현지 직원 파견을 통해서 온 프랑스인, 벨기에인, 또는 한국인이지만 장기간 프랑스 유학을 했거나 한국계 프랑스인이었다. 무엇보다 불어를 한국식으로 가르치지 않는다는 점이 가장 마음에 들었다.

불어를 배우려는 목적은 단순했다. 당시에는 언어에 재능이 있으니 썩히면 아까우니 뭐라도 배워보자는 심정이었다. 나는 초등학교 6학년 때 잠깐 불어를 배우다가 사정 때문에 중단한 상태였다. 학교도 그만뒀겠다, 집에서 책만 보기에는 좀이 쑤셔서 뭔가 밖에 나가서 건설적인 스케줄을 소화하고 있다는 느낌을 가지고 싶었다. 또한 "동양어를 하나 배웠으니 영어 이외에 서양어 하나 정도는 필수적으로 배워둬야겠다."는 생각도 있었다.

고등학교 3학년 3월부터 두 달에 하나의 코스를 마칠 수 있게끔 짜여 있는 알리앙스 프랑세즈 프로그램을 거침없이 소화해

나가기 시작했다. 집중 단기 과정인 A1, A2 단계를 마치고 이 때부터는 두 달 동안 소화해야 하는 수업 분량이 많아져 매일반이 없어지고 1~4단원, 5~8단원, 9~12단원 이렇게 세 코스로 쪼개서 일주일에 두 번씩, 6개월 과정으로 듣는 수업들이 제공되었다. 하지만 언어 욕심이 많아서 강북 회현 본원에 등록해서 평일에는 두 번 5~8단원 수업을 듣고 토요일 주말 강남 캠퍼스에서는 아침 9시부터 오후 5시까지 3시간 30분짜리 수업을 2개를 연달아 들었다. 오전 9시부터 12시까지 1~4단원 수업을 듣고 한 시간 동안 근처에서 점심을 먹고 돌아와서 1시부터 4시까지 9~12단원 수업을 하나 더 들었다. 토요일은 7시간에 가까운 시간을 오롯이 불어 공부에 바친 것이다. 지금 생각해보면 어떻게 그렇게까지 했나 싶다. 불어를 잘하고 싶다는 순수한 열망에 앞뒤 가리지 않을 때였다.

그동안 프랑스어에 매일 투자해온 시간에 관성이 생겨서 수업 3개를 몽땅 한꺼번에 듣는 데는 큰 무리가 없었다. 그렇게 B1 과정을 마치고 프랑스 대학교 입학 수준의 B2 과정을 마찬가지로 전철을 밟았다. 이렇게 프랑스어를 공부한 지 6~7개월이 되자 원어민과의 대화 시에도 긴장감 없이 유연하게 의사소통을 할 수 있게 되었다. 사실상 2~3년이 족히 걸리는 과정을 반년 만에 끝내버린 것이다. 알리앙스 프랑세즈 다니는 것을 거의 고등학교 다니는 것과 마찬가지로 생각했다. 정규 수업 3시간에 복습하고 숙제하고 틈틈이 불어 노래 듣고 뉴스 찾아보고 하며 매일 1~2시간 할애한 것까지 합하면 불어에 투자한 시간은 실로 어마어마했다. 그야말로 몸은 한국에, 영혼은 프랑스에 가 있다고 할 법했다.

오전 시간을 불어에 할애했다면 오후 시간은 이탈리아어를 공부하는 데 보냈다. 서초동 교대역 근처에 있는 이탈리아어 어학원에 등록해서 일주일에 두 번씩 2시간 30분씩 수업을 들었다. 이탈리아어를 배우게 된 건 순전히 오페라 때문이다. 가장 좋아하는 오페라 '투란도트Turandot', '라 보엠La Boheme', '토스카Tosca' 등을 작곡한 지아코모 푸치니Giacomo Puccini를 비롯해 내가 존경하는 작곡가들 모두 이탈리아 출신이었다. 그래서 극장에 오페라를 보러 가면 항상 천장에 이탈리아어 가사를 번역해놓은 스크린을 쳐다보게 되는데 목이 뻐근하고 되레 무대에 집중을 하지 못하는 것 같아서 적어도 무슨 말을 하는지는 알아들어야겠다는 생각을 했다.

또다른 이유로 '영 빅토리아The Young Victoria'에서 빅토리아 공주가 빈센초 벨리니Vincenzo Bellini의 오페라 '청교도I Puritani'를 보면서 무대 위 성악가가 '그대를 품에 안으리Vieni Fra Queste Braccia' 아리아를 부르는 것을 보며 자기도 모르게 소리 죽여 가사를 따라 하는 장면을 보고 감동을 받아 나도 꼭 저렇게 하리라 다짐했다. 어릴 적부터 이탈리아어에 유창했던 빅토리아 여왕이 좋아하는 오페라를 보면서 자연스럽게 따라할 수 있었다는 게, 어린 내 눈에 너무나 매력적으로 보였다. 이미 성악을 오랫동안 배웠기 때문에 나는 기본적으로 이탈리아 가사를 읽는 법은 배운 상태였다. 이탈리아어는 한국어와 발음이 의외로 많이 비슷하기 때문에 배우는 데 어렵지는 않았다.

이렇게 고등학교 시절 프랑스어와 이탈리아어에 심취해 있다가, 대학교 1학년 첫 학기를 예정대로 미국이 아닌 영국에서 잠깐 보내게 되면서 함께 출국한 엄마와 나는 내가 살 아파트를 계약하는 것 외에 가장 먼저 한 일이 바로 런던에 있는 알리앙스 프랑세즈를 찾아가 등록한 것이다. 엄마와 나는 아무리 낯선 환경에서 새로운 출발을 하더라도 불어 공부만큼은 꾸준히 이어나가야 한다고 이미 공감한 상태였다. 런던에 왔다고 게으름이나 방종을 부리는 것은 내 성격과 맞지 않았다. 오히려 더 바쁘게 살아야만 했다. 내가 살던 아파트에서 얼마 떨어지지 않은 말리본 베이커 스트리트에 있는 알리앙스 프랑세즈에서 매주 토요일 아침마다 3시간씩 수업을 들을 터였다.

먼저 반을 배정받기 위해 프랑스인 담당자와 면접을 보는 간단한 레벨 테스트를 했다. 나는 전혀 긴장하지 않고 환하게 웃으며 문을 열고 들어가 의자에 앉았다. 프랑스 지식인들 특유의 무표정한 얼굴로 담당자는 나에게 "불어를 배운 지는 얼마나 됐죠?"라고 물어보았다.

"배운 건 7, 8개월 정도 되었어요. 한국에서 왔고 서울에 있는 알리앙스 프랑세즈에서 공부했어요."

내 입이 떨어지기가 무섭게 그의 표정이 풀리더니 "불가능해, 불가능해…"를 중얼거렸다. 그는 내가 불어를 배운 지 일 년도 채 되지 않았다는 사실에 의구심을 표하며 "말도 안 되는 소리!"라며 감탄했다. 갑자기 나에게 큰 관심을 보이며 다른 어떤 언어를 구사하는지, 런던에는 왜 오게 되었는지, 미국에는 언제 가는지 간단하게 묻더니 가장 높은 반으로 배정해주었다.

기분 좋게 레벨 테스트를 마치고 나온 나는 지정된 반을 찾아 건물 밖을 나오려는데 프런트 데스크 직원이 "잠깐만요." 하더니 키가 작고 약간 머리가 벗겨진 인상 좋아 보이는 남자를 가리키며 "선생님과 같이 가도록 해요."라고 친절하게 알려주었다. 야누크라고 자신을 소개한 프랑스 선생님과 악수를 하고 같이 건물을 나섰다. 야누크는 내가 방금 면접을 본 것을 짧게 설명해주는 것을 듣고 "프랑스에서 얼마나 살다 왔나요?"라고 아무런 의심 없이 물어보았다. 으레 내가 오랫동안 살다 온 줄 알았던 모양이다.

런던 알리앙스 프랑세즈에서도 역시나 내가 가장 어린 학생이었다. 룩셈부르크와 벨기에 출장 때문에 불어를 배워야 하는 변호사들 틈새 사이에서 나는 세계 무대에서 구사할 세련된 불어를 위해 부단히 노력했다. 지금 생각해보면, 나의 언어적 재능은 고등학교 때 폭발적으로 꽃을 피운 것 같다. 어쩌면 성악을 포기한 대신 음악에 대한 갈망이 언어로 옮겨간 것 같기도 하다. 대학생이 되고 너무 바빠진 후에는, 도무지 시간을 내서 외국어에 심취해 공부를 할 수가 없게 되어버렸기 때문이다. 그리고 이렇게까지 미친 듯이 몰입해서 할 자신이 없어진 걸 보면, 사람의 성장 과정에는 모두 절대 놓치지 말아야 할 때가 있는 게 아닌가 싶다. 늦었다고 생각할 때가 가장 빠른 거라지만, 나는 별로 동의하지 않는다. 모든 일에는 시기가 있는 법이다. 만 13~18세 때 외국어를 제대로 배우지 못했다면, 20세 이후에 배운다고 해도 당신을 '자국에서 태어나고 자란 사람'으로 착각하는 외국인은 어지간해서는 찾아보기 힘들 것이다.

엄청난 재산이 되어 돌아온 언어 능력

불어에 투자한 나의 노력과 시간은 상상할 수 없을 만큼 많은 부가가치가 더해져 되돌아왔다. 중학교 1학년 때 아빠는 회사 초청강연에서 사인을 받아왔다며 한국 여성 최초로 월스트리트에 진출해 최정상에 오른 이정숙 씨가 쓴 《지혜로운 킬러》에 딸의 미래를 축복하는 짧은 메모를 담아 선물해주셨는데, 나는 멋진 여성의 성공담에 푹 빠져서 몇 번이나 밑줄 쳐가며 반복해서 읽고는 했다. 그녀는 1987년 한국 여성 최초로 베어링 증권의 주니어 세일즈맨으로 입사해 부사장을 역임하고, 프랑스계 금융회사인 크레디 리요네 증권에서는 이사로 활약하며 서울 지사의 개설을 지휘했던 인물이다.

주재원이었던 그녀의 아버지를 따라 벨기에 브뤼셀 국제학교에서 일찍이 유럽 생활을 한 이정숙 씨가 프랑스인 펀드 매니저를 설득하기 위한 장면이 인상적이었다. 그녀는 캐나다 몬트리올에 날아가 마련한 저녁식사 자리에서 고객에게 좋은 인상을 심어주어야 한다는 강박관념에 사로잡혀 자신도 의식하지 못한 채 종업원에게 불어로 음식을 주문했는데, 맞은편에 앉아 그것을 본 프랑스인 고객이 "당신이 불어를 할 줄을 안다고는 생각도 못했어요!"라며 자신의 포트폴리오와 투자 목표에 대한 정보를 털어놓았다는 장면이었다. 그때 나도 꼭 저렇게 되고 싶다는 생각을 했는데, 예상치 못하게도 정확하게 6년 만에 나에게 같은 일이 벌어졌다.

미국 학부 입학을 앞두고, 미술에 대한 안목을 기르기 위하여 영국 소더비 미술 경매 학교에서 공부했을 때의 일이다. 40여 명 남짓한 아트 앤 비즈니스 반 대부분의 학생들은 유럽인들이었다. 전통적으로 부자 국가들로 알려진 스위스, 독일, 미국을 비롯해 최근 미술 시장의 큰손들로 부상하고 있는 남아메리카(브라질, 멕시코, 콜롬비아 등), 러시아, 인도에서도 공부를 하러 왔다. 물론 최근 중국의 위상을 입증이라도 하듯 적지 않은 중국인들도 있었다. 그러나 묘하게도 18세기 영국 귀족의 저택을 개조해 만든 무도회장과 같은 교실에는 극명하게 따로 어울려 노는 그룹들이 조성되었다. 인종별로 갈렸다기보다는 같은 언어를 쓰는 사람들끼리 모이게 되었다는 편이 맞겠다. 이렇게 자신이 속한 그룹이 아니면 별 다른 관심을 보이지 않는 국제적인 공간에서 내가 사람들과 친분을 쌓게 된 돌파구가 된 것이 예상치 못하게도 내 불어 실력이었다.

친목을 쌓기 위해 학기 초반 어느 날 저녁 소더비 측에서 주최한 런던의 한 갤러리에서 열린 칵테일 파티에 참석했다. 잔을 들고 서서 옆에 있는 친구와 이야기를 주고받는데 어디선가 불어가 들리는 곳으로 따라가 젊은 프랑스 남자에게 불어로 인사를 했다. 예상대로 무척이나 반가워하면서 그는 속사포 같은 불어로 말하기 시작했다. 파리, 런던, 제네바를 돌아다니며 세계적인 헤지펀드 고문으로 일하고 있다는 조나단은 나에 대해 관심을 보이며 편하게 말을 풀어가기 시작했다. 물어보지도 않았는데 자신이 얼마 전에 결혼했으며, 첫 여자 친구가 한국인이었다는 둥, 또 내가 이탈리아어를 한다는 것을 알자 자기도 대학시절 이탈리아 최고의 경영대학으로 꼽히는 밀라노 보코니 대학에 교환학생으로 간 적이 있다고 말해주었다. 우리는 어색함 없이 유연하게 대화의 주제를 미술으로 옮겨 대화를 이어나갈 수 있었다.

그때까지만 해도 나는 '프랑스어를 쓰는 사람들'이라면 당연히 '프랑스인들'뿐인 줄 알았다. 그런데 그건 너무나 단순한 생각이었다. 내가 예상했던 것보다 유럽 전역의 엘리트층에서 불어가 훨씬 많이 쓰였다. 교실 내에 프랑코폰francophones(프랑스어를 모국어로 하거나 사용하는 사람들)이 속속들이 나오기 시작했다. 브라질 출신 사진작가 이오아나는 어렸을 때 벨기에에서 학교를 다녔다. 포르투갈과 벨기에 악센트가 심하기는 했지만 알아듣는 데는 별 지장이 없었다. 그 외에 불어를 유창하게 구사하는 프랑코폰들은 파리 출신 조나단을 중심으로 뭉치기 시작했다. 같은 공간에서 누구나 영어를 쓰는 상황에서 다른 사람들이 알아듣지 못하는 언어를 사용함으로써 둘 사이에 친밀도가 강해지는 묘한 기분이란! 같은 동양인인 내가 자연스럽게 유럽인들과 어울리는 것을 질투했는지, 한 대만인 여학생은 일주일간의 방학 동안 런던에서 파리로 건너가 기초 집중 프랑스어 수업을 듣고 오기까지 했다.

학교 밖에서도 나는 불어 실력 덕을 톡톡히 보았다. 내가 계약한 영국식 아파트 플랫에는 프랑스 남자 두 명이 살고 있었다. 런던 북부에 위치한 햄스테드는 유명 인사들이 사는 첼시, 사우스켄싱턴에 못지않게 가장 부유한 동네였지만 좀 더 조용하고 중심부에서 멀찍이 떨어져 있다는 이점이 있었다. 그래서

인지 특히 프랑스인들이 많이 모여 살았다. 이사 온 지 얼마 되지 않아 부엌에서 저녁을 하고 있는데 프랑스 남자 중 한 명이 부엌으로 들어오더니 "헬로Hello."하고 데면데면하게 인사를 하며 짧은 순간에 선반에서 뭔가를 꺼내서 나갔다. 그때 내 입에서 나도 모르게 "봉주르Bonjour."가 튀어나왔는데 프랑스 남자가 갑자기 나가려다 말고 문 안으로 고개를 쑥 내밀며 소리치다시피 "Tu parles français?(불어 할 줄 알아요?)" 다시 문을 밀치고 들어오더니 질문 공세를 하기 시작했다. 키가 크고 얼굴선이 굵고 뚜렷했던 그는 자신의 이름이 로망이며 런던의 대표적인 금융 지역인 본드 스트리트에 있는 한 투자은행에서 일한다고 설명했다. 내가 불어를 구사할 수 있다는 걸 알고는 그쪽에 몰려 있는 갤러리에 대해서 이야기하기 시작했다.

다른 프랑스 남자 기욤은 키가 작고 귀엽게 생기고 항상 영화 '아마데우스Amadeus'의 모차르트처럼 말하면서 깔깔깔 웃곤 했는데 금융 전문 미디어그룹 블룸버그에서 일했다. 파리에서 온 로망과 달리 프랑스 남부 그르노블에서 온 기욤의 불어는 솔직히 처음에는 강한 악센트 때문에 알아듣기가 너무 힘들어서 그냥 눈치껏 넘겨짚고 대답하곤 했다. 늘 출장이 잦았던 바쁜 프랑스인 금융맨들과는 같은 집에서 살아도 어울릴 시간이 별로 없었지만 가끔씩 부엌에서 마주칠 때면 즐겁게 대화를 나누고 해서 지금까지도 꾸준히 연락하는 사이가 되었다. 다른 한국인들이 두 프랑스 남자의 이름도 몰랐던 것에 비하면 큰 성과였다.

지금 생각해보면, 천재성과 창조력, 책, 외국어, 역사, 언어에 절대적으로 미쳐 살았던 나의 십대는 일종의 순수한 광기 어린 시절이었다. 나는 학창시절 친구가 별로 없다. 그들을 잃은 대신에 나의 재능을 아껴주고 인정해주는 사람들을 만났다. 충분히 보상받은 셈이다. 그래서 후회가 없고, 행복하다. 당시 내게는 어떤 다른 세계에 대한 환상보다는, 지금 당장 이곳에서 벗어나고 싶다는 간절함과 절박함이 더 강했던 것 같다. 내가 상상하는 세계는 우아함과 기품, 교양과 유머가 존재하는 세계, 미술과 문학, 역사에 대해 토론하는 세계, 깊이 있는 좋은 대화로 영혼을 고취시키는 사람들과 함께하는 세계, 그리고 일류들만 모여 있는 세계였다. 그 세계는 어느덧 상상의 나래를 펼치던 한 소녀의 물거품처럼 사라져버리는 한여름 밤의 꿈이 아닌, 그 소녀가 속해야 하는 세상이 되어버리고 말았다.

어린 숙녀의 교육

Education of a Young Lady

5장

운명이 이끄는 대로
비행기에 오르다

예술 문외한

소원을 빌 때는 조심하라고 했던가, 원하는 대로 이루어질 지도
모르니….

　미국 동부지역 일곱 개의 명문 여자 대학교를 일컫는 '세븐 시
스터즈'의 첫 번째 멤버이자 세계에서 가장 오래된 여자 대학교
인 마운트 홀리요크 칼리지 합격 직후, 나는 놀라지 않을 수 없
었다. 합격 소식을 들은 것이 2012년 5월이었으니, 예정대로라
면 2012년 가을학기인 9월에 맞춰 미국으로 출국해야 했다. 그
런데 합격 편지에는 조금 이상한 것이 쓰여 있었다.

"환영합니다. 우리 대학에서는 임하연 양을 2013년 봄학기 신입생으로 받아들이기로 결정했습니다."

기분이 이상했다. 마치 손님을 초대해놓고 예정 시간보다 늦게 오라고 하는 뉘앙스 같았기 때문이다. 당장 미국으로 들어가는 줄 알았는데, 이건 또 무슨 경우인가. 우왕좌왕했다. 학교 측에 전화를 해서 물어보니, 전원 기숙사 생활을 해야 하는 마운트 홀리요크에서는 3학년 봄학기에 학생들이 대거 외국으로 떠나기 때문에, 기숙사에 유동성을 주기 위해 50~60명의 학생들을 선정해 갭이어(흔히 고교 졸업 후 대학 생활을 시작하기 전에 일을 하거나 여행을 하면서 보내는 준비 기간)를 준다는 것이다. 여기에 더해 "무작위로 선정한 것이 아니라, 50~60명에 해당되는 학생들 모두 우리 스태프들이 세심하게 선별해서, 특별히 독립적이고 진취적이며 예술적인 학생들을 골라 우리 대학에 들어오기 전에 좀 더 자유를 누리고 세상을 배우라는 학교 측의 배려이니, 상심하지 말아요."라고 친절하게 답변해주었다.

그러나 별로 귀에 들어오지 않았다. 요구하지도 않은 자유에 적잖이 당황했다. 내게는 이곳에 가는 것 자체가 외국에 가는 것인데 도대체 어디를 가란 말인가? 뜻하지도 않게 생긴 공백기에 어떻게 하면 허송세월을 보내지 않을 수 있을까 새로운 고민거리가 생겼다.

서둘러 다른 학생들에게 뒤쳐지지 않게끔, 공백기를 채우기 위해 동분서주했다. 그 답을 역시 나는 도서관에 달려가 찾았다. 중학교를 졸업하면서부터 줄곧 재클린 케네디를 비롯한 케네디 일가에 관심이 많았던 나는 이 즈음 케네디에 대한 오래된 신문 자료를 모으고 있었는데, 그 자료 중에는 존 F. 케네디와 재클린 케네디의 딸 캐럴라인이 지금은 하버드와 통합되었으나 세븐 시스터즈 중 하나였던 래드클리프 칼리지 입학 전에 런던 소더비 경매학교에서 10개월 동안 진행되는 미술 강좌를 들었다는 기사를 접했다. 기사를 읽고 나자 나 또한 미술품에 대한 안목을 기르는 게 좋겠다 싶어 소더비 경매 학교에서 한 학기를 먼저 보내보기로 마음먹었다. 1975년에 입학할 당시 캐럴라인이 19세였으니 내 또래였다는 점도 묘한 경쟁심을 느끼게 했다. 또 대학에서 미술사를 전공할 것을 염두에 두고 있었기 때문에 더할 나위 없이 아주 좋은 선택이라 생각했다.

'그래, 소더비에 가보자. 내가 런던에 또 언제 가보겠어? 영국 보딩스쿨에 어차피 예전에 가려고 했다가 무산되었던 경험도 있고, 이왕 이렇게 된 것 캐롤라인을 따라가보자.'

곧바로 영국 런던 소더비 경매 학교 미술 수업 등록을 알아보기 시작했고, 대학에 입학하기 전에 이곳에서 시간을 보내기로 마음먹었다. 주변의 조언이 있어서가 아니라, 스스로 역사 속에서, 사랑하는 인물들의 삶을 용기를 내서 일단 무작정 따라가보기로 결정한 것이다.

여기까지가 내가 갑자기 고등학교를 졸업하자마자 영국에서 반년을 보내게 된 경로다. 그때는 몰랐다. 내가 어떤 세계에 발을 들여놓고 있는지를, 그리고 필연이라는 깃은 우연의 얼굴을 가장하고 찾아온다는 것을. 그때는 그저 기대에 부풀었고 원하지 않았던 것이라 해도 기꺼이 받아들일 준비가 되어 있었다. 그마저도 신이 주신 선물이라고 생각했다. 예기치 못한 불확실한 것도 온 가슴을 열고 뛰어들 각오가 되어 있었다. 그러나 그 선물에는 또 한 번의 좌절과 실패, 사랑과 아픔이 모두 담겨 있다는 것을 그때는 한 치 앞도 몰랐다.

꼬마 화가의 미학교육

나는 예술품에 관심이 많았고 그림 그리는 것을 무척 사랑했다. 꽤 오랫동안은 꿈이 화가여서 현직 유명 작가 선생님에게 그림을 꾸준하게 배우기도 했고, 엄마는 내가 그린 그림을 집안 곳곳에 갤러리처럼 자랑스럽게 전시해놓아 집을 방문한 손님들에게 '꼬마 화가'라는 애칭으로 불리기도 했다. 초등학교 고학년부터는 한 대학의 미술사 강사로 일하시던 엄마 지인의 댁에서 또래 친구들과 함께 미학 수업을 받기도 했다. 명화 복사본이 가득 들어 있는 두꺼운 클리어파일 두 권이 교재였고, 그걸 매일 두 점씩 보는 습관을 들이는 공부였는데, 아직도 그 파일의 첫 장에 들어있던 에두아르 마네Edouard Manet의 '피리 부는 소년Le fifre'과 '폴리 베르제르의 술집A Bar at the Folies-Bergere'은 또렷하게 떠오른다. 어렸을 때부터 '그림 읽기' 훈련을 받아온 덕분에 나는 기본적으로 알아야 하는 명화들을 매우 친숙하게 느낄 수 있었다. 그러나 중고등학교에 들어오면서 입시를 세속적인 것들을 좇느라 미술에 대한 열정을 거의 내팽개치다시피 했던 과오가 있었기 때문에, 대학에서만큼은 반드시 이어나가고 싶었다.

단순히 좋은 대학을 가기 위해 지금도 수많은 한국의 중고등 학생들이 교양을 쌓을 중요한 시기를 놓쳐버리고 있다는 게 서글프게 느껴진다. 물론 교육은 신분 상승을 하는 가장 공정한 수단이라 생각한다. 하지만 미국처럼 이미 너무나 좋은 대학들이 많은 나라에서는 대학 서열이 큰 의미가 없으며 대학의 명성과 간판에 기대기보다는 그 사람이 스스로 노력해서 일군 결과물인 교양과 폭넓은 독서로 갈고 닦은 인성 등이 최상위 교육으로 여겨지고 있다. 왜냐하면 아무리 아이비리그 대학을 나왔다한들 비즈니스와 지성의 공간에서 와인 잔을 들고 자기가 고등학교 때 몇 등을 했는지, 수학 1등급을 맞는 공부 비결을 세계 어떤 곳에서도 대화의 주제로 다루지 않기 때문이다. 중요한 건 상대방의 관심사가 무엇인지, 얼마만큼 자신이 좋아하는 분야에 대해 깊은 지식을 갖고 있는지가 관건이며 대부분 이러한 관심사를 주제로 대화가 이루어지기 마련이다. 한국에서도 교육을 통한 신분 상승의 의미가 학벌을 통해서가 아닌 개인의 인문학적 지식, 즉 사람에 대한 관심을 기반으로 한 교육을 통해 이루어지는 시대가 오기를 바란다.

그런 의미에서 런던에서의 한 학기는 단절된 '교양 수업'을 다시금 이어나가고 나 자신을 미술에 풍덩 빠뜨릴 수 있는 좋은 기회라 보았다. 소더비 인스티튜트 예술학교Sotheby's Institute of Art 는 크리스티Christie's와 함께 세계적인 경매 회사인 소더비Sotheby's 에서 미술 시장 인력 양성 프로젝트로 세운 미술사 및 미술품 감정 전문학교이다. 두 경매회사 모두 스페셜리스트를 키우기 위해 아예 회사 아예 미국과 영국 대학이 학점을 인정하는 대학원 과정을 두고 있는데, 역사학도였던 크리스티Christie's의 CEO 에드워드 돌먼 회장의 말에 따르면, 자신의 회사에 이직이 많지 않은 이유는 인재를 밖에서 스카우트하기보다 안에서 키우려는 데 중점을 두기 때문이라 한다.

내가 듣게 된 아트 앤 비즈니스 프로그램은 15주 동안 모던 앤 컨템퍼러리 아트, 즉 근현대사 미술사 수업을 비롯한 미술 시장 분석 및 경영 관련 수업으로 구성되어 있었다. 혹시나 해서 경쟁사의 크리스티 학교Christie's Education 입학을 알아보기도 했지만, 한 학기 동안 이루어지는 집중 단기 과정의 경우 만 21세부터 지원이 가능한 탓에 지원하지 못했다. 소더비의 집중 단기 과정은 석·박사로 세부화된 전공 분야에 들어가기 전 미술사와 경매 시장에 대한 전문적인 지식이 부족한 친구들이나 집안이 대대로 미술관을 운영한다거나 부모님이 개인 컬렉션을 가지고 있어 실무에 필요한 능력을 공부하기 위해 오는 친구들이 많았다. 내가 듣던 클래스에는 세븐 시스터즈 멤버 중의 하나인 브린모어 여대에 다니는 학생이 둘이나 되었는데, 모두 3학년으로 미술사 전공 프로그램의 일환으로 교환학생을 온 것이었다. 영국까지 와서 자매학교를 다니는 학생들을 만나 반가웠다. 아직 캠퍼스를 밟아 보지도 못한 미국 학교로부터는 간단한 서류 작성만 하면 영국에서 이수한 학점을 인정하겠다는 허락을 받았다.

독립으로 가는 첫걸음

런던에 가기 전, 소더비 뉴욕 본부에서 3년 동안 일한 경험이 있는 대학 선배를 만나 함께 저녁식사를 하며 이것저것 물어보았다. 선배는 나보다 10년을 먼저 졸업하신 분으로, 내가 마운트 홀리요크에 합격을 하고 얼마 지나지 않아 한국 동문회에서 열린 신입생 환영회에 초대되어 간 자리에서 처음 뵙게 되었다.

돌아가면서 자기 소개를 하던 자리에서 얼핏 소더비에서 일하셨다는 말을 들은 것 같아 내가 먼저 이메일을 보내 몇 차례 질문과 답변을 주고받다가 직접 만났다. 선배는 학부 전공이 미술과는 관계가 없는 국제관계학이어서 뉴욕에서 직장을 다니는 동안 지하철로 몇 정거장이면 갈 수 있는 뉴욕 대학교에서 미술사 강의를 듣기도 했다. 밥을 먹는 동안 나는 가지고 간 필기도구로 선배가 하는 말을 열심히 메모했다. 소더비의 명성은 익히 들어 알고 있었지만 정작 '미술 세계'에 대해 아는 것이 별로 없었기 때문에 선배의 뉴욕에서의 경험이 내게는 큰 도움이 되었다. 나는 7월 초에 영국에서 걸려온 국제전화로 간단한 인터뷰를 마친 뒤 합격 통보를 받고, 입학 준비를 하면서 집 근처 도서관에서 미술 경매와 시장에 관련된 서적 몇 권을 찾아 읽으면서 차차 영국 생활을 준비했다.

대학으로부터 합격 통보를 받자마자 입학이 보류돼 급작스럽게 결정된 영국행으로 나는 정신이 없었다. 이 모든 게 사전 계획 없이 2013년 봄학기 신입생으로 들어오라는 학교의 통보로 결정된 일이었다. 그 후 내 마음이 끌리는 대로 캐롤라인 케네디의 행보를 따라 공백을 채워서 반드시 다른 신입생들에게 뒤처지지 않겠다고 결정했다. 엄마와 나는 어쩔 수 없이 벌어진 일이라면, 그 시간에서 최대치의 결과물을 뽑아내야 한다는 결론에 이르렀다. 이미 바꿀 수 없는 일에 대해 항의할 필요도, 불평할 필요도, 걱정할 필요도 없다. 그저 주어진 현실에서 최대치의 결과물을 만들어내면 되는 것이다. 그것이 어떤 경험이 되었건 간에, 만 열여덟, 푸릇푸릇 갓 스물이 된 나에게는 더 큰 세상을 경험하는 공부가 되어줄 거라는 통 큰 판단이었다.

사실 이건 큰돈이 들어가는 중대한 결정이기도 했다. 이건 내가 막무가내로 하고 싶다고, 가고 싶다고 집안에서 쉽게 허락이 떨어지는 것도 아니었다. 그냥 한국에 남아 미국에 갈 날만을 손꼽아 기다리며 가을학기를 얌전하게 보냈더라면 그렇게 큰돈이 들어갈 일도 없었을 것이다. 하지만 동시에 내가 성장할 기회도 이유도 근거도 없었을 것이다. 어떻게든 성장하려면, 그만큼 애를 많이 써야 하고 노력을 많이 해야만 하는 것이다. 평소에도 두 모녀를 감당하기 어려워하시던 아빠는 두 손 두 발 들 수밖에 없었다. 어찌 되었건, 이것 또한 투자라는 말에 설득당하셨다. 더 큰 세계를 보려면, 그 정도 과감한 투자를 감수해야 한다고 스스로 말씀하셨으니까.

8월 중순, 런던에 도착한 첫 주에 엄마와 나는 학교와 가까운 곳에 집을 구하느라 분주했다. 우선, 내가 혼자 살 만한 아파트를 구하기 전에 같이 소더비에 들려 위치를 확인했다. 소더비 런던 캠퍼스는 런던의 가장 중심부 토트넘 코트 로드 역에서 걸어서 5분 거리에 있는 블룸스버리에 위치해 있다. 대도시에 있는 학교들이 그렇듯 딱히 캠퍼스라고 할 만한 것은 없지만, 예전 영국 귀족들이 살던 고풍스러운 저택을 내부만 개조해서 오피스나 학교로 쓰는 식이었다. 내부 구조가 매우 특이해서 얼핏 겉으로 봐서는 비좁아 보이는데 막상 안으로 들어가면 미로 구조처럼 되어 있어 생각보다 매우 넓은 공간을 확보하고 있었다. 육중한 현관문을 열고 들어가면 로비에는 아침마다 바뀌는 꽃병에 값비싼 꽃이 놓여 있었고, 모든 복도에는 부드러운 어두운 블루 카펫이 깔려 있었다. 한때는 어느 귀족의 개인 방으로 연결되었을 계단을 따라 올라가면 확 트인 공간을 확보하고 있는 교실에는 샹들리에가, 그리고 카펫보다 밝은 색의 블루 계열의 쿠션의자가 얌전히 정렬되어 있었다. 베이지색 벽에는 큼지막한 창이 있었는데, 블라인드를 걷으면 밖으로 햇살이 들어와 작은 공원이 내다보였다. 교실이랑 연결되어 있는 뒷방의 문을 열어젖히면 장식이 되어 있는 커다란 거울과 난로, 그리고 서재가 있었다. 이곳은 오전 수업이 끝나고 세미나가 있는 경우 같이 둥글게 마주보고 앉아 화기애애한 분위기에서 진행되는 장소로 쓰였다.

학교와 그리 멀리 떨어지지 않은 곳에 위치한 마음에 드는 집을 발견한 나는 집주인에게 전화를 걸어 집을 보러 가겠다고 약속했다. 정말 운이 좋게도 나는 처음으로 보러 간 집이 꼭 마음에 들어 바로 그 자리에서 구두 계약을 하게 됐다. 엄마는 내가 플랫을 구하고 계약서를 작성하는 것 등 자질구레한 일을 처리하는 것을 도와주러 잠깐 같이 오셨는데, 다행히 금방 머물 집을 구한 뒤에는 둘이 모처럼 런던 교외로 나가 구경할 여유가 있었다.

런던에 처음 온 것은 아니었지만, 어렸을 때 가족과 함께 유럽 여행을 왔을 때는 여행사에서 보내준 차량만을 타고 정해진 일정대로만 움직여서 너무 피곤해 막상 기억나는 건 내가 묵었던 각 나라별 고급 호텔밖에 없었다. 하지만 이제 이곳에서 본격적으로 자리를 잡고 산다고 생각하니 마음이 설렜다. 런던은 공원과 녹지가 유난히 많다. 서울 근교의 녹지가 우거진 주택들이 울창한 숲과 어우러져 있는 곳에서 성장한 나는 자연 속에서 사는 것을 무척이나 중요하게 생각했는데, 런던이 딱 그랬다. 우선 고층 건물이 거의 없다는 것이 좋았고, 런던의 중심에 위치한 하이드 파크를 비롯해 켄싱턴 가든, 홀랜드 파크, 그린 파크, 세인트 제임스 파크 등 크고 작은 공원들이 내 마음을 쏙 빼앗았다. 집 근처에 있는 예전에 왕족들이 사냥에 즐겼다는 리젠트 파크를 나는 특히 즐겨 찾았다.

하지만 여태까지 혼자서 아무것도 제대로 해본 적이 없던 나는 세탁기 돌리는 법부터 마트에서 장 보는 요령까지 사소한 것들을 일일이 속성으로 배워야 했다. 고등학생 때까지 부모의 울타리 안에서 보호받으며 공부만 하며 살았던 나는 성인이 되자

마자 비로소 일상 속에서 필요한 자질구레한 일들을 처리하는 법을 배워나갔다. 엄마에게 일주일 동안 속성 요리 수업을 받았을 뿐만 아니라, 통신사를 찾아가 휴대폰을 개통하는 것이며, '튜브'라고 불리는 런던 지하철의 오이스터 카드Oyster card를 만들고 충전하는 것까지 새로운 환경의 일상생활 규칙들을 하나하나 익혀가는 것 자체가 내가 평소에 한 번도 써 보지 않은 근육을 쓰는 것과 같았다. 몇 번의 당황스러운 실수를 거치고 나서는 더 이상 누군가에게 의존하지 않고도 알아서 척척 할 수 있다는 점에서 공부 말고는 아무것도 못하는 바보가 아닌 것 같아 용기가 생겼다. 미국 사립 대학교는 대부분 전원 기숙사 생활이고 학교의 완벽한 보호 아래에 있기 때문에 완전한 자립 생활을 한다고는 말할 수 없는데, 정식으로 대학에 입학하기도 전에 낯선 땅에서 완전히 홀로 서는 법을 배우는 것이 마냥 신기하고 뿌듯했다. 여태까지는 그런 데에 신경 쓰는 것 자체가 시간 낭비이며 귀찮은 것들이라 생각하고 마냥 부모님에게만 의존해왔는데, 성인으로서 내가 감당해야 하는 숙제라고 받아들이고 하나씩 해결해가다 보니 이제는 모른다고 손사래를 치지 않고도 완벽하게 맡아 할 수 있다는 느낌을 갖게 된 것 자체가 진정한 독립을 이루는 첫걸음이었다.

소더비에서 가장 먼저 한 일

런던에 있는 학교에 도착하자마자 내가 가장 먼저 한 일은 바로 도서관에 달려가서 1995년 4월 뉴욕 소더비에서 사흘에 걸쳐 열린 〈재클린 케네디 오나시스 소더비 유품 경매〉 카탈로그와 2005년 2월 같은 회사에서 만들어진 〈케네디 가의 별장 경매〉 카탈로그를 구하는 것이었다.

도서관 사서는 나이가 지긋한 백발의 중년 여성이었는데, 자신을 캐롤이라 소개하면서 "캐롤라인 케네디가 이곳 학생이었던 거 알고 있니?"라고 물었다. 모를 리가 없었다. 반가운 마음에 내가 이곳에 오게 된 이유가 바로 캐롤라인 때문이라 하자 그녀는 눈이 커지더니 자기가 이곳에서 일하게 된 것도 바로 같은 이유 때문이라고 했다.

"내 친구 로라가 바사(뉴욕 포킵시에 있는 세븐 시스터 여대 중 하나. 현재는 남학생 입학을 받아들이고 있다)를 다닐 때 재키랑 스위트메이트(방을 같이 나눠 쓰는 룸메이트가 아닌 스위트를 나눠 쓰는 친구를 일컫는 말)여서 같은 화장실을 썼는데 둘이서 서로 너무 싫어했지. 일단 생김새가 재키는 여성스럽고 수줍은 스타일이었는데 로라는 좀 뭐랄까, 남자다운 타입이었거든. 서로 아는 척도 안 했다지." "아 그렇군요."하고 내가 놀라워하자, 이어서 "내가 듣고 너무 웃겼던 게, 재키는 교실에 도착을 한 첫날 교실을 둘러보고 바로 일 년 동안 누구와 친구를 하게 될지를 알았다는군."하면서 재미있다는 듯이 웃었다.

나는 그녀의 이야기를 좀 더 듣고 싶어서, 혹시 내가 읽은 이러이러한 케네디 책들을 읽어본 석이 있냐고 물어보았다. 캐롤은 고개를 흔들며 읽어보지는 못했다고 했다. 우리의 대화는 캐롤라인이 런던에 머물렀을 때로 넘어갔다. 캐롤라인이 이곳에 와서 사귄 남자 친구라든가, 테러를 당할 뻔한 일 등을 이야기하자, 캐롤은 자신의 동료에게 들은 이야기라며, 당시 캐롤라인이 사귀던 남자 친구였던 마크 샌드가 바로 현재 찰스 왕세자의 후처인 카밀라의 남동생이라 말해주었다(집에 와서 인터넷으로 확인해보니 카밀라의 처녀적 성이 샌드였다).

나는 책을 빌리려다 말고 내친김에 그 자리에서 사서 캐롤과 케네디 가에 대한 이야기를 더 나누었다. 옆에서 일하던 젊은 사서가 찾아다 준 카탈로그를 받아 들고 나가려다가 말고 나는 뒤를 돌아서서, "미국인 맞죠?" 확인 차 물어보았다. 여기는 영국이지만 지극히 미국적인 대화였으니까. "보면 모르겠니?" 캐롤은 당연하다는 표정을 지어 보였다. 그 뒤로도 내가 도서관에 잡지라든가 미술이나 사진 전문서적을 보러 들릴 때 마주치게 되면 캐롤은 항상 나를 "Jackie's friend(재키의 친구)"라고 불러주었다.

케네디를 연구하면서 놀라웠던 점은 이 주제가 특히 미국인들에게 호감을 얻고 쉽게 대화를 풀어갈 수 있는 열쇠가 된다는 점이었다. 비단 미국인만이 아니었다. 예를 들어 소더비에서 같은 반 친구였던 아일랜드 출신인 코너는 내가 쉬는 시간마다 두꺼운 케네디 전기를 읽고 있는 것을 보고는 옆자리에서 그걸 뺏어 훑어보더니 자기는 로버트 케네디가 더 좋다고 했다. 케네디 집안이 아일랜드 혈통이라는 것을 알고 있었기에 나는 아일랜드와 관련된 이야기를 조금 더 했고, 이 책을 읽게 된 경로를 설명해줬다. 보스턴 대학의 저명한 역사학 교수인 로버트 댈럭Robert Dallek이 쓴 《케네디 평전》을 한국 도서관에서 우연히 읽다가, 더 깊이 알고 싶어 번역본 아닌 원본을 구해 두 권을 비교하며 읽었으며, 게다가 런던에 오면서 책을 놓고 오는 바람에 워터스톤즈Waterstone's(우리나라에서는 교보문고와 같은 런던의 대표적인 서점)에서 최신 에디션을 사서 다시 줄을 쳐가며 읽고 있다는 이야기를 하자 나를 더욱 대견해 했다.

또 한번은 비행기 안에서 우연히 내 옆자리에 앉게 된 트리니티 대학 1학년 또래 여대생이랑 정신없이 이야기를 하고 있었는데, 일원 중의 하나인 같은 학교 남자 친구가 뒤에 다가와서 그 친구에게 말을 걸다가 옆에 있는 내가 읽다가 엎어놓은 책을 슬쩍 보고 약간 장난스러운 말투로 "《케네디와의 대화》라!"라고 아는 척을 해서 인사를 나누게 되었다. 남자 친구가 가고 나서 옆자리에 있던 친구가 작은 목소리로 "쟤는 정치학도야. 나중에 네가 코네티컷으로 놀러 오면 저 친구랑 말이 좀 통할걸?" 속삭였다. 내가 평상시에 깊이 있게 공부하던 관심사가 이렇듯 스쳐 가는 듯한 작은 상황 속에서도 모르는 이에게 내가 무엇을 좋아 하는지에 대한 단서를 줄 수 있는 계기가 될 수 있다는 사실에 매우 기뻤다.

내가 주인이 아닌 것들

학기가 시작한 지 얼마 되지 않아 나는 런던에 온 것을 후회하 기 시작했다. 단순히 미술에 대해서 공부를 해볼 기회가 생겨서 재미있겠다고 생각하고 대학교 첫 학기를 이곳에서 보내게 되 었는데, 솔직한 심정으로 나는 미술에 대한 많은 양의 공부는 갑자기 할 마음의 준비가 되어 있지 않았던 것이다. 남들보다 조금 더 많이 미술에 관심이 있고 미술을 접할 집안 환경에 노 출이 되어 있었다고는 하나 이렇게까지 깊이 있게 공부를 해야 될 줄은 몰랐다. 혹자는 이것이 복에 겨운 투정이라 비난할 수 도 있겠지만, 스무 살의 나는 내가 맞닥뜨릴 세계에 전혀 준비 되어 있지 않았다. 그리고 그 세계라는 것은 일찍이 내가 본 적 없는 사치의 세계였다. 유럽의 귀족들, 러시아 올리가르히, 스 위스 억만장자들까지, 미술품과 경매, 와인과 프렌치 리비에라 의 여름 별장, 요트와 전용기까지. 영화 속에서나 보던 사치스럽고도 화려한 상류 사회 사람들 사이에서 내가 고아라고 느껴질 정도였다.

일주일에 두 번 있는 미술사 수업 시간에는 19세기 말 후기인 상주의부터 시작해서 20세기 근대 역사가 시작되는 시점에 맞물려 생긴 야수파, 입체파부터 60년대 이후의 추상표현주의, 팝아트, 개념미술 등의 현대 미술까지 시간의 흐름대로 차근차근 배워가는 굉장히 체계적인 공부를 했다. 수업이 끝난 후에는 어김없이 런던 내셔널 갤러리, 영국 박물관, 테이트 모던과 테이트 브리튼 미술관 등 수많은 런던에 위치한 미술관과 갤러리에서 직접 그림을 보고 설명을 들었다. 현장학습의 목적에는 그림을 어떻게 감상해야 하고 미술관에서 그림을 볼 때 어떤 대화를 주고받아야 하는지, 그리고 무슨 말을 해야 하는지, 또 이 그림이 왜 이런 값어치를 가지고 있는지에 대해 전반적인 교양을 쌓는 공부를 하는 데에 있었다.

일주일 중 나머지 이틀은 아트 앤 비즈니스에서 두 번째 파트인 비즈니스 수업을 들었다. '예술법art law' 시간에는 국제 미술 시장 법률 컨설턴트 분야에서 35년을 일한 현직 변호사가 학교에 직접 와서 가르쳤다. 미술품 매매 시 소유권의 귀속, 진품성에 대한 보증, 상태에 대한 보증 등 미술 시장에서 쓰이는 법의 실제 사례를 분석하는 공부를 했는데, 중간고사 시험으로는 딱 3가지 문제가 주어지고 그중 하나는 미술품 도난 사건과 관련된 모방 케이스를 주고 그동안 배운 법률 지식을 총동원하여 어떤 쪽에 책임을 물어야 하는지를 서술하라고 나와서 진땀을 뺐던 기억이 난다. 답변 선택권이 없던 첫 번째 질문과 달리 나머지 2개의 문제는 그중 하나를 선택해서 서술할 수 있었는데, 나는 내가 미술 시장에서 개인 회사를 차리거나 비영리단체를 세울 경우 어떤 법률을 채택해야 하는지를 설명하는 질문을 택했다.

'예술법' 외에 나는 미술품 거래, 미술 투자, 미술관과 같은 비영리단체와 갤러리와 아트펀드와 같은 영리단체의 마케팅을 배우는 등 미술과 경영을 접목한 학문을 섭렵했다. 현대 미술 시장이 어떻게 만들어졌는지에 대해 배우고 미술 경매와 경매 하우스의 역사에 배우기도 했다. 오전에 이런 수업을 듣고 난 뒤에는 프로그램 디렉터인 하버드 출신 미국인 제프리와 학생들이 둘러앉아 아직 완전히 시장이 형성되지 않은 포토그래피 마켓에 대해 토론을 하고 시장을 성장시키려면 어떻게 해야 하는지 의견을 내놓는 세미나가 있었다. 오후에 세미나가 없는 날에는 점심시간을 마친 뒤, 대형버스를 타고 런던 외곽에 있는 소더비 웨어하우스, 즉 경매에 나가기 전에 모아두는 미술품 창고를 구경할 기회도 주어졌다. 실제로 경매에 나가기 직전의 앤디 워홀, 제프 쿤스 등 값비싼 진품들이 여기저기 놓여 있었고 와인창고에는 팔리기 직전의 진귀한 와인들이 진열되어 있었다. 그러나 무엇보다도 소더비에서 가장 중요한 일정으로 많은 학생들이 손꼽아 기다리던 것은 단연코 프리즈 아트 페어였다. '아트 페어'란 화랑 수백 개가 부스를 하나씩 차리고 한꺼번에 작품을 전시하고 판매를 하는 것을 말한다. '프리즈'는 영국 현대 미술 월간지 〈프리즈〉와 도이치뱅크가 주최하는 아트 페어로 나의 런던 아파트와 가장 가까운 리젠트 공원에서 진행됐다. 다들 어마어마한 아트 페어의 스케일에 흥분한 듯 보였다.

하지만 나는 내가 완전 흥미를 잃어버렸다는 점을 깨달았다. 아직 정식으로 대학에 입학하기도 전 배움이 부족한 상태에서, 나의 진로가 불투명한 상황에서 목적을 상실해 배우려는 의지가 없어진 것 같았다. 나는 미술을 반드시 배워야 하는 이유, 이를테면 가업이라던지 희망 직업이라던지 하는 납득할 수 있는 이유가 없었다. 무엇보다 처음에 내가 이곳에 오고자 한 '미술품 컬렉터가 되고 싶다'는 마음이 점점 옅어졌다. 나는 그 단어에 환상을 갖고 접근했다. 아주 순진하게, 문학적으로 접근한 것이다. 상상이 현실이 되었을 때 그것을 감당할 재간이 있느냐는 다른 문제였다. 이곳에서 나는 완전히 새로운 고민과 번민에 다시 휩싸이기 시작했다. 도저히 내 것으로 만들 수 없는 것들 사이에서 어쩌란 말인가? 이들 사이에서 도대체 나는 어떤 의미를 가져야 하나?

현대 미술은 나를 질겁하게 했고 또 몹시 지루했다. 나는 여느 대중처럼 한눈에 예쁜 로코코나 인상주의를 배우고 싶었다.

소더비 경매 학교에서는 가을학기에는 17세기, 18세기, 19세기 미술 수업이 제공되지 않아 불가피하게 나는 도전을 해보자는 마음 반, 어쩔 수 없다는 마음 반을 가지고 런던에 온 것이다. 그러나 내가 런던에서 본 현대 미술은 나를 질리게 했고 또 나는 무엇보다 나 자신이 무언가를 소유하고자 하는 욕망이 없다는 걸 깨달았다.

나는 너무 변덕스럽고 무언가를 소유하는 것에 대한 커다란 기쁨을 느끼지 못하는 사람이었기 때문에 천문학적인 돈을 들여서 그림을 사야 한다는 데에 의미를 찾지 못했다. 게다가 이해할 수 없는 현대 미술을 사들여 집 안에 전시를 해놓는다는 것에 더더욱 회의감을 느꼈다. 얼마 지나지 않아 나는 수업 자체에 매우 심드렁해졌고 점점 그림을 보는 게 따분하고 지루하게 느껴졌다. 내가 도대체 여기서 무엇을 배워야 하는지 목적을 찾을 수가 없어서 자괴감에 빠졌고 오후 시간에 갤러리나 미술관으로 현장학습을 가야 하는 날이면 중간에 몰래 피해 빠져나오거나 아예 오전 수업이 끝나고 도망가기도 했다.

뜻밖의 첫사랑

그러나 어떤 한 남자를 만나고부터 점점 인생의 엄청난 변화를 겪고 있었다. 학기가 시작 된 지 얼마 지나지 않아 우리는 모두 '세계에서 가장 아름다운 소규모 미술관'으로 꼽히곤 한다는 코톨드 갤러리The Courtauld Gallery에 현장학습을 가게 되었다. 소더비 인스티튜트와 가장 가까운 튜브 역인 토트넘 코트 로드 역에서 코벤트 가든을 지나 템플 역까지 걸어서 20분도 채 되지 않는 가까운 미술관이었다. 그나마 '인상주의' 컬렉션이 많다기에 조금은 흥미를 가지고 둘러봤다. 열정적인 내게 애정 없는 대상에 마치 자꾸 사랑을 가지라고 스스로 강요하는 듯한 느낌이 들어 속상했다.

관람을 마친 학생들은 이미 코톨드 갤러리 정문 앞에서 담소를 나누고 있었다. 그중 한 무리에서 미소를 띠며 쾌활하게 대화를 나누고 있는 금발의 검정색 뿔테 안경을 쓴 지적으로 생긴 남자가 눈에 들어왔다. '어, 첫날 오리엔테이션에서 보지 못했던 것 같은데?'라는 의문과 함께 호기심이 들어 유심히 살펴보았다. 그와 이야기를 나누던 무리 중 한 여학생이 실수로 종이를 공중에 날려 지하에 있는 카페에 떨어뜨렸고, 이 남학생은 재빨리 뛰어 내려가 종이를 주워 보이며 싱긋 웃더니 돌아와 친절하게 종이를 되돌려주었다. 그게 그의 첫인상이었다.

정식으로 서로 소개를 하게 된 것은 두 번째 만남에서였다. 며칠 후, 나는 런던 W 호텔 클럽에서 열린 소더비 학생들의 파티에 초대를 받았다. 그러나 실수로 장소를 잘못 찾아간 탓에 나를 데리러 와준 텍사스 출신의 미국인 친구 알렉시아와 내가 W 호텔이 위치한 런던 소호SoHo 지구의 중심 레스터 스퀘어 Leicester Square에 도착했을 때는 이미 모두들 광장 앞에서 다른 클럽으로 옮기기 위해 우리를 기다리고 있었다. 자리를 옮겨간 지하에 있는 클럽은 생각보다 세련되지 못해 나는 난생 처음으로 가본 클럽에 실망을 감추지 못했지만, 이내 같은 반 유럽 남자 친구들이 여자라고는 둘뿐인 나와 알렉시아를 위해 맥주와 칵테일을 사주었다. 내가 술잔을 만지작거릴 뿐 망설이자, 옆에 있던 알렉시아가 나에게 무슨 일이냐고 물어보았다. 나는 약간 쑥스럽지만 솔직하게 말했다. 나는 술을 한 번도 마셔보지 않았던 것이다! 나는 고등학교 홈스쿨을 마치자마자 거의 바로 런던에 왔기 때문에 그 전에는 딱히 술을 접할 기회가 없었다. 알렉시아는 눈이 동그래지면서 믿을 수 없다는 듯이 남학생들을 보고 소리쳤다. "이게 하연이가 처음 마시는 술이래!" 옆에서 즐겁게 수다를 떨고 있던 세련되고 성숙한 유럽 남학생들은 충격을 받았다는 표정을 지으며 "이게 처음 마시는 술인데 이런 허접한 바에서 단 1분도 보낼 수는 없지! 우리 원래 있던 W 호텔로 빨리 돌아가자!"라며 나를 데리고 나왔다.

단순히 나 하나 때문에 전혀 내색하는 기색도 없이 원래 있던 클럽으로 돌아가서는 내게는 한 푼도 내지 못하게 하고 성인이 되어 마시는 첫 술을 축하하는 기념으로 테이블을 통째로 빌려

준 유럽 친구들의 배포와 마음씨에 감동했다. 나보다 최소한 서너 살에서 많게는 아홉 살까지 차이가 났던 같은 반 남학생들은 모두들 큰오빠들처럼 나를 챙겨주었다. 물론 그중에는 '코톨드 갤러리 앞의 그'도 끼어 있었다. 사실 나는 그가 온다는 소식을 듣고 용기를 내서 찾아간 것이다. 그는 한창 흥겹게 친구들과 소개를 하며 이야기를 주고받던 나의 술잔을 조용히 뺏어가더니 '그만 마시라.'는 제스처를 취해 나는 이내 수줍어졌다. 평소에는 그렇게 당당하던 나는 얼어서 내내 한마디 말도 못 붙이고 먼저 다가와주기를 기다렸는데, 그는 마침내 내 옆에 앉아 상냥하게 이것저것 질문을 하기 시작했다. 용기를 얻은 나는 대화를 하기 시작했고, 그의 이름이 클레멘스 레오폴드라는 것과, 나보다 세 살이 많다는 점, 스위스에서 대학 졸업을 이제 막 앞두고 있다는 점, 오스트리아 비엔나에서 왔고 소더비에 수업을 들으러 온 이유가 자신의 가족이 비엔나에서 유명한 컬렉터이기 때문이라는 것을 알게 되었다. 나는 너무 떨려서 길게 말을 잇지 못하고 금방 자리를 피했다.

다음날, 우연히 같이 점심을 먹기로 한 무리와 섞여 레스토랑에 가는 길에 용기를 내어 나는 "프라하에서 잠깐 공부를 했던 적이 있는데 그때 비엔나에 간 적이 있다."라고 클레멘스에게 말을 붙여보았다. 오스트리아의 대표 화가인 구스타프 클림트Gustav Klimt가 내가 가장 좋아하는 작가라고도 덧붙였다. 클림트에 대한 나의 열렬한 애정을 설명하기 위한 사족을 더하자면, 여고를 다닐 때 학교 도서부원이었던 나는 내 담당구역에 있는 서적들을 정리하다가 우연히 발견한 책이 《니체의 도덕계보학》이었다. 아주 쉽고 간단하게 니체에 대해 풀어놓은 그 책을 읽고 니체에 푹 빠진 나는 그에 대해 써놓은 책들을 샅샅이 찾아 읽기 시작했는데, 니체가 친구 두 명과 예술 연구회인 '게르마니아Germania' 클럽을 만들어 매월 한 번씩 모여 예술과 문학을 공부하고 각자 소논문을 발표했다는 부분을 읽고 나 또한 동현이와 비슷한 동아리를 청소년수련원에 정식으로 개설해 우리가 좋아했던 클림트를 가장 먼저 연구하고 발표하기도 했다.

이 말을 마치기도 무섭게, 클레멘스는 고개를 돌려 나를 보더니 의미심장하게 "그래서 혹시 기억나는 미술관 이름이 있니?"라고 물어보았다. "당연히 기억이 나진 않지. 벌써 몇 년 전 일인데!"하고 나는 대수롭지 않게 받아쳤다. 그런데 한마디 한마디 신중하고 허투루 말하는 법이 없어 보이는 그가 나에게 이런 질문을 했다는 사실에 의아하다고 생각했을 뿐이다.

오만과 편견의 주인공처럼

그 뒤로 그와 나는 아주 조금씩 가까워졌다. 그러나 각국에서 마흔 명 남짓 모인 공개된 교실 안에서, 더군다나 내 나이 또래의 젊은 대학생들도 아니고 사회생활에 익숙해 있는 성인들 사이에서 사적인 대화를 한다는 것은 거의 불가능했다. 물론 다들 웃고 떠들며 화기애애한 분위기였기는 했지만, 간혹 수업시간에 강사가 작품에 대해 노골적인 해석을 하는 것조차 질색하며, 늘 세련되고 점잖게 행동해야 할 것 같은 격식을 갖춘 공간에서 서로에 대한 감정을 자유분방하게 나누기란 어려운 일이었다. 나는 으레 유럽 사람들은 느슨한 사고방식을 가지고 있을 거라 기대했지만 이곳에서만큼은 다른 행동 규칙이 적용되었고, 서로들 관심 없는 척했지만 모두가 서로의 행동을 주시하고 있다는 것을 깨달았다. 이런 분위기는 그와 나 사이의 거리감을 쉽게 좁히지 못하는 것에 한몫을 했다. 이 때문인지 나는 꼭 우리가 제인 오스틴의 소설 《오만과 편견》에 자주 등장하는 무도회 장면의 주인공들처럼 본연의 성격과는 관계없이 암묵적인 예의범절 때문에 감정을 전혀 확인할 수 없음에 절망했다.

운명의 장난인지, 우리 둘은 거듭해서 프리즈 아트 페어를 비롯해 세미나 그룹과 큐레이터와 비즈니스 미팅 등 그룹 활동을 할 때 항상 같은 조에 배정을 받거나 늘 앞뒤 순서가 되었다. 그래서 서로 부딪히는 일이 자연스럽게 많게 되었는데, 그때마다 분명히 서로 끌린다는 것을 느끼면서도 우리의 감정 표현이 너무나 미묘하고 비밀스러워서 같은 반 친구들 중 나와 가장 친한 러시아 여자 친구들을 제외한 나머지는 아무도 알지 못했다. 그와 나의 사교 그룹이 달랐다는 것도 서로를 멀찌감치 바라볼 수밖에 없게 만들었다. 그가 같은 언어를 쓰는 스위스, 독일에서 온 친구들과 주로 어울렸다면, 나는 마음이 편한 미국인 친구들과 주로 어울렸다. 교실 안에서 교류는 엄두도 못 내고 현장학습으로 미술관, 갤러리, 옥션 하우스에 있을 때만 찰나 눈빛을 교환하고 멀찍이 떨어져 서로를 유심히 관찰하는 것이 전부였지만, 그는 나를 숨도 못 쉴 정도로 떨리게 했다. 누구보다도 자존심이 강한 우리 둘은 경쟁을 하듯 서로 감정을 인정하기 싫어서 늘 신경전을 벌이곤 했다. 다만 내가 유일하게 진짜 나 자신이 될 수 있던 것은 교실 밖에서 친구들과 다 같이 어울려 만날 때였다. 저녁에 무리로 어울려 사우스 켄싱턴 앵글시 암스The An-glesea Arms 펍이나 그린 파크에 있는 오라 메이페어 클럽Aura Mayfair과 같은 곳에서만 청춘남녀로 돌아와 서로에 대한 호감을 조심스럽게 표현했다.

그렇게 감정이 깊어지던 어느 날, 나는 소더비 인스티튜트의 작은 도서관에서 중간고사 페이퍼 자료 수집을 위해 필요한 미술 서적들을 살피고 있었다. 대학생이 되어 처음으로 써보는 미술사 페이퍼의 주제로 선택한 그림은 네덜란드 태생의 프랑스 야수파 화가 키스 반 동겐Kees van Dongen의 '커다란 모자를 하고 있는 여인'이었다. 야수파의 역사적 맥락을 풀어놓은 책들부터 꼼꼼히 살피던 중, 나는 이상한 걸 발견했다. 내가 어렸을 때부터 너무나 좋아했던 클림트가 눈에 띄어 그림을 훑어보고 다시 집어넣으려던 찰나, 나는 책 표지에 낯익은 이름을 발견했다. 자세히 살펴보니 그건 바로 '레오폴드 미술관Leopold Museum'이라 쓰여 있는 로고였다. 나는 순간 불현듯 클레멘스를 떠올렸다. 클레멘스의 성이 바로 레오폴드였기 때문이다.

사실 그동안 클레멘스가 수업 시간에 보여준 태도를 보며 나는 그가 심상치 않은 인물이라는 걸 느끼긴 했다. 예를 들어 예술법을 공부하는 시간에는 미술품 관련 소송이 진행되는 과정에 대해 너무나 잘 알고 있고 전직 판사인 교수님에게 이것저것 구체적인 질문을 하는 모습을 보았기 때문이다. 스위스 연방 공과대학 졸업을 앞둔 공대생이라고 하기에는 현대 미술작가들이며 모르는 것이 없었다. 또한 어느 날은 교수님이 세계적인 아트 딜러들의 프로필을 슬라이드에 보여주며 브리핑을 할 때도, 손을 들어 그중 한 명을 개인적으로 안다는 말을 스치듯 하고는 뒤를 돌아 장난스러운 미소를 지어 보이기도 했다. 그제서야 나는 클레멘스가 나를 처음 만난 날 자신을 소개하면서 가족이 오스트리아에서 유명한 컬렉터임을 밝히고, 그 뒤로도 은근슬쩍 넌지시 나에게 빈에서 기억나는 미술관이 있냐고 물어보았는지를 알 것 같았다. 오히려 피카소와 달리를 사 모으는 러시아 부호 일다르가 같은 반인 마당에 우리 반에서 가족이 미술관을 소유하고 있는 학생이 있다는 게 어쩌면 당연할 수도 있는데 미처 생각하지 못한 내가 순진하기 이를 데 없었던 것이다.

그 남자의 비밀

사실 나는 그때도 의심을 하면서도 설마 했다. 클레멘스에게 직접 물어보고 싶었지만 보는 눈이 많은 소더비에서 교실에서조차 우리 둘만의 시간을 내기란 너무나 어려운 일이었다. 그렇게 시간이 흐른 후, 어느 날 저녁 나는 소렌이 말리본에 있는 자신의 플랫에서 하우스 파티에 초대되어 갔다. 열댓 명이 모인 파티에서 즐겁게 놀다 열두 시가 되자 우리는 택시를 타고 자리를 옮겨 메이페어에 있는 차이나 화이트라는 고급 클럽에 갔다. 미리 예약을 하지 않아서 밖에서 줄을 서서 기다려야 했는데, 그게 싫었던 클레멘스와 나와 소렌은 셋이서 다시 택시를 타고 얼마 떨어지지 않은 그린 파크에 있는 오라 메이페어라는 클럽에 갔다. 새벽까지 놀다가 지친 소렌은 먼저 집에 가고, 나와 클레멘스는 둘이 남게 되었다. 우리 둘은 함께 택시를 타고 친구들이 있던 차이나 화이트 클럽으로 돌아갔다. 그런데 이미 때는 너무 늦어, 경비원이 더 이상 들어갈 수 없다며 우리를 제지했다. 하는 수 없이 우리 둘은 버스 정류장에서 나란히 앉아서 친구들을 기다리며 거의 처음으로 둘 만의 시간을 갖게 되었다. 이런 저런 이야기를 하다가, 나는 이때다 싶어 클레멘스에게 진지하게 물어보았다.

"클레멘스, 너 혹시 레오폴드 미술관과 관련이 있니?"

이 말을 들은 클레멘스는 마치 올 것이 왔다는 듯이 하늘을 쳐다보며 크게 한숨을 쉬더니 "우리 할아버지가 미술관을 지어 국가에 헌정하셨어."라는 말을 시작으로, 지금은 부모님이 두 번째 컬렉션을 오랜 기간에 걸쳐 만드셨고 그것을 어떻게 해야 할지 고민 중이라는 설명을 해주었다. 나는 적잖이 충격을 받았지만 놀라지 않은 표정을 유지했다. 침을 꿀꺽 삼키고 나는 그럼 그냥 레오폴드 미술관에 기부하면 되지 않느냐고 물어보았다. 클레멘스는 심각한 표정을 지으며 그게 그렇게 쉬운 일이 아니라 했다. 언론에서 자신의 할아버지가 나치의 손에 있던 그림을 부당하게 취득했다는 의혹을 계속해서 제기하며 자신의 집안을 계속해서 힘들게 했다고 말해주었다. "넌 기자들이 가문의 명성을 어떻게 한 순간에 쓰레기로 만들 수 있는지 모를 거야."라는 말을 하는데 영문을 몰라도 마음이 아팠다. 그리고 그를 이해할 수 있을 것 같았다. 평범한 환경에서 자란 나는 경험하지 못했지만 그로 인해 클레멘스가 사람들에게 쉽게 마음의 문을 열지 못한다는 짐작을 하게 되었고 연민하게 되었다. 나에게 마음이 있음을 분명히 느낄 수 있는데 표현을 해주지 않아서

서운하고 슬펐던 감정을 씻어낼 수 있었다. 그날 그렇게 우리는 오랫동안 진지한 이야기를 나누었다.

그 뒤로 그는 나의 지적 호기심을 엄청나게 자극했다. 사랑하는 사람과 지식을 나누며 스스로를 성장시키고 더불어 그에게 영감을 주는 역사 속 여성들을 볼 때마다 정신을 못 차렸다. 그 중 단연코 나의 롤 모델이 된 여인은 고등학교 때 전기를 탐독했던 니체, 릴케, 프로이드의 연인이자 당대의 철학자, 예술가, 사상가들에게 영감을 불어넣고 교류를 하던 루 살로메Lou Salome였다. 그는 나에게 그런 존재였다. 나는 레오폴드 가문과 클림트, 에곤 실레를 비롯한 1900년대 비엔나 예술가들에 대한 모든 것이 궁금해졌다.

가장 먼저 나는 클레멘스의 할아버지이자 자신의 이름을 딴 레오폴드 미술관을 세운 루돌프 레오폴드Rudolf Leopold에 대해 공부했다. 1925년 오스트리아 비엔나에서 태어난 루돌프 레오폴드는 비엔나 대학교 의대생이던 22세에 "내 인생을 바꾼 가장 중요한 날"이라고 훗날 이야기한 빈 미술사 박물관Kunsthistorisches Museum 방문을 계기로 미술품을 모으기 시작했다. 그가 1950년 대부터 본격적으로 에곤 실레Egon Schiele의 작품을 사 모으기 시작할 즈음, 에곤 실레라는 화가는 비엔나 사회에서 완전히 유행에 뒤쳐진 구식 화가로 인식되었고 값싼 포르노 취급을 받았다. 그러나 세상을 떠난 지 얼마 되지 않은 젊은 작가의 가치를 알아본 루돌프 레오폴드는 단돈 몇 달러에 구입하기 시작해서 자신의 집에 걸어놓는 데에 만족하지 않고 죽어 사라진 실레를 대신해 작품전을 열기 시작했다. 거기에서 멈추지 않고 직접 논문을 쓰고 평론집을 내는가 하면 1997년 뉴욕 현대 미술관에서 '에곤 실레: 레오폴드 컬렉션'이란 성공적인 전시회를 열어 미국에까지 그 진가를 알리게 된다. 루돌프 레오폴드는 클레멘스의 할머니이기도 한 아내 엘리자베스 레오폴드와 함께 생애 5,000점이 넘는 컬렉션을 구축하게 되었고, 오스트리아 정부의 도움을 얻어 2001년 드디어 레오폴드 미술관을 열게 된다. 2010년 그의 부고를 〈뉴욕 타임스〉가 전하며 "전 세계 미술사에서 가장 중요한 컬렉션을 구축한 컬렉터 중 하나."라고 칭하기도 했다. 빛을 보지 못한 예술가를 대중들에게 적극적으로 알리려는 두 사람의 노력 덕분에 에곤 실레, 구스타프 클림트, 오스카 코코슈카Oskar Kokoschka 등 빈 분리파 화가들의 작품의 가치는 천정부지로 올랐으며 지금까지 레오폴드 미술관은 문화 예술의 도시 빈의 복합 문화 공간인 박물관 지구Museum Quartier에 현대 미술관, 쿤스트할레 등과 함께 오스트리아를 대표하는 미술관이 되었다.

사랑의 열병과 남은 것들

그에 대해서 알면 알수록, 격차가 느껴져서 너무나 힘들었다. 나는 나름대로 내가 잘난 줄 알고 그곳에 갔다. 그런데 그곳 사람들에 비하면 나는 예술의 문외한이나 다름없었다. 예술을 잘 안다고 생각했고, 한국에서 받을 수 없는 교육을 일찍부터 받아 왔다고 자신했는데, 그를 비롯한 그의 세계 사람들 앞에서 좌절할 수밖에 없었다. 그들이 가지고 있는 것은 단순히 돈이 아니었다. 돈 많은 사람들을 보면 나는 늘 코웃음 치며 비웃었다. 내가 그들보다 언제나 높은 가치를, 더 큰 꿈을 갖고 있다고 자부했기 때문이다. 돈이라면 나도 부족함을 느낀 적 없다고 믿도록 교육받아왔고, 그게 사실이건 아니건 내가 그렇게 생각하고 있다는 자세가 중요하다고 배워왔으니까. 그런데 이건 경우가 달랐다. 그는 내가 상상했던 진정한 상류층 가문의 자제였고, 그렇게 판단한 이유는 그와 그의 집안은 자본이 아니라 역사를 만들고 예술을 소유함으로써 몇 세대에 걸쳐 시간을 지배하고 있었기 때문이다.

그것은 내가 고등학교 내내 창조와 천재에 대해 공부하며 얻은 시간을 거스르는 유일한 답과 일맥상통했다. 그걸 막연하게 갖고 싶다고 생각했지, 실제로 그것을 소유하고 있는 사람들 앞에서 나는 무너져버렸다. 아직 나이는 어려도, 돈이라면 나도 많이 벌 수 있다. 그런데 도대체 시간을 어떻게 소유하란 말인가?

천애 고아가 갑자기 신분이 높아져서 어울리지도 않는 세계에서 자신의 정체가 들통 날까 전전긍긍하는 것만 같았다. 경제적인 수준에서 격차를 느낀 것보다, 내가 소유하고 있는 문화의 수준에서 격차를 느낀 것이 더 가슴 아팠다. 어렸을 때부터 왕정을 다룬 그림들을 보며 저런 세계에 속하고 싶었는데, 막상 그 세계에 속하게 되면 감당할 것들에 대해 단 한 번도 생각해보지 않았다. 이번에는 성적이 아니라 어떤 가문 출신이냐가 관건이었다. 내가 익숙하게 알고 있던 모든 규칙이 완전히 뒤바뀌는 체험이었다. 이를테면 학교보다 신분이라는 것이 훨씬 중요한 곳이었다고 해야 하나. 너무나 속물적이지만, 실제로 그랬다. 그걸 인정하는 것조차 그 당시 내게는 너무 어렵고 고통스러운 일이었다.

그들이 내게 불친절한 것도 아니었다. 오히려 그랬더라면 나는 교양 없음을 마음껏 비웃을 수 있었을 것이다. 그런데 나는 그곳에서 가장 나이가 어린 학생이었고, 모두들 나를 아기처럼 예뻐해주고 신기해하고 말을 걸어주었다. 고등학교를 마치지 않았다는 사실에 놀라워하며 왜 그런 선택을 했는지 참을성 있게 들어주었다. 처음 받는 어른들의 보호에 감사하면서도 내면적으로는 자괴감에 괴롭기 짝이 없었다.

나는 도대체 이곳에 왜 왔는가? 왜 보내진 것인가? 자의 반,

타의 반 용기 있게 이곳에 왔는데, 이렇게까지 격차에 시달리면서까지 여기에 있어야 하나? 모든 스무 살들이 이런 고통을 겪는 것인가? 나만 겪는 것인가? 나이를 먹고 겪었더라면 조금 다르게 받아들였을까? 반드시 그 이유를 찾아야만 했다. 이유 없이는 버틸 수가 없을 것 같았다.

나는 점점 내가 런던에 오게 된 의미를 찾기 시작했다. 단순히 수업을 듣는 데에서는 그 의미를 찾을 수 없었다. 당장 수업시간에 배운 내용을 머릿속에 구겨넣는 게 중요한 게 아니었다. 나는 목적 없는 것에는 움직이지 않았다. 이 안에서 도대체 무엇을 배울 것인가를 찾아가는 과정의 연속이었다. 그렇게 방황하고 있던 나에게 운명처럼 다가온 그는 컬렉터가 단순히 돈이 넘쳐나 미술품을 사 모으는 억만장자들의 취미생활이 아님을 가르쳐주었다. 그의 할아버지는 알려지지 않은 자국의 화가를 발굴해 그에 해당하는 값을 지불하고 더불어 그 가치를 높이는 일을 했다. 나는 미술계에서의 나의 역할을 찾은 기분이 들었다. 나는 이제 한국이 예술로 돈을 버는 나라가 되어야 한다고 차츰 생각하기 시작했다.

누군가 나에게 소더비에서 무엇을 배웠냐고 물어본다면, 나는 선명하게 기억나는 단 하나의 무엇으로 요약해 말해줄 수 있다. 그건 바로 수업 시간에 교수님이 교실의 불을 모두 끄고 암전된 상태에서 보여준 슬라이드 한 장이었다. 슬라이드 한 가운 데에는 '미술품의 가치'가 쓰여져 있었고 이를 중심으로 주변에 아티스트, 갤러리, 아트 딜러, 미술관, 큐레이터, 평론가, 작가, 비평가, 경매 하우스, 아트 페어, 그리고 컬렉터까지 모두가 둘러싸고 있는 모양이었다. '미술계'라는 독립된 세계를 거시적인 시각으로 한눈에 바라볼 수 있게 했다. 나는 여태까지 단편적인 시각으로 그림 하나만 달랑 보았던 습관에서 벗어났다. 액자 속 그림 뒤에서 일어나는 세계에 대해 인지하기 시작했고, 미술품 자체로는 아무런 의미가 없을지 모르지만, 그 뒤에 얽혀 있는 수많은 사람들이 다 같이 쌓아 올린 결과물이 그 값어치가 되어 천정부지로 올라간다는 것을 파악하게 되었다. 하나의 세계가 어떻게 돌아가는지에 눈을 뜨고 나자, 나는 사물의 일면만 보고 판단하던 유아적인 사고에서 깨어나 내가 드디어 복합적으로 사고하기 시작했음을 깨달았다.

나는 점점 의욕적으로 변하기 시작했다. 그를 따라잡고 싶었다. 그와 함께 하고 싶었다. 닿을 수 없는 곳에 있는 듯한 그를 따라잡기 위해서는 나 자신을 발전시키는 길밖에 보이지 않았다. 그 선택밖에 없었다. 그렇지 않으면 포기하는 길밖에 없었으니까. 스스로를 걸맞게 키우는 것 외에는 딱히 길이 보이지 않았기에 미친 듯이 몰두했다. 이전에는 내 세계가 아니었기에 이해할 수 없었던 것들을 이해해보려고 필사적으로 노력했다. 나는 바로 내가 본받을 만한 롤 모델을 찾는 데 돌입했다. 대중적인 인지도 측면에서 볼 때나 역사적인 무게감을 고려했을 때 페기 구겐하임Peggy Guggenheim이 가장 적합한 대상으로 느껴졌다. 나는 페기 구겐하임의 자서전인《예술 중독자의 고백Confessions of an Art Addict》과 앤톤 길Aton Gill의《페기 구겐하임Art Lover》전기를 추가로 구해 읽었다. 미국 태생의 전설적인 컬렉터인 페기 구겐하임은 "어쨌든 누군가는 한 시대의 미술을 보호해야 한다고 생각했거든요."라는 말을 남기며 당시 유럽에 비해 열등했던 미국 미술을 전폭적으로 지원해서 무명 작가였던 잭슨 폴록Jackson Pollock을 단숨에 스타로 만들기도 했다. 나는 미술에 대해 대단한 열정을 가진 '모더니즘의 여왕' 페기 구겐하임을 보며 역사적인 흐름이 반복되고 있음을 파악했다. 페기는 1890년대 말에 태어나 1938~1939년 런던에서 '구겐하임 죈느' 화랑을 열고, 1943~1947년 뉴욕에서 '금세기 화랑Art of This Century Gallery'을 개관하고 후에 1977년에 평생을 걸쳐 모은 소장품을 뉴욕의 구겐하임 미술관에 기증했다. 그녀의 인생은 미술의 중심 무대를 파리에서 뉴욕으로 옮기는 데에 바쳐져 있었다. 정확히 100년 뒤인 1990년대에 태어난 우리 세대의 젊은이들은 아시아의 시대가 오고 있다는 것을 체감하고 있다. 이제 시작이지만, 나는 어느새 내가 '21세기의 페기 구겐하임'이 되고 싶다는 푸른 꿈, 그리고 미술 중심 무대를 뉴욕에서 서울로 옮길 수 있는 가능성을 감지하기 시작했고 거기에 뛰어들고 싶었다.

컬렉터의 역할에 대해 아무도 나에게 알려주지 않았지만, 나는 사랑하는 사람을 통해 스스로 배워나갔다. 내가 할 일을 깨닫기 시작했다. 나는 일생에 걸쳐 나만의 미술품 컬렉션을 구축해 사회에다 환원하고 싶다. 물론 지금 당장은 할 수가 없다. 그럴만한 돈이 없기 때문이다. 하지만 내가 런던에 오기로 처음 결심했던 이유처럼 돈을 벌기 전까지 안목을 기르고 준비를 해야겠다는 생각을 했다. 돈은 없지만 앞으로 돈을 어떻게 쓸지 공부는 할 수 있는 것이다!

작가가 작품을 그림으로써 자신의 세계를 구현해내는 것처럼 수집가가 컬렉션을 구축하는 것 또한 자신만의 세계를 구축하기 위해서다. 이것을 이해하는 것은 엄청난 발전이었다. 구겐하임이 훗날 '금세기 미술'이라고 이름을 붙인 도록을 펴내 서양 미술학계에 소중한 자료를 남긴 것처럼, 나 또한 나의 컬렉션을 전체적으로 아우르는 도록도 작성하고, 내가 발굴하고자 하는 작가에 대해 연구를 하고 논문도 작성하고, 또 장래의 연구자와 학자 육성에도 도움을 주어 한국 미술계가 세계적인 주류가 되는 데에 일조를 하고 싶다. 나는 이미 역사를 만드는 데에 성공한 살아 있는 사례를 곁에서 지켜보았기 때문에 자신감을 얻을 수 있었다.

런던에서 보내는 마지막 밤, 그는 나에게 와주었다. 떠나는 나를 위하여 친구들이 작게 열어준 파티에서 올 거라 기대하지 않았던 그가 이미 먼저 약속 장소에서 나를 기다리고 있었다. 어차피 이번이 아니면 다시는 기회가 오지 않을지도 모른다는 생각에, 나는 수줍게 먼저 고백했다. 사실 이미 그는 나를 보러 옴으로써 행동으로 자신의 감정을 나에게 보여준 것이지만 말이다. 그는 늘 그랬다. 사랑의 표현에 있어 결코 섣불리 말로 감정을 담아내지 않는, 언제나 과묵하지만 섬세하게 행동으로 보여주는 남자였다. 이로써 오랜 시간 끝에 우리는 서로의 감정을 확인하게 되었다. 그러나 나는 몇 시간 뒤 택시를 타고 히스로 공항에 있어야 했다. 아쉬운 작별인사로 우리는 따뜻한 포옹을 나누었고 언젠가 다시 만날 날을 기약했다. 나는 서울로 돌아오는 비행기 안에서 눈물을 흘렸다. 그러나 이제 곧 내 인생의 또 새로운 장을 열기 위해 그를 잊기로 마음을 다잡았다.

훗날을 기약하며

클레멘스와 그렇게 헤어진 후 나는 그야말로 '사랑의 열병'을 앓았다. 사무치는 그리움에 정상적인 생활이 거의 불가능해졌을 정도로 말이다. 미국에서 대학 생활을 시작하면서 부단히 나의 관심사를 다른 곳에 돌려보려고 애를 썼지만 부질없는 일이었다. 야속하게도 도서관 가판대에서 우연히 레오폴드 미술관이

표지로 되어 있는 그달 새로 나온 소더비 경매 카탈로그를 마주치고 심장이 멎는 줄 알았다. 나는 무너져 내리는 감정을 추스르고 '아, 아마도 런던에 있겠구나.' 이렇게 그의 행방을 짐작하게 되었다. 그의 세계를 내 세계로 만들기 위해 안간힘을 썼다. 그를 좋아했기 때문에 그의 세계에 속하기 위해 발버둥 쳤다. 그러나 무엇보다 중요한 것은 내가 빠져서는 안 된다는 것이다. 나 자신을 잃어버리지 않으면서 사랑을 한다는 것은 결코 쉬운 일이 아닌 것 같았다.

결국 나는 돌아버리지 않기 위해 상사병의 열기를 나 자신을 발전시키는 좋은 에너지로 돌리고자 미친 듯이 애를 썼다. 나는 정신을 차리고 공부를 하기로 마음을 먹었다. 사랑에 빠져 정신이 없어 런던에서는 제대로 공부를 하지 못했다. 사실 나는 클레멘스와 나의 엄청난 차이를 느끼고 왔다. 그는 나와는 완전 다른 세계의 사람이었고 나는 너무 어렸고 전혀 아는 게 없었다. 내가 많이 부족하고 턱없이 부족함을 느껴서 절망했다. 나는 어려서부터 미학 수업을 받았고 한때는 화가를 꿈꾸며 미술도 오랫동안 했고 미술관이며 전시회며 빠짐없이 보러 다니고 예술가들의 삶에 늘 심취해 있었다. 고등학교 시절에는 40~50대의 사업가들만 가득한 오페라 교실을 따라다니며 듣는 귀를 단련했다. 그러나 그건 어디까지나 미술 애호가의 입장이었다. 소더비는 완전히 다른 세계였다. 진짜로 그 세계에 들어가보니 그곳은 미술 경매에서 천문학적인 부가 왔다 갔다 하는 곳이었고, 발 빠르게 움직이는 현대 미술을 수시로 체크하는 전 세계 최고의 미술 지식인들의 세계였다. 그런 환경 속에서 자란 클레멘스는 나와는 다른 경험을 했을 터이고 그 간극을 좁히려면 아주 열심히 경험하고 공부하는 방법밖에는 없어 보였다. 무엇보다 나는 지식에서 지는 것이 싫었고 그와 어울리는 사람이 되고 싶었다.

물론 나는 이제 겨우 갓 고등학교를 졸업하고 그는 대학교를 졸업을 앞 둔 시점에서 만났다는 사실이 위안이 되었다. 나는 가장 어린 학생이었을 뿐 아니라, 소더비는 그 전까지는 온실 속 화초처럼 집에 갇혀 공부만 했던 내가 처음 만나는 세계였다. 운 좋게도 나는 대학교 4년이라는 시간을 벌었고 바로 대학 공부에서 교양의 수준이 돌이킬 수 없는 격차가 벌어지는 시기라는 점을 직감했다. 역시 공부라는 건 단계를 밟아야 하고 게다가 온전히 내 것으로 만들기 위해서는 숙성하는 데 필요한 충분한 시간이 대학 때 말고는 언제 또 그럴 수 있을까 싶다.

미국으로 오는 비행기 안에서 나는 큐레이터 박파랑 씨가 쓴 《큐레이터와 딜러를 위한 멘토링》이라는 작고 가벼운 책을 다 읽었는데, 미술계에 종사하고 싶은 마음이 있는 학생들이라면 꼭 반드시 읽어보길 바란다. 이 책은 미국에서 나의 지침서와 마찬가지가 되었는데, 안목을 기르기 위해 어떠한 준비와 훈련이 필요한지 제대로 배울 수 있다. 이 책에 보면, 취향과 안목이라는 것은 내가 영어를 비롯한 수많은 외국어를 배우기 위해 오랜 시간과 노력을 투자했던 것과 동일한 메커니즘이 적용된다는 것을 알 수 있다. 나는 다행히도 엄마의 도움으로 어렸을 때부터 미술에 노출이 많이 되어 있었고 수많은 그림책과 전시회를 접하는 등 나름대로 기본기를 가지고 있었다. 하지만 그림 감상법의 기초인 이 그림이 좋기는 한데, 왜 좋은 건지, 저 작품의 무엇이 나의 마음을 끈 것인지, 내가 작품이 좋은 이유에 대해 설명을 할 수 있을 정도로 아는 게 많지는 않았다. 그래서 대학교에서 미술사 수업을 듣는 등 전문적인 지식을 보충하기로 마음먹었다.

미국에서의 새로운 시작

유럽이 아닌 멀리 떨어진 미국이라는 곳에서, 나는 어디서부터 시작하면 좋을지 몰랐다. 실마리는 예상치 못한 순간에 찾아왔다. 어느덧 그와 헤어진 후 해가 바뀌고 봄방학을 맞아 뉴욕에서 휴식을 취하고 있던 중이었다. 친구와 맨해튼 어퍼 이스트 사이드에서 즐겁게 수다를 떨며 산책을 하고 있는데 길거리에서 우연히 너무도 익숙한 클림트 그림이 눈에 들어왔다. 순간 깜짝 놀라 눈에 힘을 주고 자세히 살펴보니 '노이에 갤러리Neue

Galerie'의 방향을 알리는 간판이었다. 나도 모르게 그쪽으로 발걸음을 향해 메트로폴리탄 미술관 바로 앞에 위치한 작지만 아름다운 저택을 개조한 독일, 오스트리아 전문 미술관이라 쓰여 있는 노이에 갤러리 쪽으로 향했다. 나는 혼자서 클림트와 에곤 실레의 그림을 보며 조용히 런던에서 보낸 그와의 시간을 추억했다. 위층 계단에서 내려와 고풍스러운 서점에 가보니 어김없이 레오폴드 미술관에서 후원한 구스타프 클림트와 에곤 실레는 물론 오스카 코코슈카, 폴 클레, 에른스트 키르히너 등 독일 표현주의 화가들의 작품 카탈로그를 비롯해 세기 말의 비엔나, 바우하우스 운동 등을 다룬 책들이 진열되어 있었다. 아무 말 없이 찬찬히 책들을 살펴보는데 문득 호기심이 고개를 들었다.

'도대체 이 갤러리는 누가 지었지?' 남은 봄방학 며칠 동안 나는 밤을 새워가며 열심히 노이에 갤러리에 대해 벼락치기 공부를 했다. 나는 2006년 소더비 경매에 나온 구스타프 클림트의 1907년 작 '아델레 블로흐 바우어의 초상 I'이 1억 3,500만 달러(약 1,540억 원)에 낙찰되어 당시 회화 부분 최고 거래가로 기록되었다는 것을 이미 알고 있었다. 하지만 그걸 구매한 사람이 노이에 갤러리를 세운 장본인이라는 것까지는 알지 못했다. 다국적 화장품 기업 에스테 로더를 세운 에스테 로더의 둘째 아들인 로널드 로더가 클림트의 이 명화를 구입해 2001년 노이에 갤러리를 설립할 때 가장 중요한 컬렉션 중 하나에 포함시켰다.

공교롭게도 2001년이라면 오스트리아 비엔나에 레오폴드 미술관이 만들어졌을 때와 같은 해였다. 추가로 나는 로날드 로더가 유대인인 데다가 주오스트리아 미국 대사를 지낸 사실까지 알게 되면서 유대인인 로날드 로더가 어떻게 오스트리아 화가들에게 관심을 갖게 되었으며, 혹시 그의 조상과 관련이 있는 것이 아닌지, 그가 레오폴드 미술관의 존재를 모를 리 없었을 텐데 어떠한 관계가 있는지, 오스트리아 대사직을 지내기 전부터 클림트에 관심이 있었던 건지 등등에 대한 궁금증을 가졌다. 불행하게도 수많은 질문들은 봄방학이 끝나고 뉴욕에서 내가 학교로 돌아오면서 잠시 접어두는 수밖에 없었다. 또 다시 정신없는 학기가 시작되면서 몰입해서 공부를 할 틈새가 없었기 때문이다.

내가 품고 있던 질문들에 답을 찾은 것은 그로부터 정확하게 1년이 지난 2학년 봄학기가 되어서였다. 2학년이 되면서 본격적으로 '출장'이 잦아진 나는 하버드 비즈니스 스쿨에서 주최하는 명품과 유통업계 10주년 컨퍼런스에 참석하기 위하여 보스턴 알링턴 지역에 있는 플라자 호텔에서 투숙하게 되었는데, 밤에 심심하면 읽어두려고 학교에서 미리 프린트를 해서 가져간 1998년도 〈뉴욕 타임스〉 기사를 보고 많은 걸 알게 되었다. 나는 로날드 로더가 뉴욕 현대 미술관의 회장이기도 하며 그의 형인 레오날드 로더는 휘트니 미술관Whitney Museum의 회장으로 로

더 가문이 내가 예상했던 것보다 훨씬 뉴욕에서 영향력 있는 가문이라는 것을 깨닫게 되었다. 신문 기사를 통해 로날드 로더는 생전에 루돌르 레오폴드와 아주 잘 알고 있었을 뿐만 아니라 레오폴드 미술관 컬렉션이 뉴욕에서 전시회를 할 때 대관 비용을 반으로 절감하는 데에 큰 공헌을 했다는 것도 알게 되었다. 그 기사를 읽으며 나는 혼잣말로 '나중에 한국 미술을 미국에 본격적으로 알리려면 이러한 도움이 반드시 필요하겠군.' 중얼거렸다. 나는 머나먼 오스트리아의 미술을 뉴욕 사회에 소개를 하고 개인 미술관까지 만들어 대중에게 알리고자 한 로날드 로더를 비롯한 로더 가문에 호기심이 생기기 시작했다. 그래서 뉴욕의 노이에 갤러리를 꾸준히 들락날락거리며 대충 훑어보는 것에서 조금 더 발전해서 이제는 뮤지엄 스토어에 진열되어 있는 책들도 한 권씩 관심을 갖고 보는 중이다. 2학년 봄방학 때는 학교 도서관에서 노이에 갤러리에서 발간한 백과사전의 두께를 능가하는 엄청난 부피의 〈로날드 S. 로더 컬렉션〉 카탈로그를 대출해서 꼼꼼하게 읽어가며 그의 컬렉션을 보면서 나 또한 미래의 컬렉터로서의 안목을 키우기 위해 내가 어떤 컬렉션을 구축할지 구상하는 중이다.

나의 태생이 나를 만드는 것이 아니라, 나의 정신이 나를 만들 것이다. 한번은 너무 힘들어서 한국에 있는 아빠한테 전화를 했다. 대단한 가문의 자제들 사이에서 너무 힘들다고 투정을 부렸다. 아빠는 위로를 해주며 "원래부터 그런 것은 없는 법"이라고 말했다. "모든 것은 만들어가는 법이다. 그들도 마치 언제나 늘 그랬던 것처럼 행동하는 것일 뿐이다. 너 또한 마치 언제나 늘 그래왔던 것처럼 품위 있게 여유로운 태도를 힘들어도 유지해야만 해."

전화를 끊고 곰곰이 생각했다. 그들이 가진 게 돈만이 아니라 수대를 걸쳐 내려온 역사라면, 천재성으로 시간을 지배하는 예술가들처럼, 유서 깊은 가문들도 마찬가지로 시간을 지배하고 있는 것이라면, 앞으로는 그것들을 내가 창조해내면 되는 것이다!

신은 나에게 왜 이런 시련을 주시는가, 그것 또한 곰곰이 생각해보았다. 학창 시절 내내 괴롭게 답을 찾아가며 살았는데, 이곳에 왜 보내진 걸까? 운명에 대해 내내 고민하고 자기 성찰을 하는 시간을 가져보았다. 나름대로의 답을 찾은 결론은, 당시에는 내가 한참 부족했더라도, 그래도 내게 그들처럼 될 수 있는 그런 기운이 있었다는 것이다. 종교적인 생각일 수도, 동양적인 생각일 수도 있는데, 사람과 사람이 만나는 데에는, 인연을 맺는 것에는 심오한 의미가 늘 있다고 믿어왔다. 그런 역량이 내게 잠재되어 있었기 때문에 그를 만났고 전율을 일으키고 파장을 일으켰다 믿는다. 신은 인간이 주어진 운명을 파악하도록 사람을 보내주시기 때문이다. 그 세계를 보고 배워서, 나만의 것을 만들어가라는 뜻이 아니었을까, 내가 그곳에서 주인이 아니었다면, 나는 내 사람들이 소외감을 느끼지 않도록 우리만의 것을 만들어나가면 되는 것이다. 어려움이 따르더라도. 자격은 스스로 만들어나가는 것이다!

세월이 많이 흐르고 난 후에야 알게 되겠지만, 이미 신택권은 주어졌다. 인정하고 포기하느냐, 아니면 새롭게 만들어가느냐. 그때부터인가, 나는 내 사람들을 모아야 한다는 생각을 하기 시작했다. 한 시대의 예술을 만들어나간다는 것은 수많은 이들의 도움을 받아야 하는 일이니까.

예술 경영자로 거듭나기를

내가 런던을 떠난 뒤로 한 번도 그를 다시 만난 적은 없지만, 그는 나의 인생에서 굉장히 중요한 사람이었고, 지금까지도 나에게 영향을 미치고 있다. 내년에 내가 파리로 교환학생을 가게 되어 우연히 유럽에서 다시 만나게 된다면 고맙다는 말을 꼭 하고 싶다. 그에게는 늘 말로 표현할 수 없이 감사한 마음이다. 내가 학업을 시작하는 이유로 미국 땅에 건너오는 바람에 연인이 되지 못했지만, 내가 미술을 단순한 취미가 아닌 매우 진지한 목표로 가질 수 있게끔 존재만으로 나에게 큰 영감을 주었다.

그를 옆에서 볼 수 있던 영국에서의 한 학기 동안에 사랑의 열정을 불태워버리기보다는 애써 잘 삼켜 미국에 와서 나를 성장시키는 원동력으로 사용했다. 그에 대한 나의 사랑은 미술에 대한 열정에 불을 지폈고 그를 잊기 위함과 동시에 훗날 그를 만났을 때 부족함 없는 모습을 보이기 위해 미친 듯이 몰입해서 공부를 하며 나의 인생 방향을 재정비해나갈 수 있었다.

몇 번의 경험을 통해 나는 위로 올라갈수록 세상은 엄청나게 좁아진다는 것을 알게 되었다. 스위스에서 연간 세계적인 미술품 컬렉터들을 집결하는 장소나 마찬가지인 아트 바젤에서 우연히 마주치든, 런던이나 뉴욕의 소더비 또는 크리스티에서 정기적으로 열리는 현대 미술 경매에서 마주치든 비슷한 패턴을 갖게 될 것이라는 것도 은연중에 알게 되었다.

그와 나는 어느 날, 런던 시내에서 한밤중에 택시를 함께 탈 일이 있었다. 친구들을 만나러 가는 길에 택시 안에서 농담을 나누며 장난을 치던 중, 클레멘스는 갑자기 내가 런던의 어떤 갤러리에 가봤는지 궁금해했다. "토요일은 나의 비공식적인 '갤러리 데이'야."라며 자신은 매주 토요일이 되면 런던 갤러리를 구석구석 찾아다니며 그림 공부를 한다는 것이다. 그러면서 함께 가자며 처음으로 데이트 신청을 했다. 나는 기뻤지만 한편으로는 머리를 얻어맞은 기분이었다. 내가 목표를 잃고 방황하는 동안, 이 스물세 살 오스트리아 남자는 너무나 진지하게 지적 역량을 넓혀가고 있던 것이다. 어느 날은 학교에서 다 같이 데

미안 허스트, 트레이시 에민과 같은 젊은 영국 작가들의 작품을 소개하기로 유명한 화이트 큐브 갤러리에 견학을 갔는데, 클레멘스는 일찍이 작은 캐리어를 들고 나타났다. 바로 끝나자마자 스위스 취리히에 친구 생일파티에 갔다 올 거라고 했다. 견학을 마치고 자리를 옮기려는데 클레멘스가 보이지 않아 내가 다시 화이트 큐브 갤러리로 찾으러 들어갔을 때 그는 마지막까지 남아서 프리즈 현대 미술 잡지를 구매하고 있었다. 나를 발견하더니 미소를 지으며 스위스로 가는 비행기 안에서 심심할 때 읽으려고 사두는 거라 했다.

클레멘스에게 미술은 이미 특별한 의식이 아닌 자연스러운 일상의 일부로 자리 잡고 있었다. 나 또한 이러한 무의식적인 학습 패턴을 나의 삶에 편입시키고자 노력했다. 뉴욕에서 인턴십을 하는 여름방학 동안 토요일은 나의 '갤러리 데이'가 되었다. 런던에서는 미처 그렇게 하지 못했지만 뉴욕에서만큼은 열정을 갖고 갤러리 공부를 하기 시작한 것이다. 문화 전문지 〈타임아웃〉을 참고해 맨해튼 구역별로 첼시, 로어 이스트 사이드, 입타운 갤러리 외에 포토그래퍼 갤러리까지 구분을 지어놓고 꼼꼼하게 다니기 시작했다. 나는 필기도구를 항상 가지고 다니며 잘 알려지지 않았지만 마음에 꼭 드는 작가를 찾을 때 희열을 느끼며 메모해놓고, 집에 돌아와 좀 더 자세한 정보를 찾았다. 해당 작가의 다른 작품을 모조리 컬러프린트로 출력해서 클리어파일에 따로 모아두어 일명 '프린트 컬렉션'을 만들어 나만의 미술 취향을 발전시켜가고 있다. 또한 내가 현재 하는 인턴십이 뉴욕 미술계와 밀접한 탓에 아침마다 회사에 출근하자마자 〈뉴욕 타임스〉의 아트 섹션과 미술 전문 잡지인 〈아트뉴스〉 등의 기사를 샅샅이 찾아보고 업데이트하고 있다.

나는 급기야 미국에서 전공하고 있는 역사에 더해 예술경영을 나만의 복수전공으로 추가하기에 이르렀다. 내가 다니는 마운트 홀리요크는 학생들의 창의력과 자유로운 사고방식을 존중해 자신만의 전공이 필요할 경우 만들 수 있도록 허락해준다. 나는 이미 저널리즘, 프랑스어, 미술사, 정치 학점이 넘쳐나고 있었기 때문에 그걸 하나로 묶는 전공이 하나 더 있었으면 좋겠다고 생각하고 있었던 참이었다. 한국 미술계 재원들에 대한 기사를 찾아보다가 뉴욕 대학교에 미술관 경영 그리고 예술 경영 석사 프로그램이 있다는 걸 알게 되어 참고해서 나의 전공을 만들었다. 아직 최종 허가는 3학년 말이 되어서야 나오겠지만 우선 학장님께 시도를 해봐도 좋다는 허락을 받아냈다. 학장님은 석사과정을 학부생이 한다는 것에 처음에는 회의적이었지만 나의 설득 끝에 좋은 아이디어니 추진해 보라고 말씀해주셨다.

이로써 나, 어린 컬렉터의 교육은 런던에서의 짧은 한 학기로 완성된 것이 아니라 그곳에서 만난 한 사람을 통해 본격적으로 시작된 셈이다.

6장

새로운 세계를 열어준 사람들

유럽 시장에 눈을 뜨다

"자, 오늘은 세계적인 아트 페어에 대해 공부할 거예요." 교수님이 슬라이드를 보여주며 운을 떼기 시작했다. "모두들 얼마 전에 현장학습을 다녀온 런던 프리즈 덕에 아트 페어가 무엇인지 잘 알겠죠. 수백 개의 부스 안에 화랑들이 전시를 해놓아서 일반인들도 국제 미술계의 흐름을 한눈에 살필 수 있는 아주 대중적이자 컬렉터들에게는 간편히 마음에 드는 작품을 살 수 있는 인기 있는 행사예요. 아트 페어 중에 가장 권위 있는 건 아무래도 매년 6월 스위스 바젤에서 열리는 '바젤 아트 페어'죠. 돈 있는 컬렉터들이 모이는 곳에 행사 주최를 하기 마련이니까요. 그 외에도 네덜란드 마스트리트에서 열리는 TEFAF The European Fine Art Fair가 있는데, 작년에 내가 갔다 왔는데 공항에 도착한 개인 전용기만 해도 100대가 넘더군요."

"저기 회장이 우리 할아버지야." 옆에 앉아 있던 필립이 자랑스럽게 내 귀에 대고 속삭였다.

내가 런던 소더비 경매 학교에서 크게 얻은 점이 있다면 네덜란드, 덴마크, 스위스, 오스트리아, 독일을 비롯한 유럽 국가들에 비로소 관심을 갖게 되었다는 점이다. 영국은 물론이고 러시아를 포함한 다른 나라에도 관심을 갖게 되어 신문에서 우연히 기사를 보게 되면 스크랩을 해두고, '내 친구들은 당연히 이 소식을 알겠지.' 하면서 한번이라도 더 관심 있게 지켜보게 되었다. 낯설게만 여겨졌던 땅들이 내 친구들이 사는 곳이 되어버렸고, 단순히 유럽 여행을 했을 때와는 정말 다른 시각으로 유럽이라는 곳을 바라보게 되었으며, 더 나아가 한국과의 관계에도 관심을 갖게 되어 한국과는 어떠한 국교를 맺고 있는지까지 조사하는 과정에 이르렀다. 유럽 구석구석 나라들이 이제는 마냥 먼 나라가 아니라 내 친구들의 나라처럼 여겨지며 곧 미래의 내가 활동하고픈 시장으로까지 여겨지게 되었다는 점이 매우 큰 변화였다. 이전까지만 해도 나는 스스로 서구적인 교육을 받았다고 생각했는데, 그 서구적이라는 게 매우 미국적인 사고방식을 의미한다는 것을 깨달았다. 유럽에 와서야 내가 얼마나 미국의 영향을 받고 있는지, 유럽과 미국이 얼마나 다른지 구분해서 생각하게 되었다. 또한 한국이라는 국가가 얼마나 미국의 영향력을 크게 받고 있는지 무섭게 느껴질 정도였다. 유럽과 미국은 엄연히 다른 대륙임에도 한국 내의 미국적인 라이프스타일에 익숙해져 있던 나는 유럽에 대해 내가 얼마나 완벽하게 무지한지를 깨닫게 되었다.

스위스는 이쪽 세계에서 늘 대화의 주제로 단골로 오르는 나라다. 나는 스위스라 하면 정말 솔직히 알프스의 소녀 하이디 정도밖에 몰랐다. 십대 초반의 가족여행을 갔을 때도 그림엽서처럼 예쁜 자연 풍경에 "와."하고 감탄은 했지만 굉장히 지루하고 졸린 나라라는 생각뿐이었다. 심지어 아빠는 "죽기 전에 와서 요양하기 딱 좋은 곳이네."라고 하셨다. 그런데 이건 정말 한참 몰라도 모르는 말이었다! 프랑스 부호들은 스위스를 전통적으로 매우 좋아하며, 그리고 보니 코코 샤넬 또한 스위스에서 망명생활을 보냈다는 점이 기억난다. 특히 런던 소더비 같은 반 친구들은 유난히도 스위스에서 공부를 많이들 했다. 네덜란드 남작 작위가 있는 필립은 고등학교와 대학교를 스위스에서 다녔는데, 그가 다닌 IFM 제네바 대학교는 특이하게도 학부에서 MBA 과정을 수료하게끔 짜여 있다. 클레멘스는 아인슈타인이 졸업했다는 세계적인 명문 공과대학인 스위스 취리히 연방 공과 대학 학부를 마치고 석사과정을 하기 전에 나처럼 한 학기 입학을 미루고 마침 영국에 공부를 하러 온 것이었다.

재미있는 일화로는 스위스 독일 지역 취리히 출신인 캐롤라인과의 첫 만남이 있다. 오리엔테이션 첫날 중국인 학생들과 한 레스토랑에서 점심을 먹는데, 어떤 여학생이 우리 쪽 테이블로 오더니 "소더비 학생들이세요?"라고 물어봐 어떻게 알았냐고 하니, 테이블 위에 올려놓았던 학교 마크가 새겨진 파일을 보고 알았다고 했다. 나보다 한 살 위인 캐롤라인은 마찬가지로 그 해 고등학교를 졸업하고 바로 이곳으로 온 것인데, 내가 보스턴으로 공부를 하러 간다고 하자 자기는 뉴욕에도, 보스턴에도 친구가 많다고 했다. 들어보니 전 세계 곳곳에 친구가 많다고 알려서 내심 놀라웠다.

부럽기도 하고 한편으로는 질투심을 느꼈다. 그러나 전혀 질투를 할 필요가 없다는 걸 시간이 조금 지나고 깨닫게 되었다. 끊임없이 자기 객관화를 해보니 심히 부족하며 앞으로 반드시 발전시켜야 하는 자질 하나가 보였다. 바로 자제력이다. 여태껏 자제할 줄 몰랐던 것 같다. 감정에 동요가 폭풍처럼 일 때마다 속으로 '자제력을 갖자, 자제력을 갖자…' 되뇌며 마음을 다스려야만 했다. 그리고 어느 정도 일정 부분 무감각해지는 것. 십대 사춘기 소녀의 예민함을 어느 정도는 버릴 필요가 있다는 것. 아마도 그 경지에까지 오르려면 몇 년은 더 걸리지 않을까 싶다. 어쨌든 소더비 친구들이 바로 나의 유럽 인맥이 기초가 되었고 미국에 와서 얼마나 많은 도움이 되었는지 그때는 상상도 못했다.

아무튼 캐롤라인과 나는 대학 이야기를 주고받았는데 그녀는 언니가 이곳에서 수업을 들었는데 매우 만족스러웠다며 자기도 따라 듣는 거라는 것이라 밝혔다. 언니가 스위스 로잔 호텔 경영 대학교에서 공부한다고 해서 문득 서울의 알리앙스 프랑세즈에서 내내 같은 반이었던 지민 언니가 같은 학교에 다닌다는 것이 생각나, 동시에 스위스에 있는 두 사람에게 연락을 해보니, 둘에게서 모두 서로 아는 사이라는 답신이 왔다. 이건 그저 시작에 불과했다. 점점 활동무대가 넓어지고 높아질수록, 세상이 매우 좁다는 것을 점점 실감하게 되었다. 미국에 와서 보니, 같은 학년 한국인 친구의 초등학교 동창이 캐롤라인이 훗날 진학한 로잔 호텔 대학에서 친구가 되어 페이스북에 사진이 올라오는 것을 보고 기겁했다. 이뿐만이 아니다. 소더비에서 유일한 프랑스 남자였던 조나단도 알고 보니 내가 곧 교환학생 프로그램을 가는 시앙스포 졸업생이었다. 조나단은 벌써 내가 자신이 후배가 되었다며 늘 언제 파리에 오냐고 물어보며 자신의 일처럼 기뻐해주었다. 한국 밖에서도 이토록 세계가 좁을 수 있다는 사실에 연속적으로 놀랄 수밖에 없었다. 물론 시간이 지나고 나서는 아무렇지도 않은 일상다반사가 되었다.

아무튼 스위스에는 유명한 컬렉터들도 많고 화랑들도 많고 아트 바젤도 많다. 이제야 비밀은행의 존재처럼 스위스가 전 세계의 부가 모이는 곳이라는 점을 확실하게 각인하게 되었다. 그래서 '스위스에서 한 학기라도 공부를 해봐야 하나.'라고 진지하게 부모님과 상의를 하기도 했다. 미국 대학에서 복수전공을 하겠다고 결정하는 바람에 취소되었지만.

사교대화, small talk

유럽 상류 사회 사람들과의 만남에서 가장 고충을 겪었던 것은 바로 'small talk,' 사교적인 대화의 기술이었다. 즉 의미 없는 사교적 멘트를 주고받는 문화인데, 서로를 알아가는 데 대화의 목적이 있지 않았다. 일상을 공유하는 인격적인 대화법이 아니라 서로의 사회적 지위, 신분을 은연중에 알아채도록 하는 대화의 기술이다. 마음만 맞고 관심사가 비슷하다면 언제 봤냐는 듯 금세 쉽게 친해지는 한국인들과 달리 유럽 지식인들은 얼굴에 감정을 드러내는 것을 매우 꺼려할 뿐만 아니라, 대화할 때 감정을 배제하고 이야기를 하는 게 그들만의 문화였다. 고로, 대화를 나누는 데에 있어 나 자신이 주체가 되는 것이 아니라 대화를 나누는 어떤 주제가 중심이 되어 정보 교류를 하는 것이 처음 만난 상대와 교류를 하는 방식이다. 이러한 대화 문화는 초반에는 몹시 지겹기도 하거니와 너무 어려워서 쉽게 끼어들기 어려웠다. 어떤 주제에 대해서만 일정하게 말하고 자신은 사물 뒤로 빠지니 상대방이 무슨 생각을 하고 어떤 사람인지를 파악하는 데 몹시 고전했기 때문이다. 성인이 되자마자 뜻하지 않게 또래 대학생들과 어울리는 기회를 박탈당하고 상류사회에 내동댕이쳐진 나는 모든 것이 신기하면서도 동시에 너무 어려웠다. 매번 자괴감에 빠지는 나날들의 연속이었다. 알지도 못하는 대화법에 익숙해지라고 알게 모르게 강요당하고 있었다. 이곳에 오지 않았더라면 이런 것들이 존재하는 지도 평생 몰랐을 것이다. '아, 이게 어른들의 세계구나…'를 새삼 깨달았다. 모든 것이 진심으로 해결되지는 않는 이곳. 열정으로 가득한 어린아이에서 세련된 어린 숙녀로 거듭나는 교육을 받는 셈이었다. '너는 더 이상 고등학생이 아니야. 어서 뼈를 깎는 노력해서 그 다음 인격의 단계로 넘어가야 할 것이야.'라는 신의 뜻이 아닐까, 그렇게 받아들였다.

솔직히 그들이 굉장히 속물적이라고 느껴졌다. '유럽 상류층이라 해도 별반 다를 게 없구나….' 예전에 나폴레옹을 둘러싼 유럽 귀족들의 이야기를 소설에서 읽던 것이 생각났다. 그러나 그건 소설이었다! 책이 현실로 닥쳤을 때 어떻게 행동해야 하는지 아무도 가르쳐주지 않았다. 그게 현실에서 벌어질 때는 어떻게 대처해야 하는지를 몰랐다. 마치 열네 살 때 그랬던 것처럼, 별다른 선택권이 있어 보이지 않았다. 이 속물적이고도 세속적인 세계는 아이러니하게도 내가 성인이 돼서 가장 먼저 마주한 세계다. 여기서 살아남아야 하는 것이 내 운명이라면, 그건 피할 수 없는 것이었다.

처음에 나는 그들이 나를 부담스럽게 느끼는 것으로 알고 마음고생을 하기도 했다. 사교적인 대화를 구사하는 데 익숙하지 않아 고전했던 나는 의미 없는 말을 지껄이느라 시간을 허비하지 말고 나만의 방식으로 접근하기로 마음먹었다. 상류 사회 일원으로 초대를 받았다고 해서 그들의 규칙에 온전히 따를 필요는 없는 것이다. 나 자신을 잃어버리는 짓 따위는 되풀이하지 않겠다고 열일곱 때 학교를 나오면 다짐했던 나였다. 얌전하게 규칙을 다 배우고, 모든 걸 숙지하고 나면 그걸 파격한다. 그게 나의 본질이었다. 상류사회의 일원인지 천재인지 구분하는 것은 의미 없었다. 자유 영혼을 가진 반역자, 그뿐이었다.

아주 가까운 사람들이 아닌 이상에야 경계심을 좀처럼 풀지 않고 겉도는 대화만을 하는 소더비 서클 안의 사람들에게 나는 나의 본래의 밝고 솔직한 모습 그대로 다가갔고, 단순히 어떤 그림이 최근에 좋고, 이번 경매에서 어떤 그림이 얼마에 팔렸는지, 또 이러이러한 전시회를 가봤는지를 알려고 하기보다는 왜 그림이 그 사람에게 의미가 있는지, 소더비에서 수업을 들음으로써 무엇을 얻어 가려고 하는 것인지 등, 그 사람의 생각을 알아내려고 애를 썼다. 나중에야 알게 된 사실이지만, 예의라는 틀에 갇혀 있는 그들에게 격식을 따지지 않는 나의 솔직한 모습이 신선함과 큰 호감을 샀고 결국 마음을 얻게 되었음을 알게 되어 놀랐고 무척 감사했다. 돌이켜보면 스스로 많은 것을 알고 있다고 착각했으나, 나는 정말 아무것도 모르는 순수함 그 자체였다. 순수하다는 것은 무지하다는 것과 동의어이기도 했다. 순진무구한 눈을 반짝이며 새롭게 들어온 세계를 호기심과 궁금함으로 모든 것을 배우고자 했으나 그 과정을 견디려면 나 자신에 대한 자제력을 갖기 시작해야 한다는 점, 모든 것이 진심과 열정으로만 해결될 수 없다는 슬픈 사실이었다. 젊은 혈기를 다스릴 줄 알아야 하고, 냉정과 성숙을 배워야만 했다. 우아한 어른들의 세계에서 거칠고 야생적이기 짝이 없던 나는 세련된 몸가짐부터 익혀나가야 했다. 세련되다는 것은 겉으로만 번지르르한 화려함이 아니라, 상대에 소중한 진심을 보이기 전까지 내 마음을 끊임없이 갈고 닦아야 한다는 절제의 자세였다.

그 어떤 곳에서도 좋은 친구들을 사귈 수 있었던 건, 어떤 경우에도 사람을 진심으로 대하지 않은 적이 없었다는 점이다. 나는 엄마에게서 반복적으로 들어온 비밀이 있는데, 그건 바로 내가 먼저 편하게 대해야 상대방도 나를 편하게 대한다는 것이다. 내가 상대를 너무 어려워한다거나 긴장을 한다면 상대방도 그걸 바로 눈치 채고 불편하게 나를 대할 수밖에 없다. 그렇기 때문에 나는 늘 용기를 갖고 편안하고 진솔하게 다가갔고, 그게 상대가 갖고 있던 마음의 장벽을 허물고 진심을 터놓을 수 있는 결과를 가져왔다.

어느덧 나는 인연에 대해 생각하게 된다. 성인이 되기 전까지만 해도 내가 이 사람이 좋으면 바로 친해지고 깊은 관계를 맺을 수 있을 거라 장담했는데, 그건 좁고 한정된 공간에서 반복된 생활을 할 때에나 가능한 것이지, 넓은 세상에 나와 자주 움직이며 살고 많은 사람들을 만나고 배워야 하는 입장이 되면 불가능하다는 가슴 아픈 사실을 깨달았다. 영국을 떠나면서 유럽 친구들과 더 많이 마음을 나누지 못한 것에 대한 아쉬운 점이 많았는데, 조금 더 성장하고 보니 그들 모두 훗날 다시 다 만나게 될 사람들이었고 인연도 시간이 쌓여야 한다는 점을 깨달았다. 내가 그 사람이 마음에 든다고 해서 당장 한 번에 그 사람에 대해 모든 걸 알아야 할 필요는 없으며 서로 어느 정도 호감이 있는 상태에서 계속 지켜보며 친분을 쌓아가는 편이 훨씬 길게 가며 흔들리지 않는 신뢰가 쌓이게 되어 더 낫더라는 것이다. 또한 앞으로 시간이 더 갈수록, 대학을 마치고 사회생활을 하며 나만의 일정한 행동 반경이 생길수록 새로운 사람과 당장 어떻게 무언가 빠르게 관계가 깊어지는 게 쉽지 않다는 점을 뼈저리게 느끼게 되면서 내가 인간적으로 한 단계 성숙해지고 성장했다는 것을 느끼게 된다.

러시아 패밀리

런던에서 내가 늘 쉽게 어울렸던 사람들은 러시아인들이었다. 유독 러시아 사람들과 친해질 수 있었는지 그 이유를 가만히 생각해보면 한국인과 정서와 기질이 매우 비슷해서인 듯싶다. 유럽인과 러시아인은 분명히 기질이 다르다. 유럽인들은 속내를 금방 털어놓지 않고 사적인 이야기를 극도로 꺼리는 편이다. 개인적인 이야기를 안 한다기보다는 자신의 감정을 말하지 않는다. 그래서인지 어딘지 모르게 불편한 부분이 있었다. 그런 문화에 익숙하지 않은 내가 유럽식 대화법을 잘 구사하지 못해서 침묵이 흐른다거나 어색한 적이 한 두 번이 아니다. 그런데 러시아 친구들과는 그런 게 없었다. 우리는 거의 자리에 앉자마자 가장 개인적인 얘기까지 유감없이 털어놓았다. 유럽인들이 감적적인 표현을 극도로 절제하는 데에 비해 러시아인들의 거칠기까지 하지만 진솔한 대화법이 한국인인 나와 비슷했던 것 같다.

내가 궁금했던 것은 2012년 가을 런던, 내가 있던 소더비 반에 왜 하씰 러시아 사람들이 유난히 많았을까 하는 것이었다. 각국에서 소수정예로 뽑은 40명 남짓한 국제적인 반에서 6명이나 러시아인이었으니 상당한 숫자였다. 게다가 그들은 교탁 앞부터 차례로 앉기 시작해 항상 떼로 뭉쳐서 앉는 고정된 자리가 있었기 때문에 유럽인들은 영락없는 "러시안 패밀리"라고 놀리곤 했다.

유럽인들과 러시아인들의 미묘한 신경전에서 지극히 예외일 수밖에 없었던 나는 뜻하지 않게 그 '러시아 패밀리' 멤버로 취급 받고 있었다. 러시아어를 하나도 못하지만(할 수 있을 리가 없다) 그들끼리 러시아어로 빠르게 대화를 할 때면 옆에서 들리는 대로 무작정 따라 하곤 했는데(순 엉터리였겠지만), 너무나 잘 따라 한다며 박장대소를 했다. 하루는 러시아 친구들과 이탈리안 레스토랑에서 여유롭게 점심을 먹다가 테이트 모던 미술관에서 열리는 현장수업에 늦어 급히 블랙캡 택시를 함께 타고 가는데, 네 명의 러시아인들 틈에 끼어 있는 내 모습이 우스워 "러시안 플러스 원 코리안"이라고 농담을 했더니 다들 슈퍼마켓에서 사은품 행사를 하냐고 한바탕 크게 웃었다. 그 이후로는 정말 다들 한국에서 데려온 액세서리 마냥 "하연은 어디 갔느냐?"며 러시아 패밀리의 일원으로 챙기기 바빴다.

이 러시안 패밀리의 '수장'격 이라고 할 수 있는 40대 초반 남성 일다르는 수업 시간에는 한마디도 안 하고 항상 러시아 여자 여자들과만 어울려 처음에는 이름조차 몰라 'A gentleman who never talks', 그러니까 '그 말 없는 남자 분'이라고 불렀다. 그런데 마침 중간고사 과제 중 하나가 그룹 프로젝트 신흥 미술 시장을 조사하고 데이터를 분석한 뒤 교수님들 앞에서 프레젠테이션을 하는 것이었는데, 그와 나는 같은 조에 편성되었다. 약간 걱정이 된 나는 일단 가장 나이가 많은 일다르에게 결정 권한을 일임하는 게 좋겠다고 판단했다. 그러던 차에 런던 박물관에 견학 갔을 때 혼자서 우두커니 그림을 보고 있는 190cm가 넘는 장신인 일다르에게 조심스럽게 다가가 어떻게 하면 좋겠느냐고 물었다. 내가 말을 꺼내기가 무섭게 일다르는 표정이 확 풀어지면서 너무 순진한 소년의 표정을 짓더니 서투른 영어 단어를 반복하며 "네에에가 바-아아로 우리의 대변인이야."라며 엄지손가락을 척, 치켜세우는 거였다. 무섭고 어둡게 생긴 것과는 다르게 전혀 예상치 못한 반응에 웃음을 터뜨리니 "네가 우리 반 전체에서 타자를 제일 빠-아아르게 쳐. 정말 대단해. 정말 대-애애다단해."라면서 수업시간에 동양인인 내가 영어로 타자를 치는 걸 인상 깊게 보았는지 계속 짧은 영어로 반복해서 칭찬을 했다. 고등학생 때부터 매일매일 글을 쓰고 필사하다 보니 하도 훈련이 되어 영어와 한글 타자 속도가 거의 속기사 수준이었는데, 그걸 예리하게 놓치지 않은 것이었다. 굉장히 진지한 의논을 예상하고 잔뜩 긴장하고 말을 걸었는데 타자 빠르다고 칭찬받고 있다니. 이 상황이 너무 웃겨 채 말을 끝내지 못했지만 우리는 좋은 친구가 되었다.

나를 특별하게 아껴주었던 일다르는 러시아 악센트가 잔뜩 낀 영어로 "런더-어언에 있는 내-애애 친구들이 다 너-어어를 알아. 내가 아주 똑똑한 한국 여학생이 있다고 소문냈거든."이라며 말하곤 했다. 그런 일다르가 심상치 않은 인물임을 파악하게 된 것은 중동 작가들을 소개하는 프로젝트를 성공적으로 마치고 우리 팀 전원을 일다르가 고급 레스토랑에 데려갔을 때였다. 왁자지껄 일상 이야기를 하다가 일다르는 "얼마 전에 크리스티에서 피카소 그림 몇 점과 달리 조각을 한 점 샀어. 이제 곧 우리 집에 전시를 할 수 있게 될 거야."라고 아무렇지도 않게 말하기에 깜짝 놀랐다. 그러나 내색하지 않고 보안은 어떻게 할 거냐고 물었다.

그 후, 일다르가 바로 러시아의 전형적인 '올리가르히(러시아의 슈퍼리치를 지칭하는 말)'라는 것을 알게 되었다. 한국에 있는 엄마에게 전화로 '이러이러한 러시아 사람이 있다.'라고 설명하니 바로 "그 남자, 30대 후반에서 40대 초반 사이지? 그럼 분명 1990년대 소련이 붕괴하고 나서 급작스럽게 부자가 된 경우일거야."라는 대답이 돌아왔다. 그 후 접하게 된 신문 기사에는 "러시아 올리가르히의 표본"으로 석유 재벌이자 첼시 구단주로 잘 알려져 있는 로만 아브라모비치를 예로 들며 옛 소련 출신이고, 1960년대 후반에서 1970년대 생이고, 부인이나 자녀들이 영국 런던에 거주하고 있다는 사실을 알게 되었다. 실제로 나와 나이 차이가 얼마 나지 않는 일다르의 딸은 첼시에 있는 학교를 다니고 있었다. 또한 모스크바와 유럽을 오가며 성장한 내 러시아 친구들은 모두 다른 올리가르히의 딸들인 것이었다. 영국 런던은 전 세계 갑부들이 거주하고 있는 도시다. 〈선데이 타임즈〉가 매년 선정하는 '영국 부자 목록'을 보면 소수의 영국 사람만 보일 뿐, 대다수가 러시아와 중국, 브라질 등 신흥국가의 부유층 이민자들이다. 실제로 그해 우리 반에는 영국인이 단 한 명도 없었다. 이렇게 런던에 압도적으로 많은 러시아 백만장자들이 몰려드는 것을 일으켜 '런던 그라드'라는 신조어까지 생겼다고 한다. 내가 만났던 사람들을 통해 세계 정세 흐름을 파악하는 것도 훌륭한 대학 공부의 일환이 되었다. 현실 세계에서 마주치는 것들과 신문을 읽고 파악하는 보충 공부를 통해 큰 그림을 그릴 줄 알아야 하기 때문이다. 느리지만 서서히 국제 정세를 읽을 줄 아는 눈을 조금씩 키워나가기 위해 열심히 노력하고 있는 중이다.

내가 살던 집과 바로 한 정거장 떨어진 곳에 살던 일다르는 그곳에 4층짜리 저택을 구입해 딸과 함께 살았다. 학기 중에 자신의 집에서 소더비 학생들을 모두 초대해 하우스 파티를 열 예정이라고 신나게 이야기했지만, 안타깝게도 중간에 비즈니스 일정 때문에 하차를 하게 되면서 약속을 지키지는 못했다. 대부분 남쪽에 사는 소더비 친구들과 달리 북쪽 같은 방향으로 튜브를 타고 갈 일이 잦았던 일다르와 나는 비교적 친한 사이가 될 수 있었다. 그는 자신이 피카소를 수집하는 이유를 설명하며 내

나이만 할 때 자신은 돈 벌 생각밖에 하지 않았다고, 그런데 이제는 좀 더 의미 있는 일을 하고 싶어서 피카소 컬렉션을 시작했다고 말했다. 나는 여유롭게 웃으며 대답했다. "나는 차라리 내가 피카소가 되겠어요."

톨스토이의 후예들

러시아 패밀리의 멤버 중 아나스타샤와 마리아를 빼놓을 수 없다. 러시아에 대해 아는 거라곤 고등학교 때 열심히 읽었던 러시아의 대문호 톨스토이Leo Tolstoy와 도스토예프스키Dostoevskii의 작품들뿐이었다. 특히 나는 톨스토이의 작품을 읽으면서 희한한 걸 발견했는데, 《안나 카레리나Anna Karenina》를 예를 들어보자면, 러시아 귀족들은 프랑스어로만 대화를 한다는 것이다. 영국에 와서야 유럽에서 러시아인이 거칠고 무례한 이미지로 비추어진다는 사실을 알았다. 영국 〈가디언〉이 현대 미술의 큰손들로 미국 헤지펀드 투자자, 중국의 억만장자들, 그리고 러시아 "갱스터"들이라고 표현했을 정도니 말이다. 러시아 친구들을 만나며 그들이 그러한 편견을 누구보다 더 잘 알고 있으며 약간 부끄럽게 생각하고 있고 그래서인지 더욱 교양을 쌓기 위해 노력한다는 인상을 받았다.

9월 중순, 중간고사 과제 중 하나로 페인팅, 조각, 사진, 어떠한 소재로 만든 예술품이든 박물관에서 직접 보고 이를 분석하는 에세이를 써야 했다. 사진에 관심이 많은 나와 모스크바에서 온 아나스타샤는 마음에 드는 사진작가의 작품을 골라보고자 영국 내셔널 갤러리 뒤편에 붙어있는 국립 초상화 갤러리에서 만나기로 주말에 약속을 잡았다. 아나스타샤는 내셔널 갤러리가 바로 앞에 보이는 관광객들이 가장 많이 몰리는 런던의 중심부인 트라팔가 광장에 있는 호텔을 개조한 최고급 아파트에서 같은 반 학생 마리아와 살고 있었다. 이 둘은 러시아 최고의 대학이라 불리는 모스크바 대학교 미술학과 재학생들로, 나와는 각각 한 살, 두 살 차이밖에 나지 않았다.

약속 장소가 집 앞이어서 그랬는지 아나스타샤는 약속시간보다 조금 일찍 나와 있었다. 나는 우선 안내 데스크에 가서 "저, 여기 세실 비통Cecil Beaton 경의 전시관이 어디 있나요?"라고 물었다. 고등학교 때 한창 마릴린 먼로에 대한 연구를 하다가 알게 된 영국 초상 사진의 거장 세실 비통에 대해 쓸 생각이었다. 그러나 "이곳엔 영구 전시를 하는 것은 없고 영국 전쟁 박물관에 가셔야 해요"라는 실망스러운 답변을 들었다. 그래도 원하는 사진을 프린트실에서 무료로 출력할 수 있다는 안내원의 말에 아나스타샤와 나는 출력실에서 각자 관심이 있는 사진작가의 작품을 보고 있었다. 열중해서 화면을 보고 있던 나를 흘깃 보던 아나스탸는 내가 왜 세실 비통에 관심이 있는지 궁금해했다.

"마릴린 먼로도 그렇지만 특히나 가브리엘 "코코" 샤넬은 영화배우를 제외한 사진이 가장 많이 찍힌 인물 중 한 사람이었어. 패션계의 여왕이 된 샤넬은 마치 유럽 군주들이 자기가 마음에 드는 화가들은 손아귀에 넣는 것과 마찬가지로 일련의 예술가들을 자기 사람으로 만들었는데, 〈보그〉의 호이닝겐 후엔 Hoyningen-Huene과 같은 패션 사진작가들의 손을 통해 샤넬이라는 신화를 창조해냈어. 그중에는 영국 왕실의 공식 사진작가였던 세실 비통도 물론 포함되어 있었고. 고등학교 때 잠시나마 사진에 관심을 두게 되면서 진부한 사진과 예술적인 사진을 구분하는 능력이 조금씩 생겼어. 예전에는 그냥 보는 걸 즐기기만 했는데, 이제는 내가 사진을 알아두면 언젠가 써먹을 데가 있을 것 같아 진지하게 공부해보려고. 그리고 마음에 드는 사진들을 따로 모으거나 사진에 대한 정보가 눈에 띄면 얼른 따로 잘 보관해두거든."

당시 나는 리틀 브라운 출판사에서 내 놓은 600쪽이 넘는 엄청난 두께의 《위대한 라이프 포토그래퍼》 사진집을 보며 내가 편집자가 된 것마냥 책에 기록된 사진작가들의 프로필과 포트폴리오를 진지하게 들여다보며 마음에 드는 작가들의 이름을 적은 리스트를 작성하고 있었다. 아나스타샤에게 그 부분에 대해 좀 더 자세하게 설명해줬다.

내 말을 주의 깊게 듣던 아나스타샤는 눈을 반짝거리더니 자신은 별자리에 관심이 많다면서 "나는 샤넬과 같은 사자자리에 태어났어."라며 내가 어떤 별자리인지 궁금해했다. 미신적인 아나스타샤가 관심이 가는 누군가를 알아가기 위한 첫 번째 단계가 그 사람이 언제 태어났느냐였다. 숙명론자인 그녀는 샤넬과 같은 사자자리라는 것에 대해 매우 특별하게 생각하고 나만큼이나 '20세기 가장 위대한 여성 기업가'의 인생 전반 스토리에 훤했다. "마리아는 엘리자베스 테일러와 생일이 같아." 금세 우리는 에세이에 대한 걱정은 깨끗하게 잊어버리고 어느새 출력실 의자에 앉아 쉴 새 없이 우리를 매혹시키는 역사 속의 여성들에 대해 이야기를 했다.

국립 초상화 갤러리에서 나와 우리는 고급 상점들이 가득한 마블아치까지 약간 쌀쌀한 날씨에도 버스를 타지 않고 산책 겸 천천히 걸으며 이야기했다. 중간에 마음 내키는 대로 골목길에 들어가 테라스가 있는 레스토랑에서 간단하게 뭔가를 마시며 같은 반 남자 이야기며 누구는 어떻다느니 시간가는 줄 모르고 가벼운 잡담을 떨었다. 우리의 대화는 금방 서로 인생에 대한 포부를 말하는 것으로 옮겨갔다. 아나스타시아는 학부 졸업 후 파리에서 석사를 마친 뒤 갤러리를 열거나 아티스트가 되거나, 미술계에서 일하고 싶다고 했다. 모스크바에서 사업을 하는 아버지가 요리를 얼마나 좋아하는지 자랑스럽게 이야기하기도 했다. 장시간 대화를 나누며 우리는 서로의 관심사나 성장배경에 매혹되었다. 헤어지기 전에 내가 장난스럽게 "우리는 킨더레드 스피릿츠kindred spirits(비슷한 생각을 하는 사람들을 일컫는 말, 《빨간 머리 앤》의 주인공 앤이 늘 사용하던 말이다) 인걸!" 호들갑을 떨자 아나스타시아는 "너무 빠른 결정은 하지 않는 게 좋을걸?"이라며 능청스럽게 답했다.

우리 셋은 자주 어울렸는데 수업이 없는 월요일이면 학교 학생들 대부분이 사는 첼시와 사우스켄싱턴 근처의 지중해 델리 레스토랑에서 만나 점심을 같이하고 근처 해로즈 백화점 주변을 여유롭게 거닐다가 야외 테라스에서 식사를 하곤 했다. 우리는 최근에 읽는 책과 본 영화, 바비칸 센터에서 본 레인 룸rain room 전시회, 러시아 클래식 작곡가들과 발레 프로듀서인 세르게이 디아길레프Sergei Diaghilev에 대해 이야기하곤 했다.

젊고 아름다운 러시아 여자 친구들과는 만나기만 하면 떠들썩하게 즐거운 시간을 보냈다. 우리는 옷 입는 취향이나 그림 보는 취향이 매우 비슷했는데, 누구든 한 명이 특별히 의상에 신경을 쓰고 온 날이면 놓치지 않고 칭찬해주었다. 어느 날은 둘이 같은 브랜드의 다른 컬러의 액세서리를 동시에 하고 온 날도 있어 한참을 웃었다. 더군다나 프리즈 아트 페어 현장학습에서 그룹 1에 편성된 우리 셋 중 모범생인 마리아만 열심히 교수님을 따라다니며 설명을 들었고, 우리가 "독일 남자들German

Guys"이라 부르던 클레멘스와 필립은 새로운 얼굴의 독일인 친구를 데려와 따로 떨어져나갔다. 좀이 쑤셨던 나와 아나스타샤는 이를 보고 잘됐다 싶어 둘이서 넓은 천막 안을 돌아다니며 미술품을 구경했다. 우리는 누가 먼저랄 것 없이 같은 작품을 가리키며 좋다고 외쳤는데, 예를 들어 일본 액션 페인팅의 선구자 카즈오 시라가Kazuo Shiraga의 작품이 마음에 들어 열심히 함께 사진을 찍어 저장해두는 식이었다. 또한 한눈에 인상주의 화가임을 알 수 있었던 피에르 보나르Pierre Bonnard 그림의 색채에 반해서 둘이 한동안 들여다보고 감탄하기도 했다. 나는 그녀들과 난생 처음 와인을 마시기도 했는데, 프렌치 레스토랑에서 밥을 먹고 있는데 갑자기 와인을 시키자고 제안해서 나는 그러자고 했다. 무슨 와인을 원하느냐기에 나는 솔직하게 술을 잘 모른다고, 한 번도 와인을 입에 대 본 적이 없다고 말하자 마리아와 아나스타샤는 눈을 동그랗게 뜨더니 "우리 러시아에서는 스무 살이 되면 술을 끊지. 무슨 뜻인지 알지?" 하고 눈을 찡긋했다.

그녀들과는 헤어진 지 오래된 지금까지도 장문의 이메일과 엽서를 주고받는다. 파리에서도, 홍콩에서도 만날 일이 있어 인연을 이어오고 있다. 내가 뜻하지 않게 만난 러시아인들은 하나같이 정 많은 한국인의 기질과 맞닿아 있었다.

나는 우아함의 표본인 재클린 케네디에 관한 것이라면 무엇이든 찾아 읽곤 했는데, 그녀에 대한 자료를 접할 때마다 디자이너 발렌티노 가라바니나 작가 트루먼 카포티와 같은 유명 인사와 만나 역사와 미술에 대한 이야기를 한다는 걸 읽고, '도대체 어떻게 대화를 한다는 것일까?' 매우 궁금해했다. 호기심을 참을 수가 없었다. 얼핏 보면 매우 어렵고 현학적으로 보이는 무거운 주제를 어떻게 사석에서 그렇게 가볍게 꺼낼 수 있는지 의아하면서도 알고 싶은 호기심이 가득 찼다. 나는 그들의 대화를 엿듣고 싶다는 욕구가 강하게 솟아올랐고, 그걸 해결할 수 있는 기회는 2011년 9월 재클린 케네디의 미공개 육성 테이프가 케네디 가의 유일한 생존자인 그녀의 딸 캐롤라인 케네디에 의해 책으로 출판되면서 얻게 되었다. 1963년 11월, 역사학자 아서 슐레진저 Arthur Schlesinger와 이루어진 이 비밀 육성 파일이 케네디 사망 50주년을 기념하며 공개된다는 이야기를 듣고 해외에서 바로 공수해, 몇 날 며칠 총 8개의 CD를 반복해서 듣곤 했다. 당시 한창 SAT2 준비에 바쁜 와중에도 고급영어를 구사하는 것이 무엇인지 궁금했던 나는 역사를 통해 독학하는 수밖에 없었다. 무엇이든 진짜를 하고 싶었기 때문이다. 중학교 때 이미 '무엇인 척'하는 것에 신물이 난 나는 가짜와 진짜를 구별해내는 것만큼은 본능적으로 알아챘다. 허영에 물든 삶이 밖에서는 화려해 보일 수 있어도, 본인 스스로는 구경꾼들의 눈치를 끊임없이 봐야 하고 괴롭기 짝이 없다는 것을 잘 알았기 때문이다. 나는 스스로에게 충실해지고 싶었고, 내가 만족감을 느낄 수 있는 지적인 대화란 과연 무엇을 의미하는 것일까 만들어나가고 싶었을 뿐이다.

재클린 여사의 삶에서 터닝포인트가 되는 시점은 남편이 대통령으로 당선되고 나서 얼마 지나지 않아 사흘 동안 가게 된 프랑스 순방이었다. 이때 비로소 단순한 미국 영부인의 위치에서 세계적인 스타로 발돋움하는 계기를 마련하게 되는데, 그 배경에는 샤를 드골Charles De Gaulle 대통령의 "프랑스 여자보다 프랑스 문화와 역사에 더 잘 안다."는 칭찬이 있었다. 나는 줄곧 외국의 대통령과 공식석상에서 만나 갑자기 프랑스 역사에 대해 이야기를 나누는 게 도대체 어떤 것인지 궁금했다. 나로서는 상상이 잘 가지 않았기 때문이다. 그런 예시를 한국 드라마나 영화에서는 본 적이 없기에 상상력에 참고할 만한 게 없었다. 요지는 '외국 정상과 만나 그 나라 역사에 대해 이야기하는 법'을 알고 싶었던 것이다. 바로 이때 있었던 일을 재키는 구술 녹음에서 슐레진저에게 털어놓는다. 만찬에서 드골 대통령의 옆자리에 앉게 된 재키는 유창한 프랑스어로 루이 14세의 딸이 누구랑 결혼했는지, 앙굴렘 백작에게 자녀가 있었는지 등을 물어보았다고 한다.

나는 이 대목을 듣고 크게 놀라웠다. 스스로를 '아마추어 18세기 유럽 역사학자'라고 부를 만큼 프랑스 역사에 관한 것이라면 무엇이든 열심히 읽던 재키는 실제로 프랑스 역사 속에서 많은 것들을 배웠기 때문에 그런 소소한 것들까지도 질문할 수 있었다. 마치 평범한 여자들 사이에서 연예인들 사생활의 시시콜콜한 것들이 공통의 관심사나 잡담의 단골 주제로 오르듯이, 평범한 사람들은 가깝게 하기 어렵게 역사라는 포장만 정성스럽게 해놨을 뿐, 심심풀이 대화 주제거리로 잠들어 있던 역사 속 인물들을 살아 숨 쉬게 하고 식탁으로 불러와서 그들의 사생활을 거침없이 이야기하는 재미를 공유하는 것이었다! 최고의 상상력을 지닌 자들만이 가능한 신비한 대화법이었다.

역사에 대해 이야기를 한다고 절대 거창한 것이라든가 보여주기 위한 허세가 아닌, 평소에 그저 자신이 호기심이 많은 분야에 대해 미리 많이 알아두고 있다가 그것을 주제로 삼아 가볍게 대화로 풀어가며 새로운 에피소드를 주고받는 게 바로 대화가 되며 한편으로는 그들에게는 진솔하며 커다란 유희임을 깨달았다. 내가 대화에 이렇게 애착을 갖는 이유는 '좋은 대화'를 나누었을 때의 그 충족감 때문일 것이다. 말을 할 줄 모르고, 자신을 표현할 줄 모르는 한국 사람들을 보며 한국에 있을 때 나는 좌절감을 느꼈던 적이 한두 번이 아니다. '좋은 대화'를 나누는 것만큼 영혼을 고취시키고 일상생활에 행복감을 주는 것도 없다고 생각한다. 나는 그런 경험을, 짧지만 살아오면서 수차

례 운 좋게도 경험했다. 정신적으로 풍족해지며 인생을 뒤바꿔 놓는 가장 인간적인 순간들이다. 좋은 대화를 나누는 것에 대해 여러분과 함께 알아가고 연구해나가고 싶다는 바람이다.

이러한 대화를 나누기 위해서는 평소에 준비가 되어 있어야 한다. 잭과 재키는 외국 순방을 나가기 전에 항상 국가원수에 대한 모든 서적을 읽으며 대비를 했다. 드골과의 회동에 대비해 케네디는 드골의 전쟁 회고록들을 읽어두었다고 밝히고 있다. 프랑스에서 드골을 만났을 때는 그의 회고록에서 암기해둔 몇 대목을 읊조리며 분위기를 부드럽게 했다. 그의 회고록을 다 읽고 나서야 안성맞춤인 선물을 준비할 수 있었는데, 이는 조지 워싱턴George Washington이 라파예트La Fayette에게 보낸 서한 원본 한 통이었다고 한다. 정말이지, 어떤 대화 상대라도 감동하지 않을 수 없었을 것이다. 내가 우리나라 친구들과 대화를 할 때 느낀 가장 커다란 장벽은, 예를 들어 마키아벨리Machiavelli의 《군주론》이 대화의 주제로 떠올랐을 때, 이 책을 실제로 읽어본 학생들이 매우 드물며, 설사 읽어보았다 하더라도 그 책을 시작으로 나름대로 자신의 생가을 명쾌하게 전달하지 못한다는 점이었다. 게다가 대화에 깊이가 생기기 시작할 즈음에는 겉멋으로 익힌 지식이 들통나버려, 더 이상 대화의 진도가 나가지 못한다는 점이 무척 아쉬웠다. 내가 알고 싶었던 것은 《군주론Il principe》 요약본이 아니었다. 그것을 읽었을 때 어떤 생각이 들었는지, 어떤 부분이 와 닿았는지, 와 닿은 부분들이 어떤 방식으로 자신의 삶을 바꾸었는지, 그 친구들의 진짜 생각이었다. 남들의 그럴듯한 생각을 앵무새처럼 답습하는 게 아니라, 내면에서 우러나오는 자기 생각 말이다.

대화를 나누는 것은 하나의 예술이다. 한 시간의 강도 높은 대화만으로도 영혼과 정신을 고취시킬 수 있는 예술이다. 대화의 질에도 상당한 신경을 써야한다. 일찍부터 자신이 추구하는 관심사를 만들어 일정량의 지식을 구축해 놓지 않는다면 결코 자기 자신의 신변잡기에 대해서만 얘기하는 일차적인 대화에서 슬프게도 벗어나지 못할 것이다.

점심식사, 또 다른 배움의 시간

누구에게나 양면성이 있다. 내게도 극단적인 양면성이 있는데, 그건 아주 사교적이면서도 철저하게 고독을 즐긴다는 점이다. 나를 잘 아는 한 친구는 "하연이 너는 시즌별로 움직인다니까. 한 시즌은 완전히 고독을 즐기면서 절대 밖으로 안 나오다가도, 다음 시즌은 언제 그랬느냐는 듯이 끊임없는 파티에 사교에 사람들에 둘러싸여 바빠진다니까."라고 말하기도 했다. 이건 아마도 부모님 탓일 가능성이 크다. 내성적이면서도 도도한 엄마와 외향적이고 배려심이 넘치는 아빠 사이에서 왔다 갔다 하기 때문이다. 극단적으로 다른 두 분 사이에서 어렸을 때부터 내 성격이 무엇인지 종잡을 수가 없었다. 부모님께 "나는 항상 도도함과 겸손 사이에서 방황한다."고 말씀 드린 적도 있다. "사람들에게 너 자신을 전부 보여줄 필요는 없어."라고 냉정한 듯 차갑게 말하는 엄마와 "하연아, 항상 다른 사람들을 배려해야 한다. 겸손해야 한다."라고 귀에 딱지가 앉게 반복하는 아빠. 한번은 아빠의 '배려와 겸손' 훈계가 또 이어지자 나는 짜증을 내며 버럭 소리를 질렀다. "아빠, 내게 겸손은 자신을 한없이 낮추는 게 아니야. 내가 언제나 부족한 상태임을 끊임없이 자각하는 거라구!" 아빠는 한숨을 내쉬었다. "역시 제 엄마랑 똑같다니까…."

대학에 입학한 초기에는 사교성이 거침없이 발휘되던 시기였다. 리버럴 아츠 칼리지의 가장 좋은 점 중 하나는 바로 한 다리 건너면 무조건 전교생을 알게 되어 있다는 점이다. 한 학년에 500명밖에 되지 않는 데다 워낙 캠퍼스도 아담하기 때문에 학교에 골고루 퍼져 있는 여섯 개의 다이닝 홀에서 점심이든 저녁이든 마주치면 거리낌 없이 어울려 밥을 먹다가 친해지는 게 우리의 일상이다. 바로 이러한 점이 내가 미국에 혈혈단신으로 와서 사람들과 오래지 않아 친해질 수 있는 비결이었다. 커다란 도시 학교 같은 경우 입학하고 초반에 자기가 어울리는 그룹을 일단 한번 속하게 되면 다른 사람들과 잘 섞이지 못하는 경우를 많이 본 반면에, 마운트 홀리요크에서는 낯선 사람에 대한 경계심이란 게 없었다.

남들보다 한 학기를 늦게 입학한 나는 그만큼 캠퍼스에 아는 사람이 몇 없었는데, 아주 가깝게 지내는 친한 친구들하고만 매일 얼굴을 보고 같이 지내는 게 어느 순간 나에게 별로 좋을 게 없다고 판단했다. 그래서 몸을 많이 움직이기 시작했다. 우선 우리 학교 캠퍼스 안에 있는 수많은 친구들과 함께하려고 노력했다.

평일에 수업 때문에 한없이 바쁜 학생들이었기 때문에 점심이나 저녁시간에 보거나 하루 일과를 마치고 바로 도서관에서 공부를 하러 들어가기 전에 잠깐 커피를 마시며 대화를 했다. 전공의 구분 없이 친구들을 만났다. 평일에 수업 때문에 한없이 바쁜 학생들이었기 때문에 점심이나 저녁시간에 보거나 하루 일과를 마치고 바로 도서관에서 공부를 하러 들어가기 전에 잠깐 커피를 마시며 대화를 했다. 오히려 내가 스케줄이 맞지 않아 듣지 못하는 수업을 듣는 친구들에게는 그 수업을 왜 듣는지, 예를 들어 심리학 수업에서는 무엇을 배우는지, 배운 것을 인생에 어떻게 활용할 생각인지, 교수님은 어떤지, 교수님과 따로 미팅을 가져본 적은 있는지, 어떤 교류를 했는지, 앞으로 학업 계획은 어떤지를 물어보았다. 심리학, 철학, 사회학, 정치, 국제관계학 등 다양한 인문학을 전공하는 친구들 덕분에 같은 학교 내에서 다른 과는 어떤 공부를 진행 중인지를 배웠다. 이렇게 하루에 새로운 친구들을 만들고 나면 저녁시간에 같은 기숙사에 사는 나의 베스트 프렌드 다샤와 방에서 수다를 떨며 오늘은 누구를 만났고 무엇을 배웠는지를 요약 정리했는데, 다샤도 나와 마찬가지로 두루 사람을 만나는 걸 좋아했기 때문에 우리는 마치 하나의 팀과 같이 움직였다. 다샤와 나는 하루 종일 어떤 사람들을 만났는지 서로 이야기하며 사람 보는 눈과 판단력을 나눴다.

'고등학교 때와는 확실히 달라야 한다.'는 생각을 끊임없이 반복했다. 혼자서만 집에서 옴부즈맨처럼 꼼짝없이 앉아 하루 종일 무언가를 혼자 하기에 바빴던 시절에 익숙해져 있던 습관을 조금씩 털어내고 몸을 움직여 사람을 만나야겠다는 생각이 들었다. 고등학교 때 나의 모든 에너지가 오로지 나 자신을 개발하는 데에만 쓰였다면, 이제는 좋은 사람들로부터 배울 때가 왔다는 생각을 하게 되었다. 이렇게 의식적으로 조금씩 노력한 결과, 2학년 때 중국인 룸메이트는 "중국인 학생들 사이에서는 '하연'을 모르면 간첩이라고 할 정도야."라고 나에게 말해주기도 했다. 그리곤 덧붙였다. "간혹 가다 내 친구들 중 너를 모르는 애가 있으면 나는 '그렇다면 곧 너한테 연락이 오게 될 거야.'라고 말해주곤 하지."

가벼운 관심만 갖고 있던 분야를 파고들고픈 기회를 만드는 것, 그게 내가 사람들을 만나는 본질적인 이유일 것이다. 어떤 분야이든 그쪽 사람들과 만나려면 그것을 알아야 하니까 말이다. 내가 이렇게 열심히 다방면에 걸쳐 공부를 하는 이유 저변에는 사람들과 '대화'를 나누고 싶다는 욕심이 깔려 있다. 이렇게 하면 사람을 만나는 일이 절대로 소모적이지 않고 매우 생산적인 일로 바뀌게 된다. 고등학교 때 홈스쿨링을 하면서 오랜 고독의 시간을 보내며 나는 질 높은 대화를 나누기 위해 준비를 해온 것이나 다름없었다.

나는 런던에 가기 전에 뉴욕 소더비에서 일한 경험이 있던 선배를 미국에서 한 학기를 마치고 돌아온 여름방학 때 다시 만나 점심식사를 같이 하게 되었다. 오랫동안 가족사업을 돕다 현재 PR 회사에서 일하시는 선배에게 회사에서 하는 일과 기자들에 대해서도 물어보는 등 평소에 궁금했던 것들을 물어보았다. 더 나아가 궁극적인 무엇을 꿈꾸느냐는 질문에 선배는 잠시 고민을 하는 듯싶더니 사실 기업재단을 운영하는 걸 돕고 싶다고 털어놓았다.

표면적으로 보면 나는 선배 언니를 돕겠다고 한 셈이지만 결과적으로는 나 자신을 위한 것이었다. 단순히 관심을 걸쳐둔 수준에 불과했던 주제에 내 주변사람이 엮이면서 내 머릿속에 작은 파일이 생기게 되었고, 어떤 정보를 보든 그 사람이 먼저 생각날 것이고 전달해주기 위해서 내 쪽에서 한 번 더 노력하게 되기 때문이다. 이제 그 지식은 더 이상 쓰임새 목적 없는, 그저 지식을 위한 지식이 아닌 셈이다. 사람에 대한 나의 관심이 바로 내가 공부한 지식을 살아 움직이게 해준다. 그렇기 때문에 상대를 위해 내가 공부를 하는 것이다. 이런 관계는 세상 공부를 더 쉽게 해주고 내가 미처 알지 못했던 지식들을 머릿속에 채우며 나를 더욱 풍성하게 해준다.

로드아일랜드로의 짧은 출장

미국 보스턴 근교. 열흘간의 봄방학이 끝나고 학교로 돌아온 지 얼마 지나지 않아 페이스북으로 모르는 사람으로부터 장문의 메시지가 왔다.

"이렇게 뜬금없이 메시지를 보내게 되어 미안해요. 나는 렉시(마운트 홀리요크로 교환학생을 온 홍콩 대학교 미술사학과 학생으로, 중국 선전 출신의 내 친구이다)와 같은 고향 출신 친구로 페이스북에서 당신이 태그를 걸어놓은 렉시의 사진을 보다가 우연히 프로필을 보게 되었습니다. 소더비 출신이란 걸 알았어요. 나는 지금 브라운 대학교 3학년 경제와 미술사 복수전공을 하고 있는데, 나중에 미술품 스페셜리스트가 되는 게 꿈이라 소더비에서 먼저 한 학기 수업을 듣고 석사과정을 지원할까 매우 고민 중이거든요. 당신에게 물어볼게 몇 가지 있는데, 실례지만 괜찮을까요?"

스페셜리스트라면 예술품 가격을 감정하고 거래를 알선하는 전문가를 뜻한다. 누군지는 잘 몰랐지만 렉시의 친구가 이렇게 용기를 내었다는 것만으로 감동을 받아서 흔쾌히 "물론이죠. 무엇이든 물어봐요."라고 답신을 보냈다.

"브라운에서는 소더비 프로그램의 학점을 인정해주지 않기 때문에 꼭 수업을 들어야겠다면 휴학을 해야 하는 상황이라 쉽게 결정할 수 없는 중대한 사안이에요. 제공되는 수업을 쭉 훑어봤는데, 아시아미술 코스는 봄학기에만 제공되는데 이제 곧 4학년이 되고 봄에 친구들이 졸업하는 것을 꼭 함께 하고 싶거든요. 그래서 이번 가을에 아트 앤 비즈니스 코스를 들을까 하는데, 수업의 질은 어땠나요? 교수님들은요? 학생들은 어떻던가요?"

시아오는 내가 대학을 입학하기도 전에 런던에서 공부를 했다는 사실을 알고는 무척 놀라워했다. 리버럴 아츠 칼리지의 명성에 걸맞게 굉장히 유연한 시스템을 갖추고 있어서인지 마운트 홀리요크에서 별 문제없이 쉽게 허락을 받았다. 우리 학교를 비롯한 앞서 언급한 두 브린모어 여대생들도 자유롭게 자신들이 원하는 시기에 교환학생 프로그램을 통하여 학점을 받아갈 수 있었는데, 그에 비해 브라운은 학생들의 요구를 일일이 챙길 수는 없는 것 같았다.

이 열정적인 중국 친구는 거의 면접을 보듯이 꼬치꼬치 질문을 하며 궁금한 것을 물었다. 나는 최대한 성심 성의껏 답변을 해주었지만 끊임없이 쏟아지는 질문 때문에 지난 6개월의 파란만장했던 삶을 어떻게 풀어야 할지 막막했다. 그래서 직접 브라운 대학교가 있는 로드아일랜드의 프로비던스에 2박 3일 동안 '출장'을 다녀오기로 결정했다. 거창하게 이름을 붙이긴 했지만 사실 그저 단순하게 나를 필요로 하는 사람이 있고 도움을 줄 수 있는 부분이 있다는 게 기뻐서 한걸음에 달려간 것이다. 나의 이야기를 듣고 싶어 하는 사람이 있다는 게 나를 움직이는 명분이 됐다.

행동에 이름 붙이는 걸 나는 워낙에 좋아한다. 뭐든지 대충 하는 것보다는 상상력을 동원해 마음을 쏟아 끝까지 마무리하고 책임을 다한다는 느낌을 받는 걸 좋아해서다. 기말고사 기간에도 호그와트 같이 생긴 도서관 맨 꼭대기 층에 올라가 구석자리에 자리를 잡고 페이퍼 작성에 필요한 갖가지 문서와 책들을 잔뜩 쌓아놓고는 '자, 나는 이제부터 사무실에서 일하는 변호사야.'하고 최면을 걸며 즐겁게 일했다. 그러면 왠지 내가 평범한 학부생이 아니라 마치 대단한 프로가 된 듯한 기분이 들어서 단어 선택 하나에도 심혈을 기울이게 된다.

무엇보다도 나를 움직이게 한 건 좋은 친구를 사귈 수도 있겠다는 기대감이었다. 또한 몇 마디 나눠본 대화에서 느껴지는 매우 긍정적이고 좋은 기분이 있었다. '출장' 전날 저녁식사 자리에서 은근슬쩍 렉시에게 시아오라는 친구가 어떠냐고 물으니 기겁을 하면서 좋은 친구기는 한데 도대체 둘이서 언제 그렇게 친해져서 가냐고 무섭지도 않느냐고 놀라워했다. "네 친구이니까 당연히 사람이 괜찮을 거라 짐작했지." 호기롭게 받아쳤다.

바로 배낭에 간단한 짐을 꾸리고 다음날 아침 이탈리아어 수업이 끝나고 점심식사 후 출발하는 피터팬 버스를 타고 보스턴을 거쳐 로드아일랜드에 도착했다. 다섯 시간에 걸쳐 도착해 몹시 지친 나를 브라운 대학교 앞 스타벅스에서 픽업한 시아오는 학교 식당에서 저녁을 사주었다. 허기지고 힘들어서 입도 못 떼고 있던 나는 겨우 기운을 차리고 가벼운 담소를 나누기 시작했다. 처음 보는데도 마치 오랫동안 알고 있던 사이처럼 매우 편안했다. 예상대로 시아오는 화통한 성격에 시원시원하고 웃음이 많았다.

시아오랑 나는 금방 친해졌다. 나는 낯선 사람들 앞에서 부끄러워하고 수줍어하는 면이 있는데, 시아오는 별 그런 기색도 없이 내 앞에서 옷을 훌렁훌렁 갈아입고 얼굴 크림을 덕지덕지 바르는 괄괄한 캐릭터였다. 그 모습이 어찌나 우습던지 나는 웃음을 참지 못했다. 나는 마치 사촌언니 같다며 무슨 가족 만난 것처럼 편안하다고 했더니, "미국에서 졸지에 사촌동생을 생긴 거야!"하며 눈을 동그랗게 뜨며 말했다. 우리는 동시에 웃음을 터뜨렸다.

사람을 모으는 컬렉터

다음 날 아침 일찍 시아오는 나를 데리고 다니며 브라운 대학교의 구석구석을 보여주었다. 우리 학교와 확실히 다른 점은 학교 안과 밖의 경계선이 뚜렷한 우리 학교와 달리 브라운의 경우는 캠퍼스가 시내와 공존하고 있어서 대학촌의 개념이 더 어울려 보였다. 브라운 대학교 발레 클럽을 창설한 시아오가 발레 레슨을 받으러 방을 비운 사이 나는 시아오의 노트북 앞에 앉아 내가 해야 할 일을 했다. 바로 인생 계획서의 틀을 짜는 것에 도움을 주는 일이었다. 나는 기획과 정보 수집, 그리고 그것을 분석하는 재능이 있었고 고등학교 때 거듭된 훈련을 통해 매우 능숙해졌다. 친구들은 나에게 농담으로 인생 컨설턴트 회사를 차려야 한다고 말하기도 할 만큼 나는 다른 이의 꿈을 듣고 이를 현실적으로 이룰 수 있는 작은 목표들로 쪼개서 단계별로 알려주고는 했다. 나는 시아오를 위해 일단 현재 소더비와 크리스티의 수석 스페셜리스트가 누구인지 찾았다. 그들의 프로필을 보며 그 자리에 오르기까지 어떤 교육을 받았고 어떻게 커리어를 쌓았는지를 조사한 다음 장단기 계획을 워드파일에 작성해주었다. 내친 김에 일단 미술품 스페셜리스트라는 직업이 정확히 무엇인지를 알아보고자 마음을 먹어 결국 나의 공부의 기회로 삼게 되었다.

생각해보면 나는 성취욕이 강한 반면에 경쟁심은 별로 없는 것 같다. 내게 없는 걸 잘하는 사람을 보면 경쟁심에 불타오르기보다는 '우와, 멋진걸, 저 친구와 함께하고 싶다.'는 생각이 먼저 들기 때문이다. 그리고 그 사람을 장애로 생각하기보다 내 사람으로 만들겠다는 욕심이 생긴다. 한국에서 학교를 다닐 때는 상대평가로 인해 등수에 모든 것이 판가름 나는 탓에 나를 밟고 올라가지 못하도록 미워하고 어떻게든 헐뜯으려고 혈안이 되어 있었던 것 같다. 하지만 학교를 나오고 시간이 지나고 나니 그게 얼마나 치졸한 짓인지 소인배 같은 모습을 많이 반성했다. 그런 나의 비열함이 끔찍하게 싫었다.

그 후로 인간관계의 의미를 함께 성장하는 것에서 찾았다. 어릴 때 가끔 그런 마법 같은 순간을 꿈꾸곤 했다. 나의 재능을 알아봐주고 한순간에 삶이 뒤바뀌는, 그런 일 말이다. 그런 마법 같은 순간은 아쉽게도 일어나지 않았다. 그러나 앞으로는 내가 마법을 부리면 되겠다는 생각이다.

열일곱에 창조력에 대한 비밀을 발견한 이후, 내가 가지고 있는 기운 마지막 한 방울까지도 생산적인 삶을 위해 쓰고 싶다는 편집증에 가까운 집착이 있다. 이를테면 그걸 떼어놓고는 임하연을 설명할 수가 없는 것이다. 그래서 나는 파괴적인 사람들을 무조건 피한다. 그리고 파멸적인 관계를 두려워한다. 무조건 최고의 가치를 보려고 노력하고 최악의 모습을 보더라도 애써 무시하고 만다. 상생에 의미를 두고 동반성장을 위해 내 에너지의 모든 채널을 고정시키는 것이다. 그건 나의 가장 긍정적인 면일 수도, 가장 부정적인 면일 수도 있다. 그런 노력을 스무 살 무렵부터 작게 시작했다.

시아오는 굉장히 학구적인 면이 있는 언니였다. 우리 둘은 공통 관심사가 많아 화젯거리가 끊이질 않았다. "대학교를 3년간 다니면서 들은 미술사 수업을 구체적으로 이야기해 달라."는 나의 요구에 시아오는 지금껏 미술사 전공수업을 들으면서 빼곡히 필기한 노트와 유인물이 담긴 소중한 파일을 꺼내들어 보여주었다. 시아오는 자신이 들었던 건축 수업에 제출한 페이퍼의 주제였던 I. M. 페이Pei에 대해서 말해주었는데, 그라면 나도 고등학교 때 매우 관심 있게 연구했던 건축가였다.

어렸을 적 유럽 여행을 갔을 때 프랑스 파리 루브르 박물관 앞 거대한 유리 피라미드가 중국계 미국인의 작품이라는 것을 가이드에게 들은 기억이 있긴 했지만 물론 까맣게 잊고 있었다. 내가 '이 사람에 대해 조사를 해봐야겠다.'라고 마음을 먹은 건 한창 존 F. 케네디 도서관 & 박물관에 대해 리서치를 하고 있었을 때였다. 존 F. 케네디 도서관 & 박물관의 매우 깔끔하고 정성을 들인 티가 나는 홈페이지가 마음에 들어서 아빠한테 제본을 해달라 하여 홈페이지의 내용물을 몽땅 프린트한 것 두 부를 가지고 있을 정도로 나는 건축물 자체에 관심이 많았다. 재클린 케네디가 손수 지정해 증축에 투입된 중국계 미국인 페이에 호기심이 생겼다. 동양인으로서 한계를 어떻게 극복했을까? 어떻게 해서 동양인이 건축계의 대표적인 '아메리칸 드림'이 되었을까? 미국에서 태어난 것도 아니고 나랑 같은 나이인 스무 살에 학부 유학으로 건너간 미국에서 어떻게 성공한 것일까? 호기심이 꼬리에 꼬리를 물고 생겼다.

한편 시아오가 관심이 있던 부분은 루브르 박물관 증축에 관한 것이었다. 시아오는 프랑스의 미테랑 대통령이 왜 하필이면 외국인인 데다 그것도 동양인인 페이에게 맡겼는지, 그 안에 어떤 특별한 의도가 있는지 궁금했다. 프랑수와 미테랑 대통령은 건축학도였다. 시아오는 그 부분에서 접점을 찾고 조사를 해나가던 중이었다. 나 같은 경우 국내에는 전기 자료가 없어서 도립 도서관에서 《프리츠커 수상자들의 작품과 말》과 《보스턴 건축》과 같은 책들에서 조금씩 I. M. 페이에 대한 자료를 긁어모았던 터였다.

MIT 건축과에서 학부를 마치고, 대학원을 하버드에서 마친 페이는 당대의 도널드 트럼프 격인 개발업자 윌리엄 제켄도프 밑에서 비즈니스를 배우고 대규모 사업 진행 방법을 익히는가 하면, 독립 후에는 인맥을 보장해줄 와스프 출신의 유대한 사무소를 함께 열 만큼 사업 수완이 뛰어났다. 무엇보다 페이가 미국에서 이민 1세대 동양인이라는 약점을 극복한 데에는 자신이 아시아인이라는 것을 의식하지 않았다는 점이었다. 스스로가 동양인이라는 것을 자꾸 자각할수록 다른 인종의 사람들에게 자신도 모르는 벽을 치게 되는데, 전혀 개의치 않았다는 점이야 말로 페이의 성공의 비결임을 공감하게 되었다. 나 또한 한국에서만 나고 자랐지만 단 한 번도 다른 국적의 사람들과 어울리는 데 이질감을 느끼지 않은 비결로는 그 사람을 나와 다른 '인종'으로 대하는 게 아니라 '사람'으로 대한다는 데에 있었다. 내가 먼저 개의치 않아야만 상대방도 개의치 않게 되는 법이다.

밤새 진지한 이야기를 나누고 떠나는 날 학교 식당에서 아침을 먹으며 나는 시아오에게 커리어에 대한 구체적인 생각을 물었다.

"어떤 미술을 좋아해요?"

"응, 나는 18세기 유럽 바로크와 로코코 미술을 좋아해." 내가 예상했던 방향과 크게 다르지 않았다.

"나도 19세기 프랑스 인상주의뿐만 아니라 유럽 미술이라면 진지하게 공부를 해볼 생각이 있어요. 하지만 개인적인 취향과 어떤 일을 할 것인가는 다른 이야기에요. 어차피 그쪽에서는 동양인 스페셜리스트를 필요로 하지 않아요. 이미 자국의 전문가들이 넘쳐나는데 왜 굳이 외국인을 들이겠어요? 내가 소더비에서 분명하게 배운 건 세계의 중심이 점점 아시아로 넘어오고 있다는 거예요. 그러면 대비를 해야죠. 우리가 안 하면 누가 하겠어요? 같이 시대를 만들어가요. 해볼 만해요. 일단 서양 미술을 철저하게 공부하되 배운 것을 어떻게 써먹을 것인가 항상 궁리를 해요. 그리고 중국과 한국 미술도 병행해서 공부하는 것도 잊지 말고요."

이렇게 시작된 내가 시아오에게 말해주려고 생각해둔 내용들이 쏟아져나와 2시간을 그렇게 자리를 떠나지 않고 전달해주었다. 조용히 듣고 있던 시아오는 "마치 교수님의 강의를 듣는 것 같았어."라며 감탄의 눈길을 보냈다. 말을 너무 많이 한 나는 기진맥진해서 밥맛도 잃어버렸다. 프로비던스 시내에 있는 피터 팬 버스 정류장까지 나를 마중을 해준 시아오는 곰곰이 생각을 하더니 "네 말이 맞는 것 같아. 뭔가 의미 있는 일을 해보고 싶어."라고 결심을 내비쳤다.

그 말을 듣는데 뭔가 가슴 깊이에서부터 뭔가 짜릿한 뿌듯함이 밀려 올라왔다. 오로지 같이 뭔가를 해보자고 설득하러 온 2박 3일 동안의 출장이 성공적인 비즈니스로 이어진 셈이다. 나는 시아오에게 런던에 가면 잊지 말고 프랑스어와 한국어를 배워두라고 격려했다. 어차피 미술사 석사학위는 영어 외의 외국어 하나는 필수적으로 요구한다. 또한 런던에서 새로운 사람들을 많이 만나고 그들을 확실한 인맥으로 만들어두는 것 또한 강조했다. 스페셜리스트는 작품을 볼 줄 아는 눈만큼이나 세심한 기억력을 가지고 세상의 소문이나 가십거리에 대한 관심이 높아야 하는 직업이라고 한다. 예를 들면, 로드아일랜드의 전통적인 부촌 뉴포트에 고객이 별장을 짓고 있다는 소문을 입수했다면 스페셜리스트로서 시아오가 맡은 일은 새집에 필요한 그림과 조각 작품을 고객에게 권하는 것이다. 결국 스페셜리스트는 순수하게 학문만을 파고드는 학자가 아니라 학문적인 지식을 바탕으로 사람들을 상대하는 전문적인 직업이기 때문에 인간관계 전체를 아우르는 공부를 하는 것이 더 중요할 것이라고 일러주었다.

고현정과 에드워드 호퍼 화집

봄학기가 끝나고 내가 다시 뉴욕에서 머물고 있을 때 시아오는 바쁜 기말고사 와중에도 잠깐 시간을 내어 나와 함께 뉴욕 프리즈 아트 페어에 가서 현재 활동하는 작가들의 작품들을 둘러보았다. 브라운이 우리 학교보다 학기가 늦게 끝나는 바람에 그 사이 먼저 한국으로 돌아온 나는 뉴욕에 사는 친구에게 시아오에게 대신 전해달라며 작은 선물을 맡겨두었다. 맨해튼 57번가

버그도프 굿만 백화점에서 3학년 여름방학 동안 뉴욕에 남아 퍼스널 어시스턴트로 인턴을 하게 된 시아오를 위해 내가 준비한 건 에드워드 호퍼 크리스티 단독 경매 카탈로그였다.

맨해튼 동북부에서 20분 정도 페리를 타고 도착한 랜델 아일랜드에서 열린 프리즈 아트 페어에 오기 전 날, 시아오는 부리나케 미술사 기말고사 페이퍼 10장을 제출하고 왔는데, 그때 작성해서 낸 게 바로 호퍼였다. 미국 회화 화가 에드워드 호퍼 Edward Hopper는 그녀가 가장 좋아하는 작가로 금방 우리의 대화 주제로 떠올랐다. 시아오는 자신의 페이퍼의 구조를 어떻게 잡았는지 간략하게 설명하면서 호퍼가 어떻게 자신만의 스타일을 찾아가게 되었는지에 대한 과정이며, 어떠한 색채를 썼는지 작품과 작가의 관계에 대해 파고들었다고 설명했다. 1940년대에 왕성하게 활동한 미국의 사실주의 화가 에드워드 호퍼는 뉴욕에서 태어나 미국 도시의 번화함과 그 뒤의 고독한 이미지를 무색하게 차분하고 정숙한 분위기로 고유의 작품 세계를 완성시켰다. 개성 있는 조명과 분위기, 주유소, 모텔, 사무실, 텅 빈 거리 등을 주로 묘사함에 있어 화법의 주기적인 변화도 없고 커다란 창이 항상 등장한다.

나 같은 경우도 그 특유의 한없이 외로운 스타일이 마음에 들었지만 에드워드 호퍼에 본격적인 관심을 갖게 된 건 두 가지 이유였다. 첫째, 언젠가 신문을 읽는 데 배우 하정우와 고현정이 드라마 '히트'를 찍을 때, 에드워드 호퍼의 '밤샘하는 사람들'이 그려진 엽서가 하정우의 눈에 들어왔는데, 고현정이 직접 화가와 화풍을 친절하게 설명해주었다는 단문기사가 눈에 들어왔다. 평소에 작품 수집을 하고 신인 작가들 후원도 한다는 고현정은 그때부터 틈나는 대로 그와 미술 대화를 나누었고 하정우가 생애 처음 받은 화집도 고현정이 선물한 호퍼 화집이었다는 것이다. 고현정은 드라마 '선덕여왕'에서 전에 없던 인상적인 여성 지도자 역할을 맡은 후로 내가 평소에 관심 있게 지켜보고 인터뷰도 빠짐없이 찾아 읽던 배우였기 때문에 고현정이 에드워드 호퍼에 대해 잘 알고 있다는 사실이 흥미로웠다.

둘째, 레오폴드 미술관에 대해 공부해나가던 중 2009년 여름 〈인텔리전트 라이프〉라는 잡지에 윌리엄 보이드라는 기자가 기고한 글에 비엔나의 레오폴드 미술관과 뉴욕의 휘트니 미술관을 비교한 부분을 발견했기 때문이다. 그것은 내가 아주 어릴 때부터, 또 홈스쿨을 할 때도 성인이 되어서도 반복되어온 습관이다. 그는 "상당한 크기에 모던한 느낌을 주는 두 미술관의 차이점은 뉴욕 매디슨 애비뉴에 위치한 휘트니 미술관은 설립자 거르투르 벤터빌트 휘트니의 이름을 따서 지었으나 현재는 설립자의 존재와 컬렉션이 결정적인 존재감을 더 이상 갖고 있지 않는 반면, 레오폴드 미술관은 아직까지도 기본적으로 설립자의 존재와 컬렉션을 대중들에게 효과적이고 매혹적이게 전시를 한다는 점이다."라고 적었다.

사람이 어떤 하나의 사물이나 인물에 본격적인 관심을 갖게 되는 데에는 평소에 옅게 관심을 갖고 있던 대상들에 의해 우연히 시작된다. 나는 항상 지극히 개인적인 이유에서부터 조금씩 깊이를 더해가는 메커니즘을 선택했고 결과적으로 나의 삶과 밀접하게 연관 지을 수 있는 미술품에 훨씬 애착을 갖게 되었다. 나만의 스토리가 엮어져서 작품과 나 사이에 특별한 관계가 형성되는 느낌을 받았기 때문이다.

확실히 시아오와 나는 보는 관점이 달랐다. 시아오가 작품 자체에 관심을 가져 작품과 작가의 연관성을 찾아가는 반면, 나는 작가와 작품을 일단 하나로 묶어보고 이 둘이 그 당시 사회에서 인정받기까지 어떠한 과정을 거쳤는지에 더 관심이 많았기 때문이다. 나 같은 경우 가장 방대한 에드워드 호퍼 컬렉션을 보유하고 있는 휘트니 미술관이 에드워드 호퍼의 가치를 높이기 위해 어떠한 노력을 했고 그게 미술관과 작가의 공동가치를 높이는 데에 어떠한 기여를 했는지에 관심이 많았다. 그리고 고작 이십대에 접어든 우리지만, 각자 무엇을 좋아하고 적극적으로 추구하느냐에 따라 앞으로 펼쳐질 미래가 확연히 달라질 것을 암시한다.

1900년대 초, 그때까지만 해도 미국은 자국 예술이 유럽 미술의 수준에 미치지 못한다는 것을 알고 있었다. 메트로폴리탄 미술관이나 보스턴 미술관처럼 미국 미술계에서 가장 중요하다고 꼽히는 미술관에서는 여전히 유럽 대가들의 작품을 임대해온 작품 기획전이 대부분이었고, 그래야지만 미술관의 가치를 높일 수 있다고 생각했다. 미국 작가들을 중심으로 한 상설 컬렉션은 거의 찾아볼 수가 없었다. 마치 현재 우리나라 메이저 미술관이나 갤러리들이 유럽이나 뉴욕에서 앞 다투어 거금을 들여 대관 전시를 하듯 말이다.

이때 미국 미술의 가치를 높일 때가 왔다고 판단한 미국의 철도왕 코넬리우스 밴더빌트의 증손녀이자 실업가 해리 휘트니의 아내였던 거투르드 밴더빌트 휘트니는 메트로폴리탄 미술관에 자신이 수집한 자국 내 예술가들 작품 500여 점을 메트로폴리탄에 기증하고자 했다. 물론 당시에도 일부 아트 딜러나 큐레이터가 신진 미국 출신 작가들에 대한 지원을 하기는 했었으나 어디까지나 주된 관심사에서 벗어난 부가적인 영역에 머물렀다. 권위적이었던 메트로폴리탄의 반응도 크게 다르지 않았다. 미술관 측에서는 표면적으로는 휘트니의 컬렉션을 관리할 만할 미술관의 창고 자리가 없다는 입장을 밝히고서 거절했다. 이에 분노한 휘트니는 아예 직접 자신의 이름을 딴 미술관을 개관할 생각을 하기 시작했고, 마침내 1966년 맨해튼 어퍼 이스트 사이드 매디슨 애비뉴 75번 스트리트에 문을 열게 되었다. 미국의 젊은 전문가들의 새로움과 혁신을 담아내 독자적인 미술 체제를 구축하겠다는 의지로 만들어진 휘트니 미술관은 이사회에 정재계의 저명인들이 다수 이름에 올려 영향력을 강화시켰다. 1960년대부터 미국 예술에 계속 집중하며 투자를 하고 전시회를 개최해온 휘트니 미술관은 전 세계에 미국 미술이 갖는 존재감을 널리 전파시켰다. 1만 9,000여 점에 이르는 휘트니 컬렉션은 에드워드 호퍼 이외에도 조지아 오키프, 재스퍼 존스, 잭슨 폴록, 앤디 워홀의 작품들이 다양하게 마련되어 있다.

휘트니 미술관과 에드워드 호퍼를 연결 지어 조사를 하면서 나는 이 당시의 미국 미술계가 현재 한국 미술계와 크게 다르지 않다는 점을 발견했다. 한국의 미술관들도 대부분 컬렉션 중심의 상설전보다 해외에서 대여해오는 기획전 위주로만 전시되고 있다는 것을 잘 알고 있었기 때문이다. 그게 아직까지 사람들이 우리의 미술에 매력을 못 느끼고 있기 때문이라는 것도 알고 있었다. 우선 나부터가 그랬기 때문이다. 또한 에드워드 호퍼가 죽고 나서 그의 부인 조가 남편의 진가를 알아준 휘트니에 감사를 표하고자 수많은 작품과 개인적인 편지와 습작, 자료들을 휘트니 미술관에 기증했다는 것도 나는 매우 흥미로웠고 이런 감동적인 이야기가 바로 우리나라에 필요한 이야기라는 것을 느꼈다.

참 이상하게도, 나는 한국적인 것을 끊임없이 거부면서도 한편으로는 외국에 나가 보고 배운 좋은 것들을 어떻게 하면 우리나라를 위해 쓸 수 있을까를 끊임없이 무의식적으로 고민했다.

나는 버릴 수 있다고 자신했는데, 내가 떠나온 나라를 결코 버릴 수 없었던 것이다. 조국이라는 것이, 미웠다가도 한편으로는 끝없는 애착을 느낄 수밖에 없나 보다.

시아오에게 내가 호퍼의 어떤 부분에 관심이 갔는지 위의 내용을 자세하게 설명하자, 시아오는 좋아하면서 우리는 각자의 보는 관점이 다르니 내가 거시적인 부분을 채워주고 자신은 미시적인 부분을 채워주면 되겠다고 했다. 나 또한 우리가 대화를 통해서 서로 모자란 부분을 서로 충족시켜줄 수 있다는 생각에 신이 났다.

시대의 주인들

이런 생각이 든다. 천재성이라는 것은 어떻게 보면 지극히 개인적인 자질이다. 어린아이라면 누구나 가지고 있는 특별한 잠재력을 잃어버리지 않고 최대치로 세상 밖으로 끌어올리는 일. 그래서 고등학생 때까지 나 자신에 미쳐 살았다. 무서운 몰입을 보이며 창조를 향한 공부에 매진하는 것, 그것이 잠재된 천재성을 지켜내는 유일한 길이라고 생각했으니까.

그러나 세상 밖으로 나와서 첫사랑인 클레멘스를 만나고, 오스트리아 한 시대의 예술을 소유하고 있는 집안의 태생인 그를 만나고 시야가 넓어졌다. 결국 천재라 해도 그 천재성을 온전히 받아들여줄 역사를 선택해야 한다는 것이다. 어떤 국민의 역사에 남겨질 것인가 말이다. 그때부터인가, 서서히 개인적인 이기심에서 벗어나기 시작했던 것 같다. 어쩌면 한 개인의 천재성보다 함께 시대를 만들어갈 개개인들의 자질이 중요하다는 것을 새롭게 배웠기 때문인 것 같다. 개인적인 이기심에서 벗어나기에 꽤 오랜 시간이 걸렸다. 그렇게 하지 못했더라면, 나밖에 모르는 괴팍한 유형의 전형적인 인간으로 남았을 것이다.

한편으로 역사의 의미란 게, 그런 것이 아닌가 싶다. 역사란 과거에 의미를 부여하는 작업이라고. 우리는 과거에 의미를 부여하지 않고서는 앞으로 나아갈 수가 없다. 내가 새로운 사람들을 만나고 그들의 성장에 관심을 쏟는 것으로 아픔을 달랬다면, 그것은 그를 잊는 방법이면서 동시에 가까워지는 방법이기도 했다. 적어도, 당시에는 그렇게 믿었다. 그 나름대로 나는 과거에 애써 의미를 부여하고 있었던 셈이다.

다음날 아침 시아오는 나에게 센트럴 파크를 정면에 두고 양옆에는 리츠칼트 호텔과 플라자 호텔을 끼고 있는 사라베스Sarabeths'에서 반드시 브런치를 먹어야 한다고 주장했다. 드라마 '섹스 앤 더 시티'와 '가십걸'에 나오는 뉴욕에서 가장 유명한 브런치 레스토랑이니 맛을 꼭 봐야겠다며 결의에 가득 찬 표정을 지었다. 미식가인 시아오는 맛집 찾아다니는 것을 인생의 큰 낙으로 여겨 점심을 먹기 위해 로드아일랜드로에서 뉴욕까지 달려올 정도였다. 그러나 평소에 드라마를 열심히 챙겨보지 않은 나로서는 알 리가 없었다. 그저 호들갑을 떠는 시아오에게 영문도 모른 채 끌려갔다. 시아오는 모음을 늘려서 말하는 경향이 있었는데 사라베스에서 주문한 연어 에그 베네딕트와 버섯과 아스파라거스가 들어간 가든 오믈렛, 싱싱한 딸기가 올려져 있는 버터밀크 팬케이크를 먹으며 "쏘오오오오오오오오우 굿!"이라며 감탄사를 연발했다. 내 경우 음식은 그런 대로 먹을 만했지만 커피는 끔찍하게 형편없던 걸로 기억한다.

산책을 마친 나와 시아오는 내가 뉴욕에서 제일 좋아하는 장소인 브라이언트 파크에 갔다. 타임스퀘어 옆 고층 빌딩 숲에 둘러싸인 작은 공원인 브라이언트 파크는 뉴욕 공립 도서관 바로 옆에 자리하고 있다. 파슨스 패션 디자인 스쿨을 다니는 친구 인국이와 패션에 워낙 관심이 많은 시아오는 이미 훨씬 전에 내가 소개를 시켜준 터였다. 뉴욕 공립 도서관 앞에서 우리를 기다리고 있던 인국이와 함께 우리 셋은 도서관 안을 구경했다. 시아오는 도서관 사서들이 추천해놓은 코너에 있던 두꺼운 책 한 권을 들고 오더니 나에게 《클래식 모던: 조셉 퓰리처 주니어의 예술 세계》라고 쓰여 있는 제목을 보여주더니 조셉 퓰리처 Joseph Pulitzer 주니어를 아냐고 물어보았다.

"하연, 혹시 조셉 퓰리처 주니어에 대해 알아?"

"글쎄, 퓰리처라면 미국의 가장 권위 있는 언론보도상의 이름 아니야? 퓰리처 상 받는 걸 기자들이 가장 큰 영광으로 여기잖아."

"응, 맞아." 시아오는 고개를 끄덕였다. "내가 한때는 저널리스트가 되고 싶어서 퓰리처 가문에 대해 좀 찾아봤는데, 그 집안은 대대로 언론계로 나가는 것을 장려했어. 하지만 퓰리처 언론 재벌의 대부인 조셉 퓰리처의 손자인 조셉 퓰리처 주니어는 언론보다는 미술에 관심이 더 많았대."

"그렇구나! 역시 언제나 제 갈 길을 가는 인물이 나오기 마련이지. 그래서 어떻게 되었는데?" 나는 눈을 반짝이며 물었다.

"퓰리처 주니어는 하버드 대학교를 다니던 학부생 시절에 장난으로 피카소의 작품을 산 것으로 시작해 진정한 컬렉터로 거듭나 훌륭한 모더니즘 컬렉션을 구축하게 되었고, 결국 뉴욕이 세계 문화도시로 거듭나는 데 일조를 한 장본인이 되었지. 나도 그가 멋지다고 생각해. 가문이 원하는 일을 한 것은 아니지만 자신이 정말 의미 있다고 생각한 일을 찾아서 의욕적으로 또 진지하게 추구했다는 점이 인상적이잖아?"

나는 시아오의 언론에 대한 해박한 지식을 알게 되어 놀랐고, 또 한편으로는 시아오와 내가 생각지도 못하게 다양한 관심사를 공유하고 있다는 점이 놀라웠다. 도서관에 나오니 이미 해가 뉘엿뉘엿 저물고 있었다. 저녁을 근처 타이 레스토랑에서 먹으면서 나와 인국이, 시아오 이렇게 우리 셋은 여름방학 동안 〈보그 차이나)와 시티은행에서 인턴을 했던 시아오의 경험담과 브라운에서 시아오의 소개를 받아 알게 된 줄리앙에 대해 이야기를 했다. 경영을 전공하는 그는 마침 런던 정경대에서 1년 동안 교환학생을 하다가 봄방학을 맞아 친구들을 보러 미국으로 잠깐 건너온 것이었는데, 패션에도 관심이 많아 패션과 경영을 접목시키는 분야에서 일하고 싶다고 했다.

이렇게 이제 막 20대를 시작한 우리 셋은 이렇게 서로의 꿈을 이뤄줄 사람들을 엮어가며 시간가는 줄 모르고 뉴욕의 한 레스토랑에서 웃음보를 터뜨리며 서로의 꿈에 빠져들었다.

그 후 일 년이 지난 여름, 나는 미술관 기금 모금을 주관하는 뉴욕 미술 경영회사 리베레이커드에서, 인국이는 뉴욕 사교계 명사들이 즐겨 입는다는 패션 브랜드 오스카들라렌타에서, 시아오는 루이비통모엣에네시 캘리포니아 샌프란시스코 미국 지점에서 인턴을 하게 되었다. 나의 로드아일랜드로의 짧은 출장 이후 시아오는 바로 다음 가을학기 런던 소더비 학교에 가서 내가 들었던 수업을 들었고, 올해 가을에는 인국이가 영국 왕세자비의 웨딩드레스를 만든 알렉산더 맥퀸의 모교인 센트럴 세인트 마틴스에서 공부를 하게 되었다. 나와 같은 꿈을 꾸고 각자에게 주어진 길을 한 발짝씩 함께 의논하며 나아갈 수 있는 친구들이 한 명 한 명 내 주위에 생긴다는 것이 놀랍고 감사할 따름이다.

소설 버터플라이가 되다

첫사랑을 통해서, 그리고 새로운 세계를 열어준 사람들을 통해서, 두 가지 가르침을 얻었다. 학교 공부에서 창조가 빠지면 기계가 되어버리고, 천재성에서 인간성이 빠지면 괴물이 되어버리듯이, 예술에는 사랑이 빠질 수 없다는 가르침이었다. 각 단계를 차례대로 거쳐가며 매번 위기와 시험에 빠졌다. 상처를 받는 순간에도 끝까지 인간에 대한 믿음을 잃어버리지 않을 수 있었던 건, 어린 시절 부모님이 무한대로 나를 믿어주었던 기억이 있기 때문이다. 그리고 이렇게 좋은 사람들을 만날 수 있었던 데에는, 역설적이게도 내가 좋은 사람이어서 그렇다는 자부심을 가져도 좋다는 걸 깨달았다. 내가 먼저 좋은 사람이어야지만 좋은 사람들이 내게 들어온다는 것을 깨닫는 중이다.

에리히 프롬Erich Fromm의 책 《사랑의 기술》을 보면 마지막 장에 그의 조수였던 라이너 풍크 박사가 기고한 글이 있다. 그는 프롬이 상대방에게 보인 관심이 대단했다고 적었다. 이 위대한 철학자는 대화를 할 때 어떤 책을 읽고, 어떤 계기로 하필 그 책을 읽게 되었으며, 읽으면서 무엇이 와 닿고 무엇이 그렇지 않은지 별 내용이 없다거나 지루하다고 말하면 왜 그런 사소한 것으로 시간을 낭비하는지 알고 싶어 했다. "나 자신에게 실제로 무엇이 중요하고, 무엇이 정말로 마음에 와 닿으며, 무엇을 하며 시간을 보내는 것을 가장 좋아하는 지에도 관심을 보였다.”
라고 풍크 박사는 글을 마무리한다. 고등학교 1학년 사서로 일
하며 발견한 이 책을 읽고 나는 내가 미래에 이런 대화를 나눌
수 있기를, 또 그런 대화를 나눌 만한 상대를 만나기를 열망했
다. 몇 년이 지난 지금, 그 때 내가 책에서 읽었던 프롬이 던진
질문을 내가 다른 사람들에게도 한다는 걸 깨닫고 '아, 내가 많
이 크고 성장했구나.'라고 문득 생각이 미쳐 뿌듯했다.

미국에 오고 나서 나는 런던에서보다 확실히 내가 성장했다
는 것을 느낀다. 마냥 순진하고 아무것도 몰랐는데 나보다 여
러모로 다양한 경험을 한 유럽 친구들을 곁에서 지켜보면서 나
도 모르게 엄청나게 많이 무의식적으로 영향을 받은 것 같다.
한 학기 만에 변모를 한 것이다. 그러나 고통 없는 성장은 없다
는 뼈아픈 사실도 깨닫게 되었다. 고통을 견뎌낼 때야만 한 단
계 성장할 수 있다. 미국으로 온 뒤로 나는 새로운 사람들을 만
나는 데 크나큰 즐거움을 느끼기 시작했고, 여기저기 많은 사람
들을 아는 것이 커다란 재산이 된다는 것도 배우게 되었다. 무
엇보다, 미국에 있는 친구들에게서는 “하연, 너는 소셜 버터플
라이야social butterfly!”라는 별명을 얻을 만큼 다양한 사람들과 어
울릴 수 있게 되었다.

시간이 흐르면서, 이것 또한 어쩌면 착각일 수도 있겠지만,
내가 인기가 좋다는 사실을 알게 되었다. 어렸을 때부터 나의

행보에 관심을 가져주신 아주머니들부터, 동네에 소식을 열심히 나르던 학교 친구들, 한없이 부족한 나를 아껴주고 챙겨주던 외국 친구들까지, 또 내가 무슨 선택을 하든 무조건 내 편에 서서 전폭적인 지지를 해준 가까운 친구들까지. 내게 사람들의 관심을 집중시키고 내가 가지고 있는 이야기를 듣고 싶어 하게 만드는 특별한 힘이 있다는 것을 내밀하게 느끼게 되었다. 그리고 그런 부분에 대해서 더 이상 부담스럽게 생각하지 않고 감사하게 여기게 되었다.

이제부터는 내가 인생에서 파티를 즐기는 것도 중요하지만, 파티에서 소외당하는 기분이 드는 사람을 발견한다면 눈치재지 않게 다가가 먼저 배려하고 싶다. 아빠가 말한 배려란 그런 것이 아닐까. 드라마나 영화에서처럼 밖에서 볼 때는 파티에 참석한 사람들 모두가 매 순간을 즐기고 있는 것처럼 보이지만 사실 다들 어색하고 떨고 있기 마련이다. 파티장 안에서 잔을 들고 처음에 누구와 먼저 이야기를 시작해야 하나, 어떤 이야기를 먼저 꺼내야 하나, 대화를 어떻게 이어가야 하나, 또 어느 적당한 시점에서 미소로 대화를 마무리하고 다음 사람에게 자연스럽게 건너가야 하나 등등 수많은 복잡한 생각들이 둥둥 떠돌기 마련이다.

공식적인 행사, 리셉션, 만찬에서 무뚝뚝하게 행동하거나, 감정 표현에 서툴러 어색하게 우두커니 서 있는 사람을 발견한다면, 모른 체 하지 않고 다가가서 먼저 말을 걸어주고, 편안하게 느낄 수 있도록 해주고 싶다. 나도 처음에는 이런 모든 것들이 무척 어려웠기 때문에 그런 어려움을 모른 체 하지 않을 생각이다. 아빠는 열정적인 것도 좋지만, 따뜻함을 잃어버리지 말라고 하셨다. 내 열정이 너무 뜨거워 주변의 것들을 태워버리기보다 따뜻하게 상대방을 배려해가면서 같이 가야 하는 것 같다. 가장 중요한 것은 늘 사람에게서 얻는 법이니까.

III.

고귀한 삶의 의무

Duty of Noble Life

7장

마운트 홀리요크에 첫발을 내딛다

내가 선택한 학교

2013년 1월, 인천공항에서 워싱턴 D.C.에 도착해 입국심사를 마치고 다시 경비행기를 타고 코네티컷 브래들리 공항에 도착했다. 공항에 도착했을 때는 이미 늦은 밤이었는데, 학교 이름이 쓰인 하늘색 패널을 들고 있는 시니어 선배가 홀로 남아 나를 기다리고 있었다. 먼저 도착한 학생들은 진작에 떠나고 혼자서 애타게 기다리느라 지친 모습의 4학년 선배는 오히려 웃으며 "드디어 미국에 온 걸 환영해."라며 포옹해주었다. 학교에서 신입생들을 위해 보내준 하늘색 밴을 타고 30여 분이 지나자 어둠 속에서 캠퍼스가 모습을 드러내기 시작했다. 드디어 내가 대학교에 왔다는 게 실감났다. 어렸을 때부터 그토록 바라던 미국 땅을 드디어 밟게 된 것이다. 마음을 차분히 가다듬고 가볍게 숨을 들이쉬었다. 이제 정말 또 다른 새로운 시작이있다.

내가 최종적으로 선택한 학교는 바로 마운트 홀리요크 칼리지였다. 1837년에 지어진 마운트 홀리요크는 미국 최초의 여자 대학교이자 세계에서 가장 오래된 명문 여자 대학교이다. 미국 동북부 지역에 당시 남학생만 받아들이던 8개 아이비리그 대학에 맞추어 설립된 전통과 역사가 있는 7개 명문 여자 대학을 일컫는 '세븐 시스터즈'의 첫 번째 멤버이기도 하다. 세븐 시스터즈의 멤버로는 마운트 홀리요크 외에 바사 칼리지Vassar College, 웰슬리 칼리지Wellesley College, 스미스 칼리지Smith College, 래드클리프 칼리지Radcliffe College, 브린모어 칼리지Bryn Mawr College, 바나드 칼리지Barnard College가 있다.

1960년대까지만 해도 남학교였던 하버드, 예일, 프린스턴 등 아이비리그 대학들에 맞선 '미국 여대의 아이비리그'라 불렸던 세븐 시스터의 위상은 미국 여성 저명인사 목록과 같은 졸업생 명단에서 가장 확연하게 드러나고 있다. 힐러리 클린턴을 비롯해, 재클린 케네디 오나시스, 바버라 부시, 낸시 레이건을 비롯한 미국 영부인들은 물론, 태프트 대통령의 어머니 루이자 마리아 태프트, 케네디 대통령의 딸 캐롤라인 슐로스버그, 재클린 케네디의 어머니인 자넷 리 부비에 등 대통령 여성 직계 가족들, 영화배우 캐서린 헵번, 거르슈트 스타인 등 문화 예술계에 막강한 영향력을 미치는 인사들 모두 세븐 시스터즈 여대 출신이다. 그래서인지, 우리 학교 동기들을 보면 어머니나 할머니가 같은 세븐 시스터즈 출신인 경우가 많았고, 대부분 '그들의 세대에서 처음으로' 무언가를 한 분들이다. 여성들이 대학을 마치는 것 자체가 흔하지 않았던 시기에 학부를 마치고 페미니즘 물결을 타고 치열하게 투쟁해 대법원장, 변호사 타이틀을 딴 여성 엘리트들이 상당수 이곳 출신이기에 우리보다 나이가 많은 할머니뻘의 졸업생들은 만나 뵈면 자부심이 정말 대단하다.

이렇게 7개의 여학교는 8개의 아이비리그 대학들과 전통적으로 유대관계를 맺고 있어 매사추세츠 사우스 해들리에 있는 마운트 홀리요크의 경우 다트머스, 우리 학교와 버스로 30분 거리 매사추세츠 노스 햄턴에 있는 스미스의 경우 예일과, 뉴욕 포킵시에 있는 바사 또한 예일과, 매사추세츠 보스턴 근교에 있는 웰슬리와 래드클리프는 하버드와, 펜실베이니아 필라델피아 근교에 있는 브린모어는 유펜과, 뉴욕 맨해튼에 있는 버나드는 컬럼비아와 남매 결연을 맺고 있다. 알아두어야 할 것은, 래드 클리프는 현재 하버드와 통합되었고, 버나드는 컬럼비아와 병합되어 졸업장에 컬럼비아—버나드로 기재가 된다는 점이다.

세븐 시스터즈 여학교들의 친분도 두터워 매년 각 학교 대표들이 참석하는 '세븐 시스터즈 컨퍼런스'가 열리고 전직 퍼스트 레이디들을 중심으로 각 학교의 총장들이 자주 모임을 갖는다. 학교 간 시스템 또한 긴밀하게 연결되어 있는 편이다. 한 예로, 재클린 케네디는 바사에서 공부를 하다가 3학년 때 프랑스에서 공부를 하고 싶어 스미스 대학교 교환학생 프로그램을 통해 갔는데, 마운트 홀리요크에서도 마찬가지로 스미스를 통해 교환학생을 갈 수 있다. 그렇기 때문에 나는 우리 학교 교환학생 프로그램을 통해 프랑스 파리에서 한 학기를 마치고 다른 한 학기를 이어서 스미스에서 제공하는 스위스 제네바 대학교 프로그램을 지원해 일 년 동안 유럽에서 공부를 해볼까 심각하게 고민하기도 했다.

마운트 홀리요크를 포함한 세븐 시스터즈는 모두 인문학 중심의 리버럴 아츠 칼리지 카테고리에 들어간다. 학부 중심이라는 점에서 리버럴 아츠 칼리지와 아이비리그를 포함 '종합 대학'인 유니버시티university가 구분되는데, 예를 들어 아이비리그 대학 중 하나이자 마운트 홀리요크와 남매 학교인 다트머스 칼리지Dartmouth College는 석박사 과정이 없기 때문에 '리버럴 아츠 칼리지' 성격을 띠고 있다고 해도 무방하다. 전통적으로 미국 주류가 명문 사립 고등학교를 다닌 뒤 아이비리그나 리버럴 아츠 칼리지 중에서도 리틀 아이비Little Ivies(앰허스트Amherst, 윌리엄스 Williams, 미들버리Middlebury)나 세븐 시스터즈로 진학하는 게 관행이었으나, 시대가 바뀌어 이제는 다양성을 추구해 많은 국제학생들을 볼 수 있게 되었다. 하지만 전체 학생 인원 수가 2,000명에 불과한 작은 리버럴 아츠 칼리지들에는 아직까지도 압도적으로 미국 중산층 이상의 백인 학생들이 많다. 리버럴 아츠 칼리지의 가장 좋은 점은 대학을 취직을 위한 '직업 학교'로 여기는 것이 아니라 재정적으로도 많은 도움을 주어 정신적으로 풍요로운 상태에서 마음껏 깊이 있는 사고를 할 수 있는 진지한 학문 위주의 공부를 할 수 있다는 것이다.

세상에서 가장 아름다운 학교

중학생일 때 가장 좋아했던 소설을 꼽자면 《키다리 아저씨Daddy Long Legs》가 있다. 아직도 영국 펭귄 사에서 출판된 소녀가 편지를 쓰고 있는 초록색 겉표지에 내 손때 묻은 영문 두 부를 고이 소장하고 있다. 뛰어난 글 솜씨를 지닌 고아 '주디'와 그녀의 재능을 눈여겨본 후견인의 도움으로 주디가 대학 생활을 하게 되면서 펼쳐지는 이야기인데, 시간이 흘러 정말로 내 현실 속 대학 생활이 되어버린 것만 같은 기분에 빠지게 되었다. 이 책을 쓴 작가 진 웹스터Jean Webster는 바사 대학교를 졸업하고 자신의 여대 진학 경험을 바탕으로 주디라는 캐릭터를 창조했는데, 당시로서는 대학에 진학하는 여성들이 드물었던 미국에서 〈키다리 아저씨〉는 근대 여성들의 대학교 라이프스타일을 묘사하는 최신작이었다. 열댓 살 무렵 나는 편지 형식의 이 책을 너무나 좋아해서 중학교 때 가족과 함께 유럽으로 '그랜드 투어'를 갔을 때 호텔 로비에 앉아 쉴새 없이 검정색 양장 노트에 "친애하는 주디에게"로 시작하는 주인공에게 보내는 편지를 쓰곤 했다. 유럽의 여러 호텔을 전전하며 소설 속 주인공에게 쓰는 편지는 낭만적이지 않을 수 없었다.

대학에 와서 새삼 깨달은 진리는, 굳게 믿는 대로 행동을 하면, 진정으로 속할 수 있는 세계로 결국엔 운명이 데려다준다는 것이다. 내가 여대를 올 거라고는 상상도 못했고, 목가적인 분위기의 조용한 대학 마을에서 마치 수녀처럼 학문을 하게 될 줄은 꿈에도 몰랐지만, 나는 하고 싶은 대로 고등학교 내내 행동했고, 결국 진정으로 소속감을 느낄 수 있는 학교로 오게 되었다. 그러니 하고 싶지 않은 것을 굳이 억지로 해서 나중에 별로 맞지도 않는 그룹에서 후회하지 말기 바란다. 당시에는 '이것만 꾹 참고 하면 내가 원하는 곳에 있게 되겠지.'라는 생각은 때때로 착각에 불과하며, 도리어 계속해서 꾹 참고 괴로워해야 하는 상황에 놓이는 경우가 왕왕 있다. 역시나 문학 작품의 힘은 상상을 초월할 만큼 강한 것 같다. 몇 번이고 반복해가며 읽던 소설 속 주인공의 삶을 실제로 살아가고 있으니 말이다.

무엇보다 아주 원 없이 편지를 쓰게 되었다. 언제나 편지 쓰는 것에 대해 애착이 남달랐던 나는 대학교에 가서 영어로 편지 쓰는 것에 대한 로망을 갖고 있었는데, 대학에 들어와서 보니 모든 오피스와 교수님, 동아리 간의 소통은 이메일로 이루어졌다. 나를 비롯한 모든 친구들은 마치 비즈니스맨처럼 거의 3분에 한 번꼴로 아이폰 이메일 함을 체크했는데, 그렇지 않으면 쏟아지는 온갖 이메일을 감당할 수 없게 되기 때문이다.

리버럴 아츠 칼리지의 가장 좋은 점 중 하나가 바로 교수님과의 밀착도가 높다는 점인데, 여타 다른 종합 대학들의 명망 있는 교수들이 자신의 연구활동이나 대학원생들에게만 신경이 쏠려 있는 반면에, 리버럴 아츠 칼리지의 경우 교수님들이 직접 모든 수업을 강의하고 연구지도에 참여할 뿐만 아니라 전문 어드바이저를 따로 두지 않고 자처해서 학생들의 어드바이저를 맡기 때문에 유대감이 각별하다. 그래서 무엇보다 교수님과 주고받는 이메일 개수가 어마어마하다. 나는 정해진 오피스아워(교수들이 학생을 대상으로 하는 정기적인 상담)에 찾아가는 건 물론이고 평소에도 간단한 이메일 하나를 작성하여 미팅을 줄줄이 잡아놓고 짧게는 10분에서 길게는 30분까지 대화를 하고 나오곤 했다. 내가 실제로 2학년 때 역사 교수님과 주고받은 이메일을 공개해본다.

제목: 내일 미팅

2014년 2월 2일 일요일 2:11 PM

친애하는 시트롬 교수님, 안녕하세요. 월요일에 교수님과 제역사 개별연구 제안서에 대해 의논하기로 미팅을 잡아놨는데요. 제가 지금 크리스티 여름방학 인턴십 지원을 하는 데 추천을 해주실 마운트 홀리요크 졸업생을 뵈러 뉴욕에 와 있어요. 오늘 저녁 늦게나 학교로 돌아갈 것 같은 데다 크리스티 경매회사 인턴십 마감도 내일까지라 제 커버레터와 지원서를 다듬는 데 시간을 더 보내야 할 것 같아요. 불편함을 야기해서 죄송하지만, 아마도 다음 주 금요일 정도로 미팅을 미루어도 될까요? 감사합니다. 하연.

Re: 내일 미팅

2014년 2월 2일 일요일 3:03 PM

물론이야. 문제없다. 그리고 알려주어서 고맙구나. 금요일 오후 즈음 어떠니? 목요일 오후 12:30~2:00까지 오피스아워가 있으니까 그때도 괜찮단다. 그럼, DC, 다니엘 시트롬.

Re: Re: 내일 미팅

2014년 2월 2일 일요일 4:07 PM

제가 목요일에는 3시간짜리 프랑스어 세미나가 있어서 금요일 오후가 가장 좋을 것 같아요. 그럼 그때 봬요. 감사해요! 하연.

이건 내가 역사 중간고사 페이퍼를 쓰기 위해 교수님과 30분 정도 미팅을 마치고 나서 추가로 보낸 이메일이다.

Re: Re: Re: 내일 미팅

2014년 2월 7일 금요일 4:36 PM

안녕하세요, 교수님. 제가 생각하기에 오늘 아침 미팅에서 교수님이 말씀해주신 소셜 레지스터(사교계 명사 인명록) 창간이 흥미로운 사건인 것 같아서 조금 더 알아보고 싶어요. 교수님이 언급하신 전기나 인물에 대해 다시 알려주실 수 있나요? 또한, 이 주제와 관련해서 추천할 만한 책이라든가 추가로 알아볼 만한 자료 없을까요? 감사합니다. 하연.

Re: Re: Re: Re: 내일 미팅

2014년 2월 7일 금요일 5:31 PM

워드 맥알리스터Ward McAllister가 1890년에 쓴 《Society as I have Found내가 만든 사회》로 시작하는 게 좋을 것 같구나. 이 책은 우리 학교에는 없고 다른 5개 대학(UMass, Hampshire, Amherst, Smith) 도서관에 있을 거야. 또 이 작가의 전기를 누군가 혹 썼는지를 알아보렴. 그럼, DC.

위의 경우처럼 교수님들과는 길게 이메일을 주고받을 필요가 없다. 대부분 길게 이메일로 줄줄이 미주알고주알 쓰는 것보다 용건만 간단하게 하고 바로 미팅을 잡아서 학생과 얼굴을 마주보고 대화하는 것을 훨씬 선호하기 때문이다. 불분명한 이유로 교수님 오피스에 찾아가더라도 그냥 이런저런 이야기를 조금이라도 하고 나오면 머리가 선명해지고 내가 그림이 확실하게 잡히게 된다.

마운트 홀리요크는 자주 세상에서 가장 아름다운 캠퍼스를 가지고 있는 학교로 뽑히곤 한다. 뉴욕 센트럴 파크를 디자인했던 건축가가 디자인을 한 붉은 계열이 주를 이루는 학교의 고풍스러운 풍경은 영화처럼 아름답다. 두 개의 호수, 골프 코스, 호텔과 마구간을 갖추고 있다. 나는 대학에 와서 스쿼시, 테니스, 승마를 취미로 개발했는데, 특히나 우리 학교의 승마팀은 미국에서도 우수하기로 유명해서 가장 명성 있는 대학 승마 챔피언십인 2000 밀러 칼리지에이트 컵을 수상하기도 했다. 우리 학교에서 승마복 차림으로 캠퍼스를 누비는 멋진 승마 선수들을 만나기란 흔한 일이다. 이런 분위기는 내 승마 열정에도 영향을 끼쳐 여름방학 뉴욕 인턴십 기간 동안 일이 없는 주말마다 롱아일랜드로 승마를 하러 달려가기도 했다.

미국에 와서야 본격적으로 중국인 친구들을 폭넓게 사귀기 시작한 것 같다. 처음에 중국이라면 베이징과 상하이만 알던 나는 2학년 때 중국인 룸메이트, 징의 고향인 후난성 우한을 비롯하여 광저우, 청두, 쓰촨, 지앙시, 허난과 같은 큰 도시들의 위치를 속속들이 알게 되었다. 점차 중국도 미국에 보스턴과 텍사스의 감성이 사뭇 다르듯이 북부와 남부 지방 사람들의 사고방식이나 성향도 다르다는 걸 알게 되었다. 후베이 성의 산둥 출신이지만 베이징 발음을 가지고 있는 중국인 선생님 밑에서 오랫동안 중국어를 배워서인지 나는 비교적 정확한 베이징 발음을 구사할 수 있었는데, 대륙 최남단인 홍콩이나 선전에서 온 친구들은 "넌 너무 북쪽 발음이야!"라고 줄곧 놀리곤 했다.

나의 중국인 인맥의 원천은 다름 아닌 홍콩 대학교에서 교환학생을 온 렉시였다. 미술사와 심리학을 복수 전공하던 렉시는 MIT를 졸업하고 프린스턴에서 공부를 하는 한국인 남자 친구가 있어 프린스턴이 있는 뉴저지와 그나마 가까운 매사추세츠에 있는 우리 학교를 선택해 3학년 한 학기 공부하러 온 것이었다. 주말이면 남자 친구를 만나러 뉴욕으로 가느라 바빴던 렉시와 나는 당시 둘 다 사랑으로 아픔을 겪고 있다는 동병상련으로 가까워졌다. 게다가 미술이라는 공통의 관심사가 더 쉽게 친해지게 했다. 아트 딜러가 꿈인 렉시는 봄방학 때 다른 중국인 친구들과 함께 멕시코로 여행을 갔다 오고 나서 시무룩한 표정으로 다들 인턴십이다, 경영이다 이런 이야기를 벌써부터 한다고 울상이었다. 두 살이나 많은 렉시에게 나는 단호하게 지금은 경력이나 인턴을 걱정할 때가 아니니 케임브리지에서 공부를 더 해보고 싶다던 계획을 친구들 때문에 수정하지는 말라고 격려해주었고, 렉시는 그 해 여름에 영국 케임브리지에서 고전미술사 수업을 들었다.

뉴저지나 뉴욕에서 돌아와 허겁지겁 밀린 미술사 페이퍼를 쓰느라 늘 밤새우던 렉시는 "하연은 나에게 긍정적인 에너지를 주니까."라면서 페이스북으로 먼저 말을 걸어오곤 했다. 이런 렉시와 나는 자연스레 점심과 저녁식사를 많이 함께 하게 되었는데, 그때마다 렉시는 학교 내 홍콩과 선전 출신의 친구들을 한둘씩 데리고 와 소개를 시켜주었다. 또한 뉴욕에서 만날 일이 생기면 뉴욕 대학교와 컬럼비아 대학교 등 뉴욕에서 학교를 다니는 중국 친구들을 불러 소개를 해주었다. "이러다가 선전 출신을 모조리 알겠어!"라고 내가 놀라워 외쳤다. 미국 내 중국 유학생 수가 압도적으로 많다지만 각각의 성成으로 놓고 보자면 매우 좁은 네트워크가 되기 때문에 이미 서로를 다 알고 있고 거리낌 없이 바로 친구가 되는 분위기였다. 나중에 중국 지도를 펼쳐놓고 보면 지역별로 친구가 생길 정도였으니 미국 내 중국 유학생 커뮤니티에 한국인인 내가 한 발짝 성큼 들여놓은 증표였다.

내가 미국에 와서 중국 유학생들을 보면서 느낀 것은 한국에 대한 관심사가 폭발적이라는 것이었다. 그러나 문제점은 이러한 높은 호감도가 직접적인 우리나라의 이익으로 남지는 않는다는 점이었다. 중국 친구들은 한국 사람들에게 관심이 아주 많았지만 여행은 일본으로 가곤 했다. 한국을 매력적인 관광지로까지는 생각하지 못하는 것 같았다. 또한 중국 부자들은 같은 아시아보다는 유럽이나 미국에 관심이 더 많았다. 그렇기 때문에 우리나라 문화를 고급스럽게 포지셔닝해야 한다는 생각이 절실히 들었다. 마치 프랑스 부자들이 스위스를 고급 휴양지라 생각하고 매우 좋아하는 것처럼 중국 부호들이 한국을 들락날락할 수 있을 만한 매력적인 요소를 시급히 갖춰야 할 것이다. 어차피 한국이 중국을 경제적, 군사적으로 능가할 수 없다면, 결국 돌파구는 문화가 아닌가 싶다. 내가 느낀 시대의 흐름은 정확하게 중국이 앞장서서 아시아에 대한 새로운 시각을 갖게끔 하고 있다는 것이다. 더 이상 아시아가 무시를 받을 수 없는 위치에 올라섰다. 다행인 것은 아직 중국의 문화를 부러워하기에는 중국이 세련됨을 갖추려면 멀었다는 점이다. 소더비에서 공부하며 중국 현대 미술이 천정부지로 가격이 올랐다는 걸 배웠지만 그건 애국심 때문에 자국의 부호들이 닥치는 대로 사들여서 그런 탓이 크다. 해외에 나와 짧은 시간 안에 많은 것들을 유심히 살펴보며 나는 훗날 한국을 유럽의 프랑스와 같은 아시아의 문화의 중심지로 만들고 싶다는 생각을 반복적으로 하게 되었다.

외교와 정치에 눈을 뜨다

러시아 예카테린부르크 출신의 단짝친구 다샤Dasha와 내가 친해진 계기는 신입생 오리엔테이션 기간에 우연히 함께 저녁을 먹으면서였다. 우리는 대학교 첫 학기를 각각 런던과 보스턴에서 보내면서 다샤는 한국인 친구들을, 나는 러시아 친구들을 유난히 많이 사귀게 되었다는 점을 발견했다. 마운트 홀리요크에 오기 전에 이미 시카고와 보스턴에서 짧은 유학 경험이 있던 다샤는 굉장히 국제적인 감각을 가지고 있었다. 레스토랑 사업을 하는 엄마를 따라 유럽 곳곳을 자주 여행하고 러시아 바깥세상에서 뭔가를 해보겠다는 의지를 가지고 있다는 점이 나와 닮아 있었다.

처음 다샤를 만났을 때 그녀는 진로와 전공에 대한 많은 고민을 하고 있었다. 그리고 나에게 조심스럽게 털어놓았다. 자신은 아시아에 가본 적도 없고 여태까지 관심도 없었지만, 보스턴에서 절친한 한국인 친구들을 사귀게 되면서 한국에 많은 관심이 생겼다고 했다. 하지만 아시아와 관련된 일을 해보고 싶어도 유럽을 더 우월하게 생각하는 러시아 친구들이 반대를 한다는 것이었다. 다샤는 확신이 필요했고 나는 자신감을 주었다. 자연스럽게 미술에 대한 이야기를 하며 런던에서 공부하는 동안 서구의 시장이 중국과 한국 시장에 주목을 하고 있고 이제 곧 아시아의 시대가 다가올 것임을 느꼈다는 것을 털어놓았다. 미술에 관심도 많고 아는 것도 많은 다샤는 메트로폴리탄 미술관 아시아관에서 느꼈던 특별한 감정을 말하면서 외교관이 되어 주한 러시아 대사가 되는 방향으로 진로를 굳혔다.

그 후 한동안 다샤는 국제관계학을 전공하기로 마음을 먹고 볼 때마다 《역사 속 외교관 100인》과 같은 책을 끼고 살았다. 얼마 시간이 지난 후, 다샤는 현실적으로 러시아에서 외교관이 되려면 반드시 러시아에 돌아가 본국 대학원에 들어가야 하는데 자기는 죽어도 영국에서 대학원을 마치고 싶다고 했다. 또한 여태까지 러시아 대사들의 프로필을 나름 분석해보니 금융권에서 장기간 일하다가 발탁된 경우가 많다면서 먼저 증권과 금융, 유통 쪽에서 일을 해보겠다고 경제로 전공을 확정 지었다. 나와 몇 번 상의를 한 후 그녀는 훗날 러시아와 한국 관련 사업을 하고 싶다고 한국어와 중국어를 배우기 시작했으며 1학년 여름방학 동안 서강대학교에서 장학금을 받아 한국어 수업을 듣기도 했다.

이렇게 우리 둘은 매사추세츠 주의 외딴 환경에서 서로 의지를 하며 큰 꿈을 이루기 위한 현실적인 계획들이 조금씩 변경되며 모양새를 찾아가는 것을 지켜보았다. 비단 이런 건설적인 대화뿐만 아니라 우리는 어떤 일이든 함께하는 베스트 프렌드가 되어서 내가 한동안 바빠서 안 보이면 주위의 친구들이 항상 다샤에게 내가 어디 있는지를 물어볼 정도였다. 우리는 심각하고 진지한 이야기를 하다가도 어느 순간 가벼운 잡담이며 가십거리를 이야기하는 등 어떤 주제로든 장시간 대화가 가능했고 늘 즐거웠다. 하루 수업을 마치고 한 시간 정도 커피를 마시며 그날 떠오르는 생각을 날 것으로 주저 없이 모두 교환할 수 있는 소중한 친구를 얻었다는 걸 정말 큰 행운이라 여긴다. 다샤가 없었더라면 외딴 섬 같은 캠퍼스 생활이 많이 외로웠을 것이다.

다샤를 만나기 전까지 나는 정치나 외교에 전혀 관심이 없었다. 그래서 다샤가 베네수엘라 대통령이 죽었다는 뉴스를 보고 충격을 받을 때도 나는 어리둥절해하며 왜 그렇게 호들갑을 떠는지 의아해했다. 다샤는 아프간 전쟁이며 특히 전 세계에서 일어난 전쟁과 분쟁에 관심이 많았다. 종국에는 예술가들을 후원하는 메세나가 되고 싶다던 다샤가 전혀 다른 세상인 국제관계학이니 정치와 외교니 하는 사안에 관심을 보일 때마다 나도 모르게 영향을 받기 시작했다. 그래서 여태까지 한 번도 관심을 갖지 못했던 것에 호기심을 느꼈다. 일단 조심스럽게 최대한 나의 관심사와 맞닥뜨린 지점에서 발을 담그기로 했다. 나는 국가 지도자의 행동 하나에 담긴 상징성과 엄청난 파급력, 하나의 발언에 담겨 있는 수많은 정치적 의도와 그에 따른 해석을 파헤치는 것에 큰 흥미를 느꼈고 그것부터 정치와 외교에도 관심을 갖고 공부해나가자고 다짐했다.

이제 곧 3학년으로 올라가는 나와 다샤는 나란히 프랑스 파리 정치 대학과 독일 베를린 정경 대학에 합격하여 유럽으로 교환 학생을 함께 가게 된다. 한편, 2학년 여름방학 동안 내가 뉴욕에서 인턴십을 하는 동안 다샤는 러시아의 한 기업에서 인턴십을 마치고 영국으로 건너가 런던 정경대에서 비즈니스 수업을 들을 예정이다. 내 꿈을 가장 먼저 알아차리고 응원해주고 피드백해줄 수 있는 인재를 얻었다는 점이 나의 대학 시절 가장 큰 수확일 것이다.

또 다른 도전, 파리 정치 대학

처음에 유럽에 돌아가겠다고 결심한 이유는 단순히 유럽 친구들에 대한 애착을 특별히 더 갖고 있었기 때문인 것 같다. 그래서 런던에서 귀국하자마자 나는 대학교에 교환학생 프로그램이 있는지를 확인했고, 내가 불어를 구사할 줄 아니 자연스럽게 정착지는 프랑스로 정해졌다. 그중 일명 시앙스포Sciences Po라고 불리는 파리 정치 대학이 가장 끌렸다. 시앙스포는 전통적으로 프랑스의 역대 대통령, 국무총리, 장관, 국회의원, 외교관 등 주요 관계 및 정계 인사들을 배출한 엘리트 교육 기관인 그랑제콜Grandes écoles이다. 내가 이 학교에 대해 알게 된 건 최근에 한국계 입양아 출신으로 프랑스 올랑드 대통령에 의해 장관에 임명된 플뢰르 펠르랭에 대한 기사를 접하고 나서였다. 1973년 서울에서 태어나 생후 6개월 만에 프랑스 가정으로 입양된 펠르랭은 16세에 대학 입학 자격시험에 합격해 상경계 그랑제콜인 ESSEC과 시앙스포, 국립행정학교 ENA까지 마친 최고의 엘리트였다.

나는 그녀를 주제로 2학년 '현대 프랑스와 미디어' 수업시간에 10분간 프레젠테이션을 하기도 했다. 이 수업은 현대 프랑스가 백인, 가톨릭 중심의 사회에서 중동과 아프리카에서 밀려드는 이민자들 간의 갈등과 변화하는 프랑스의 모습을 다루었다. 프랑스는 유럽에서 이슬람교도들이 제일 많이 밀집해 있는 국가이다. 그런 탓에 수업은 당연히 프랑스 내 백인 가톨릭교도들과 무슬림, 흑인, 유대인들에 집중이 되고 아시아 이민자들은 언급조차 되지 못했다. 그래서 나는 마지막 프레젠테이션을 기회 삼아 강단 앞에 나가 불어로 "이번 학기에 많은 것을 배웠습니다만, 프랑스 내 아시아 이민자들에 대해 다루어지지 않는 것에 안타까웠습니다. 그래서 올랑드 정부에서 프랑스 장관으로 임명된 한국계 입양인 플뢰르 펠르랭에 대해 발표하고자 합니다."라고 운을 떼었다. 나의 발표는 큰 호응을 얻었고, 친구들은 교실을 나가면서 "하연, 오늘 발표 너무 좋았어."라고 다들 한마디씩 했다. 수업이 끝나고 교수님은 나를 찾아오셔서 극찬을 하시며 다음 학기 강의계획표에 나의 자료를 참고하시겠다고 했다. 한국에서는 버린 아이가 타지에서 장관직에 오르니 이제서야 반긴다고 비판의 목소리가 높지만, 이유야 어찌 되었든 한국에서 난 아이가 프랑스에서 첫 아시아계 장관이 되었다는 건 자랑스럽고 반길 일이다.

　파리 정치 대학에 지원하는 데는 그만큼 까다로운 조건이 따랐다. 미국에서 반드시 2학년을 마쳐야 한다는 점, 교환학생을 가기 전까지 매 학기마다 고급 프랑스어를 수강해야 한다는 점이었다. 수업은 당연히 불어로 진행되었다. 대학교에서 프랑스어 수업을 연달아 서너 개를 들으며 나는 단순히 언어뿐만 아니라 프랑스 문화, 사회, 정치 전반에 걸쳐 본격적인 관심을 갖기 시작했다. 프랑스 하면 무조건 덮어두고 '낭만적인 나라' 또는 '예술의 도시 파리'와 같은 단순한 이미지를 연상한 문구가 떠오르기 마련인데, 막연한 환상을 갖고 접근하는 게 아니라 한국과 프랑스를 철저하게 비교해보고 무엇을 배울 수 있는지를 달려들어 암팡지게 공부해야겠다는 생각이 드는 거였다. 프랑스가 예술의 나라라는 이미지를 구축하기까지의 과정이 그리 낭만적이지만은 않다는 것을 깨닫고 나는 꼼꼼하게 역사를 살펴봐야 하겠지만 한국에도 적용할 수 있다고 생각했다.

무엇보다 3학년 봄학기에 이미 파리 정치 대학으로 교환학생을 가는 것을 1년 전에 확정받아 놓은 상태였기 때문에 나는 끊임없이 동기부여를 해야만 했다. 프랑스에 가서 도대체 무엇을 공부할 것인지 미리 생각해놓지 않으면 런던에서 방황했던 것과 같이 낭패를 볼 것임을 이미 경험을 통해 잘 알고 있었다. 중요한 건 가서 무엇을 할까 생각하기 시작하는 게 아니라, 도착하면 무엇을 할지 미리 머릿속으로 그려놓는 자세다. 밑그림 없이 몸만 움직이는 것은 아무 소용이 없다. 경험상 '일단 도착하면 어떻게든 일이 풀리겠지, 예상하지도 못한 낭만적인 일이 일어날 수도 있어'라는 환상을 갖는 건 내 생활 근본이 흔들릴 수 있는 위험하기 짝이 없는 발상이다. 예기치 못한 사랑에 빠지더라도, 사랑에 휩쓸려가는 걸 방지하기 위해서는 적어도 내가 무슨 공부를 하며 살아갈 것인가에 대한 구체적인 답안이 나와야 했다.

프랑스 정치 자체를 공부할 용기는 없었던 탓에 나는 문화 진흥 정책 쪽으로 최대한 나의 현재 관심사과 맞물린 부분부터 조금씩 공부해가기 시작했다. 프랑스는 역대 정부들이 '강력한 문화 국가'를 표방해 문화 진흥을 국가 정책 목표의 최상위에 두고 힘을 실어왔다. "프랑스는 경제적 미래의 문화적 영향력과 문화 유산에 달려 있다."고 주장한 드골 대통령의 말과 같이 나는 한 국가의 문화가 창출해내는 엄청난 부가가치에 어렸을 때부터 무척 관심이 많았다. 내심 한국이 제발 그러기를 간절히 바라면서 말이다. 나는 예술가가 되는 것만이 아니라 예술행정에 대해서도 관심을 갖게 됐다.

처음에는 아무런 구체적인 계획 없이 덜컥 결정부터 하고 본 나의 파리 정치 대학 교환학생 프로젝트는 그렇게 나를 프랑스 문화부 장관과 문화 정책에 관심을 갖는 것으로까지 발전했다. 이는 아직 최종 허가를 기다리고 있기는 하지만 기존의 역사 전공 외에 내가 만든 '예술경영'과 '문화외교' 전공 중 문화외교 부분에 해당된다. 올 가을에 학교로 돌아가면 나는 소르본 대학교와 예일 대학교에서 수학한 프랑스 출신의 교수님과 개별연구를 하게 된다. 나는 대학에서 이미 불어 최고 레벨을 마쳤기 때문에 좀 더 난이도 높은 도전을 해보고자 한다. 프랑스는 세계에서 처음으로 문화부를 독립적으로 정부 행정 기간으로 두었는데, 파리가 아직도 강성한 것은 이렇게 미래를 구상한 지식인들이 있었기 때문일 것이라 판단하고, 샤를 드골 대통령 시절의 앙드레 말로 장관과 프랑수와 미테랑 대통령 시절의 자크 랑 장관의 업적을 중심으로 연구할 것이다. 학기 내내 두꺼운 불어 서적들에 파묻혀 살아야겠지만 흥분된다. 내가 공부한 게 나중에 국가를 위해 쓰임이 되기를 바랄 뿐이다. 이제 본격적으로 파리 유학에 앞서 고급 불어를 구사하기 위해 고급스러운 단어 선택이나 재치 있는 유머감각까지 갈고 닦아 프랑스의 모든 것과도 자연스럽게 어울릴 것이다.

큐레이터와 커피 한잔

내가 한 가지 정확하게 인지하고 있던 것은 여태까지 부모님의 아낌없는 지원과 후원 덕분에 물질적인 제약 없이 여기까지 잘 왔지만 미국에 온 바로 시점부터는 모든 것을 내가 일으켜야 한다는 점이었다. 소더비의 친구들이 국제적으로 사업을 하시는 부모님 덕분에 세계 어느 나라에 있던 부모님의 인맥을 고스란히 물려받는 반면에, 나는 미국에 아는 사람이라곤 초등학교 동창 인국이 단 한 명뿐이었다. 그러나 나는 불평하지 않았다. 나는 한국에서 좋은 교육을 받았고 사교성이 좋기 때문에 충분히 스스로의 힘으로 해낼 수 있다고 자신했기 때문이다.

대학교 입학 전 한 학기를 런던에서 보내면서 나는 아는 사람 한 명 없이 홀로 대도시에서 사는 게 얼마나 슬프고 외로운 일인지를 깨달았다. 소더비 학교 친구들이 유일한 지인들이라고 하기에는 이미 유럽에 터전을 두고 있었으며, 그들은 너무 바빴다.

나는 그때 절절히 깨달았다. 가족이 없는 상황에서 나만의 고유한 행동반경 안에 가까운 친구들을 만들지 않는다면 정상적인 사회생활이 불가능해진다는 점을 말이다. 나만의 터전을 갖는 것, 나만의 행동반경과 일정한 삶의 양식을 만들어 내는 것, 이것의 중요성을 뼈저리게 깨달았다. 미국으로 건너온 나는 무슨 일이 있어도 뉴욕과 보스턴을 비롯한 동부 지역에 아는 사람들을 최대한 많이 만들어 나만의 관계망을 만들고자 애를 썼다.

　나는 가장 먼저 학교 커리어센터와 동창회 모임 사무소에 찾아갔다. 내가 멤버로 활동하고 있는 마운트 홀리요크 칼리지 예비 로스쿨 연대 회장인 스웨덴 출신 엘렌이 동창회 모임 학생 담당자였다. 엘렌은 반갑게 나를 맞이하며 동창회 웹사이트와 비즈니스 소셜 미디어인 링크드인LinkedIn을 사용하는 방법을 상세하게 가르쳐주었다. 그 뒤로 나는 자투리 시간마다 졸업생 잡지를 읽으면서 관심이 가는 명단에 형광펜으로 표시를 해놓고 연락처를 알아내 수시로 이메일이나 전화통화를 주고받으며 졸업생을 인터뷰했다. 이를 흔히들 '정보 인터뷰information interview'라고 하는데, 평소에 관심이 있던 직종이나 학교 밖 현실 세계에서 돌아가는 상황이나 살아있는 정보를 얻는 데 큰 도움이 되었다. 내가 실질적인 도움이 당장 필요한 마음이 급한 4학년도 아니고 이제 겨우 2학년이라는 사실에 졸업생들은 신기해하면서 오히려 더 기특했는지 흔쾌히 더 많은 도움을 주려고 했다. 특히나 나는 학교 미술관 큐레이터와 친분을 쌓게 되었는데, 스미스 칼리지 미술학과를 졸업하고 20년 넘게 큐레이터로 일해온 웬디는 큐레이터라는 직업의 특성상 엄청난 네트워크를 구축해놓고 있었다. "적극적으로 교수님이나 졸업생을 찾아가 이야기를 하다 보면, 그들의 입에서 네가 연락해야 할 사람들의 이름이 한둘 나오게 되고, 또 그분들로부터 추가로 몇 명의 이름이 더 나오게 되면서, 너만의 고유한 인적자원을 형성하는 거란다."라고 금쪽같은 조언을 해주었다. 웬디는 내가 먼저 부탁해 찾아간 그녀의 오피스에서 나의 계획과 관심사를 물어보곤 각 계각층에서 활동하고 있는 자신과 친분이 있는 졸업생들의 이름과 정보를 프린트해서 건네주었다. 결국 나는 그녀에게 단순히 도움을 받는 학생 신분이 아닌, 그녀와 학교 카페에서 함께 커피를 마시며 이런저런 세상 돌아가는 이야기를 나누는 친구 사이가 되었다.

보스턴까지는 1시간 30분, 뉴욕까지는 3시간이면 갈 수 있는 매사추세츠 서부에 위치한 마운트 홀리요크는 위치상 장점이 많은 곳이다. 나는 평일에 학교 과제를 최대한 마쳐놓고 금요일 아침에 떠나 일요일 저녁에 돌아오는 생활을 반복했다. 버몬트 구석에 있는 미들버리나 근처 뉴햄프셔에 위치한 다트머스 등 많은 동부의 학교들이 대도시와 너무 멀어 엄두도 못 내는 반면에 나는 두 도시를 비교적 자유롭게 돌아다닐 수 있었고, 덕분에 뉴욕과 보스턴에서 사는 파슨스 패션 스쿨 교수, 하버드 비즈니스 스쿨 재학생, 인수 합병 전문 변호사, 여행지 편집장, 미술 경매 회사 인턴까지 직접 만나보고 이야기를 들으며 차츰 나의 미래에 대한 구체적인 구상을 할 수 있게 되었다.

나는 작고 아담한 느낌의 교육 도시 보스턴보다는 바쁘고 화려한 뉴욕에 더 매력을 느꼈다. 처음에는 너무 복잡하고 더러운 뉴욕에 실망하고 싫어했지만 결정적으로 이 도시에 흥분을 하게 된 이유는 바로 뉴욕에서 내가 만나야 할 사람들을 만나게 되었기 때문이었다. 사실 런던을 떠나면서 나는 지구 반대편에서 새로운 출발을 하게 되면 다시 이 친구들을 보기가 어려울 거라는 아쉬움을 가지고 있었다. 그러나 얼마 지나지 않아 상당수의 친구들이 메트로폴리탄 미술관에서 일하기 위해, 또는 석사과정을 하기 위해, 부모님의 사업을 물려받기 위해 등 다양한 이유를 가지고 뉴욕으로 건너왔다. 놀라워하는 나를 보고 친구들은 '제트족jet-set'이기 때문에 가능한 거야."라고 농담처럼 이야기했지만 나로서는 새로운 차원의 세계를 알게 된 기분이었다. 내가 높이 올라갈수록 전 세계에 흩어져 있는 친구들도 결코 거리감 있는 딴 세상 사람들이 아니라 언제든지 만날 수 있다는 점을 깨닫게 된 것이다. 또한 그런 사람들이 모이는 도시가 바로 뉴욕이라는 점에 나는 매료되었다.

우리 학교에는 특히나 뉴욕 출신의 학생들이 많았다. 나와 동기인 오필리아와 캐롤라인은 서로 고등학교 동창으로 맨해튼 어퍼 이스트 사이드에 위치한 명문 여고인 브리얼리 스쿨The Brearley School을 나왔다. 미국에서 영어 다음으로 스페인어가 가장 많이 쓰인다고는 하지만, 아직까지 보수적인 뉴욕 가문에서는 불어를 선호하는 듯했다. 영국인 아버지와 켄터키 출신 어머니를 둔 캐롤라인은 나와 같은 프랑스어 반이었는데, 필름 스터디 전공에 특히나 프랑스 영화에 조예가 깊었고 오랫동안 사귄 프랑스인 남자 친구가 있어 뉴욕과 파리를 3개월마다 번갈아 들락날락하는 즐거운 수다쟁이였다. 그녀는 가족 전부가 아이비리그 다트머스를 나왔지만, 다트머스 레거시legacy(동문 자녀에게 가산점을 주는 미국 대학제도)를 포기하고 마운트 홀리요크를 선택하기도 했다. 그녀와 나는 어느 날 학교 앞 일본 레스토랑에서 초밥을 먹으며 여고-여대의 코스를 밟는 우리의 신세를 장난스럽게 한탄하고 있었다.

"아, 브리얼리는 참 좋은 학교였지. 어퍼 웨스트 사이드에 있는 남고 콜레지에이트Collegiate와 남매학교고 근처 채핀Chapin과 스펜스Spence와는 경쟁자이자 또 자매학교이기도 하잖아?" 내가 이렇게 말을 꺼내자 자연스럽게 대화가 뉴욕의 고등학교 이야기로 흘렀다. 캐롤라인은 한국에서 온 내가 맨해튼에서 돌아가는 일상에 대해 훤히 알고 있다는 점에 놀라워했다. 사실 내가 브리얼리 스쿨에 대해 알게 된 건 순전히 캐롤라인 케네디가 다녔던 학교였기 때문이다. 게다가 콜리게이트는 그녀의 남동생 존 F. 케네디 주니어가 다닌 학교였으므로 이미 알고 있던 정보였다. 재클린 케네디에 대한 것이라면 무엇이든 샅샅이 찾아보다 보니 자연스럽게 알게 될 수밖에 없었다. 열세 살까지 파크 애비뉴 740 아파트에 살던 재키는 대공황 이후 가세가 급격하게 기울면서 뉴욕을 떠나게 된다. 그 후, 세월이 많이 흘러 1964년 남편 케네디 대통령이 암살된 후 백악관을 나와 1950년대에 신혼집을 차렸던 조지타운에 다시 돌아갔다. 그녀는 밀려드는 관광객들과 염탐하는 기자들 때문에 도저히 스트레스를 못 이기고 4개월 만에 20대 중반부터 10년 동안 살았던 미국의 수도 워싱턴을 저버리고 뉴욕으로 거처를 옮긴다. 이때부터 죽을 때까지 재키는 1040 피프스 애비뉴 아파트에서 살게 된다. 그러니까 내가 관심 있게 보았던 재키의 뉴욕 라이프는 1960년대부터 1990년대 초반까지 이어졌던 것이다. 재키의 동선을 따라가다 보니 나는 자연스럽게 뉴욕 상류층의 세계와 도시의 급격하게 변화하는 모습까지 구석구석 알게 되었다.

재키의 책을 들여다보며 한국에서 내가 늘 궁금했던 것은 미국의 기부 문화였다. 왜 미국에서는 부유층이 기부하는 문화가 너무나 당연한 관습으로 잡았는지, 그 반면에 우리나라에서 기부라는 게 왜 아직도 어색하고 재미없는 형식에만 그치는지 궁금했다. 그리스 선박왕 오나시스의 부인이 된 '재키 O' 통해 본 그녀의 영부인 이후의 삶은 뉴욕에서의 선거 자금 모금 파티, 기부금 갈라, 자선 파티나 사교 모임으로 가득했다. 각계각층의 인사들이 한데 모여 신인 디자이너의 드레스를 입고 축제를 하듯 즐기되 반드시 그에 따른 책임으로 자선단체라든가 좋은 목적에 쓰이도록 하는 게 하나의 암묵적 룰로 잡혀 있다는 게 나는 신기했다. 결국 미국의 사교 문화라는 것도 유럽 귀족 사회에서 수입한 것일 텐데 말이다. 한 사회가 국제적 문화의 중심지가 되었을 때 이러한 긍정적인 결과물을 도출하는 파티 문화가 절정에 오른다는 생각이 든다.

뜻밖에도 미국에는 문화부 장관이 없다. 유럽의 국가들과 한국을 비롯한 많은 나라들이 정부 주도의 예술 부흥 정책을 펼치는 반면, 미국은 이를 전적으로 개인의 자율에 맡긴다. 그럼에도 뉴욕을 전 세계적 문화, 예술의 중심지로 만드는 데 성공했다는 것에 흥미를 느꼈다. 나는 기부 문화의 발원지를 찾아 카네기재단부터 뉴욕 현대 미술관을 설립한 세 여성들에 대한 연구를 통해 '20세기 미국사' 시간에 페이퍼로 제출하기도 했다. 그러면서 차츰 나는 여성들의 역할에 대해 고민하기 시작했다. 프랑스 미술만을 찬양하고 미국 미술은 폄하하던 20세기 초 메트로폴리탄 미술관의 정책에 대항해, 아방가르드 미술을 후원하고 미국의 재능 있는 화가들을 찾아내 전시회를 열어주는 것은 바로 여성 지식인들의 몫이었다. 그들의 노력 때문에 세계문화의 중심이 파리에서 뉴욕으로 넘어올 수 있었다고 생각한다. 뉴욕에서 일하는 여성들을 만나면서 느낀 점이 많았다. 다양한 문화 예술 분야에 수많은 여성 지식인들이 진입해야만 시장이 커지며, 또한 거대한 시스템이 굴러갈 수 있다는 점이다. 한국의 너무 많은 여대생들이 취업에 시간을 쏟는 것만 같아 안타까웠다. 갇힌 도서관 공부에서 빠져나와 다양한 문화 예술 영역에 관심을 둘 수 있을 때 우리나라에도 이러한 풍성한 문화가 안정적으로 자리 잡을 수 있을 것이라 생각한다.

내가 세상을 바라보는 시각이 넓어졌다고 느끼게 된 계기는 국제사회의 '크림'으로 올라갈수록(영어에서 '크림'이라는 단어는 특정 무리에서 최고의 인물들, 최고의 것들을 뜻하기도 한다) 그 세계는 매우 좁다는 것이었다. 처음에 뉴욕에 방문을 했을 때는 친구의 도움 없이는 지하철도 혼자서 못 탈 만큼 거대한 도시로 다가왔지만 매번 갈 때마다 열심히 살펴보고 공부를 하면서 맨해튼도 결국 매우 작은 '타운'에 불과하다는 점을 느끼게 되었다. 패션, 미술, 영화, 저널리즘 할 것 없이 모든 산업이 복잡하게 얽혀 있고 서로가 서로를 알고 있다는 것을 발견했다. 마운트 홀리요크의 주말은 코네티컷에 있는 집으로 돌아간다거나, 매사추세츠

케이프 코드 별장에서 쉬고 온다거나 하는 학생들로 진풍경이
벌어진다. 나 또한 보스턴 시내 골목길에서 친구의 룸메이트를
마주치는가 하면, 코네티컷 한 대학 캠퍼스에서 고등학교 동창
모임을 하러 온 학교 친구를 마주치기도 했다. 게다가 가을방학
을 맞아 버몬트 주로 학교 친구들과 드라이브를 나갔다가 바로
옆 뉴햄프셔 주에 있는 다트머스 대학에 계획 없이 들려서 아는
친구들을 불러내곤 했는데, 이때 길거리에서 우연히 내 중학교
때 친구의 단짝친구를 만나기도 했다. 그 큰 미국에서도 모두가
연결되어 있고 행동반경이 비슷하다면 언제든지 만날 수 있다
는 것을 배웠다. 그리고 결국 그들이 함께 일하는 동료 사이가
된다는 것이 뜻깊었다. 반복해서 이런 일을 겪으며 나는 자연히
세계 어떤 장소이든 심리적인 거리가 좁혀지는 현상을 겪었다.
그만큼 나의 역량도 커졌다는 의미일 것이다. 세계가 나의 무대
라고 여겨지는 순간이니까.

이색적인 배움의 공간

학기가 채 끝나기도 전에 한국에 계신 부모님과 긴밀하게 상의
하며 2학년 여름방학을 어떻게 보내야 할지를 고민했다. 부모
님과 나는 아무래도 대학생 때 좀 더 많은 경험을 쌓은 후 미국

에서 일을 시작하는 게 좋겠다고 판단했고 여름방학을 보낼 장소로는 일본이나 중국이 물망에 올랐다. 4개월 가까이 되는 여름방학 동안 도쿄에 있는 대학에서 일본어 수업을 들어서 일본어 실력을 기르거나, 중국 칭화 대학교에서 계절학기 수업을 들으며 베이징에 있는 중국에 대한 견문을 넓히는 게 좋겠다는 전망이었다.

그러나 겨울방학 동안 한국에 돌아가지 않고 학교에 남아 원고를 쓰고 있던 나는 새해 첫날 우연히 졸업을 앞둔 4학년 한국인 선배를 만나 새벽 4시까지 대화를 하며 이런저런 조언을 듣게 되었다. 국제학생 신분으로는 훨씬 전부터 미리 차근차근 미국에 정착할 준비를 해야만 한다는 현실적인 깨달음을 얻게 되었다. 새삼 고등학교 때와는 역시 다르다는 걸 깨달았다. 이때만 해도 여기저기 내가 내키는 것에 천착하여 추구해나갈 수 있었으나, 대학생이 된 만큼 중구난방으로 모든 것을 할 수는 없으며, 점점 가닥을 잡아가야만 포커스를 맞추고 인생을 일관되게 살 수 있다는 깨달음이었다.

2학년인 지금부터 졸업하기 전까지 약 2년 남짓한 시간 동안 많은 것을 준비해야 할 필요성을 느끼고 뉴욕에 집중하자는 결론을 내렸다. 나와 런던 소더비 학교에서 같은 반이었던 스위스 투자은행 부회장의 딸인 캐롤라인은 로잔 호텔 대학교 입학 전에 이미 런던에 있는 유명 갤러리와 취리히 크리스티 미술 경매

회사에서 인턴을 하고 곧 스위스의 한 호텔에서 경력을 쌓을 터였다. 뉴욕으로 거처를 옮긴 대만 승마 선수 재스민은 아이비리그 유펜을 졸업하고 뉴욕 소더비 본사에서 주니어 카탈로거cata-loguer(카탈로그를 제작하는 전문가) 일을 시작했고 말이다. 이에 자극받은 나는 자연스럽게 뉴욕 록펠러 센터의 맞은편에 위치한 크리스티 본사에 인턴십 지원을 마음먹게 되었다. 이때 메트로폴리탄 미술관에서 일하고 있던 또 다른 소더비 출신 친구 알렉시아가 아마도 추천인이 반드시 필요할 거라고 조언을 해주어서 나는 곧바로 마운트 홀요크 졸업생 명단을 찾았다.

나는 〈아트뉴스〉 헤드라인을 화려하게 장식한 크리스티의 스페셜리스트 제니퍼 보바흐가 우리 학교 출신이라는 것을 찾아내고 바로 연락처를 알아내 이메일을 보냈다. 제니퍼 보바흐는 파리에서 출생해 스위스 제네바 국제학교를 다니고 마운트 홀리요크에서 미술사를 전공한 뒤, 뉴욕 크리스티에서 일하기 시작해 씨티은행 미술품 컬렉션 고문직을 역임한 뒤 크리스티 국제지부 총책임자로 일하다가 현재 뉴욕에서 아트 딜러로 일하고 있었다. 다음날 아침 그녀에게서 도착한 이메일은 자신의 어퍼 이스트 사이드에 있는 파크 애비뉴 아파트로 초대하는 내용이었다. 나는 한걸음에 뉴욕으로 달려갔다. 초대받은 그 주말, 맨해튼의 최고급 주택들이 늘어서 있는 파크 애비뉴 82번가에 도착해 정확한 위치를 찾지 못해 두리번거리고 있었다. 그때 도

어맨이 다가와 누구를 찾느냐고 물었고 내가 제니퍼 보바흐를 찾는다고 하자, 그는 활짝 웃으면서 바로 이 건물에 산다고 말해주었다. 엘리베이터보이의 안내를 받고 올라가니 60대라고는 믿겨지지 않을 만큼 젊어 보이는 제니퍼와 강아지와 함께 마중 나와 있었다.

그녀의 아파트에 들어서 소파에 앉자마자 놀랍게도 내 바로 맞은편에 한국의 유명한 화가 이우환의 작품이 걸려 있었다. 그의 그림을 알아본 내가 그림에 대해 이야기하기 시작했고 우리의 대화는 순조롭게 풀려나갔다. 내친김에 제니퍼는 자신의 아파트를 구경시켜주었다. 마치 갤러리처럼 화이트 컬러의 벽에 수많은 작품들이 전시되어 있는 제니퍼의 아파트는 매우 흥미로웠다. 그녀의 아파트에는 루치오 폰타나와 제프쿤스의 대형 풍선 강아지의 미니 버전과 일본 작가의 비디오 아트까지 설치되어 있었다. 제니퍼와 나는 차를 마시며 정확히 1시간 30분 동안 뉴욕 미술 시장과 아트 딜러의 세계, 미술책, 크리스티를 소유하고 '구찌'와 '입생로랑' PPR 그룹과 회장이자 제니퍼의 상사였던 프랑수와 피노와 그가 설립한 재단과 미술관, 1980년대 영국인들이 득실거리던 뉴욕 크리스티에서의 제니퍼의 경험담, 그녀가 여태까지 만나온 사람들, 그리고 나의 꿈과 미래 계획 등 다양한 주제에 대한 대화를 나누었다.

나는 제니퍼가 역사 속에서 존경하는 아트 딜러가 누구인지 물어보았는데, 재미있는 것은 내가 앙브루아즈 볼라르에 대해 이야기하기 시작하자 제니퍼는 놀라워하며 내가 그 이름을 언급한 게 흥미롭다면서 자신이 《뉴욕 타임즈》에 칼럼을 쓸 때 필멍이 바로 프랑스 이름 앙브루아즈의 여성형 앙브루와지am-broisie라는 것이다. 앙브루아즈 볼라르는 19세기 말부터 20세기 초의 미술계의 거장들을 손수 만들어낸 장본인이라 불릴 수 있을 정도로 대단한 아트 딜러이자 후원자였다. 나는 그에 대해 관심이 많아 닥치는 대로 자료를 구해 읽었는데, 생일이 나와 같아서 더욱 각별하게 생각하고 존경했던 미술사의 인물 중 하나였다.

한 시간 반가량에 걸친 대화가 끝나갈 무렵, 제니퍼는 나에게 자신을 찾아온 이유를 물었다. 솔직하게 말했다.

"제게 익숙한 건 월스트리트나 미술계지만 할리우드 영화계에도 관심이 많고… 그렇지만 익숙한 건 아무래도 크리스티 같은 이름이니 크리스티에서 인턴십을 해볼까 해서요."

제니퍼가 사람을 꿰뚫는 듯한 눈으로 나를 보며 말했다.

"흠, 내가 보기에 너는 미술계 쪽으로 큰 관심이 없어 보이는 것 같아. 내 친구 앤의 회사에서 일해보는 게 어때? 앤은 뉴욕에서 아트 매니지먼트 회사를 운영하고 있는데, 영화 쪽에 많은 사람들을 알고 있어. 너의 성격과 앤의 회사가 잘 어울릴 것 같아."

그 후 간단한 전화 한 통으로 나는 비공개 미술품 경매, 미술관 비영리단체 모금 파티와 갈라, 자선 경매를 주최하는 앤의 회사에서 여름방학 동안 일하게 되었다.

8장

진정한 공부는
지금부터 시작이다

Duty of the Life

그녀를 이해하기까지

여름방학이 되어 한국으로 돌아오기 며칠 전, 뉴욕 록펠러 센터
근처 대형서점 반즈앤 노블에 들려 새로 나온 재클린 케네디 오
나시스 전기를 샀다. 2011년에 공개된 육성 파일 오디오 CD를
듣고 과연 누가 가장 먼저 이 새로 나온 자료를 반영했는지 궁
금하던 차에 내가 뽑아 들은 책이 1975년 이후의 재키 오나시
스의 삶을 다루고 있어 반가웠다.

 그 후 유니언 스퀘어에 있는 유명한 중고서점 스트랜드에 들
려 케네디 책들을 추가로 구입했다. 다른 종류의 책들을 추가로

몇 권 더 샀는데, 너무 많이 사는 바람에 공항에서 무게를 재어보니 책 무게만 10킬로그램이 넘어 따로 담아 들어야 했다.

먼저 케네디 부부와 친분이 깊었던 〈워싱턴 포스트〉의 편집국장 밴 브래들리의 《케네디와의 대화》를 반값에 샀다. 여름방학부터 나는 케네디 주변 인물들과 당시 언론인들이 쓴 저서들을 차례로 읽어나갈 계획을 세웠다. 이를테면 보좌진 구성원들부터 파헤쳐, 연락과 입법부 담당이었던 오브라이언, 면담 사전 약속 담당 비서관인 오도넬, 정무 담당 비서관 파워스, 공보 담당 비서관 샐린저와 공약, 정책 담당 특별 보과관이었던 소렌슨이 첫 타자였다. 이들은 각각 1960년 대선 캠페인과 1963년 케네디 죽음 전후로, 케네디의 긴밀한 협조를 통해 전기를 출판하거나 케네디 정부 출범 이후 정세를 분석한 책을 출간했는데, 이들은 지금까지도 역사학자들이 연구를 하는 데 있어 핵심적인 1차 자료 역할을 한다. 내가 궁금했던 것은 케네디가 이들이 책을 쓰는 데 있어 어디까지 개입을 했고 어디까지 작가의 자율에 맡겼는지였다.

언론인 부분에서는 〈뉴스위크〉의 밴 브래들리, 〈타임〉의 휴 사이디, 〈라이프〉의 시어도어 화이트, 〈채터누가 타임즈〉의 찰리 바틀렛까지 샅샅이 살펴보며 어디까지가 사적인 부분이고 공적인 부분이었는지 그 경계선을 살피고 케네디 본인과 가족들, 친구들이 물심양면으로 도운 전기 작업에서도 어디까지 편집권 행사를 했는지를 살펴볼 요량으로 열심히 읽었다. 이를테면 언론과의 밀월여행에서 적당한 선이 어디까지인가를 알아보는 공부였다.

여름방학 내내 내 스스로에게 부여한 과제에는 존 F. 케네디의 딸 캐롤라인 케네디 슐로스버그의 전기를 읽는 것도 포함이 되었다. 엄마가 나를 낳기 훨씬 전인 처녀 시절부터 교육서적을 섭렵했다는 말을 가슴 깊이 담아두고 자연스레 나도 당연히 그렇게 해야 한다고 결심하고 있었기 때문에, 재키가 어떻게 유명세를 치르면서도 아이들을 제대로 키워냈는지를 알아보면서 자녀교육에 대한 공부를 시작하는 것도 좋은 출발점이라 생각했다. 《스위트 캐롤라인: 카멜롯이 마지막 아이》의 저자 크리스 포터 앤더슨은 대중지 〈피플〉의 시니어 에디터로서의 경력을 십분 발휘해 32권에 달하는 유명인사 전기를 집필했는데, 그중 재키와 잭의 결혼생활에 대한 심도 있는 연구서는 이미 나의 1학년 2학기 도서목록에 들어 있었다. 대학생이 되었으니 이제 제대로 된 어른 공부를 하자는 생각이었고, 누가 가르쳐주지 않아도 커리큘럼을 능숙하게 짰다.

무엇보다 한국에서 읽어보기를 그토록 간절히 바라던 《재클린 케네디 오나시스: 아메리카의 여왕》을 손에 넣었다는 점이 나를 매우 흥분케 했다. 옥스퍼드에서 역사학도로 훈련을 받은 전기 작가 사라 브래드포드가 4년이라는 시간에 걸쳐서 낸 이 세계적인 베스트셀러는 재클린 부비에 케네디 오나시스의 연대순 일대기로서 기왕의 전기와 확연한 차별성을 갖는다. 먼저 500여 쪽에 달하는 방대한 본문에 무려 1,167개의 주석이 달려 있는 이 책은 어디에도 공개되지 않았던 재클린 케네디의 여동생 리 라지윌을 비롯한 수많은 인사들의 미공개 인용구들이 등장한다. 브래드포드가 이들의 협조를 받을 수 있었던 데에는 몇 권의 전작들이 그 진가를 인정받았기 때문일 것이다. 나는 재클린의 일생을 다룬 백과사전이라 할 수 있는 이 책을 읽으며 엄청난 분량의 정보를 소화해야 했지만 그동안 차곡차곡 읽어둔 책들이 있어서 순식간에 머릿속에서 잘못된 오류들을 바로 잡으면서 단숨에 읽어 해치울 수 있었다.

그동안 한국에서 찾아 읽었던 재키에 대한 책들은 만족스럽지 못했다. 20, 30대 젊은 여성들의 구미에 맞추기 위한 가벼운 서적이 주종을 이룬다. 재클린 케네디에 대해 심도 있게 다룬 책은 찾아볼 수 없었으며, 그나마 우리나라에서 1992년에 출간된 《재키라는 이름의 여자》도 일찌감치 품절되었다. 나머지 책에는 잠깐 등장하는 경우가 대부분이고 그마저도 이미 뻔히 알고 있는 내용을 정리해서 올린 것 외에 특별할 게 없다.

우리나라의 상황과 달리 미국에서는 재클린 케네디를 소재로 출간된 전기가 굉장히 많다. 한국에 있을 때 나는 서초동 국립중앙박물관에 달려가서 원서를 찾아 들추어보거나 아마존에서 해외배송 또는 온라인 서적 킨들을 사용해 정보를 보충했다. 미국에는 재클린 케네디의 영부인 시절 비밀경호원의 회고록부터 공식석상 의전용 의상 담당 디자이너, 백악관 언론 대변인, 전문 사진기사, 사촌 남동생, 개인비서와 유모가 쓴 글까지 그 종류가 다양해 수많은 정보를 얻을 수 있었다.

인물 탐구의 즐거움

미국에서 1학년 2학기를 보내며 가장 크게 얻은 것 중 하나는 바로 재클린 케네디 오나시스란 이름의 여자를 진심으로 이해하게 되었다는 점이다. 열일곱 살 나의 상상력을 사로잡은 재키에게서 나는 문학 속에서만 보던 완벽한 삶을 살아가는 히로인의 모습을 보았다. 소설 속에서만 존재하던 나의 영웅을 실제로 재현해낸 듯한 삶을 가지고 있던 재키에게 나는 열광했고, 그녀를 동경했다. 하지만 곧 완벽하던 이미지가 산산조각이 나는 순간을 목격했고 매우 분노할 수밖에 없었다. 하지만 그러한 순간에도 나는 재키가 결국 나약한 인간임을 알면서도 놓아버리지 않고 왜 그러한 결정과 행동들을 할 수밖에 없었는가를 이해하려고 애를 쓰며 나도 모르게 노력했다. 어쩌면 너무 많은 것을 알지 않는 것이 동화 같은 이미지를 간직하는 데에 도움이 되었을 것이다. 하지만 나는 이미지를 넘어 진실을 알고자 했고, 나로서는 매우 고통스럽고 힘든 작업이었다. 그렇게 해야지만 내가 그녀에게서 배워야 하는 정수를 볼 수 있다고 판단했다. 그래서 결국 내가 깨달은 것은, 나는 재키를 결코 미워할 수 없다는 사실이었다. 나는 재키를 더 이상 살아 움직이지 않는 신화, 우상으로서 여기는 것이 아닌 한 인간으로서의 그녀를 받아들이게 되었다. 충분히 실수와 결함이 있는 인간적인 면모를 받아들이게 되며 그녀를 한 인간으로서 깊숙한 이해를 하고 측은하게 여기고 동정하는 마음까지 생기게 된 것이다.

그러나 이런 이해는 어느 날 갑자기 얻어진 것이 아니며, 그녀를 처음 알게 된 고등학교 1학년 때부터 5년이라는 시간에 걸쳐 서서히 진행되었다는 사실을 문득 깨달았다. 수많은 학자와 작가들의 노력 덕분에 나는 재클린 부비에 케네디 오나시스라는 인물을 다양한 시각에서 입체적으로 볼 수 있게 되었으며, 더 나아가 시대의 흐름을 읽는 눈을 갖추게 되었다. 하지만 만약 내가 외국에 나와 수많은 책들을 손에 넣을 수 없었다면 절대로 그렇게 하지 못했을 것이다. 재키에 대해 쓰인 영어 책이 가득한 장소가 너무 간절했는데, 대학교에 와서 비로소 행복한 바람이 실현되었다.

나의 한 인물에 대한 환상과 잘못된 판단은 단순히 책 한 권 때문에 빚어진 일이었다. 내가 그 환상을 깨부수고 분노하는 대신에 객관적인 사실을 바탕으로 '이해'를 하게 되기까지는 이를 보충해줄 2차 자료가 미국에 풍부했기 때문이다. 수많은 사람들이 한 인물에 대해 쓴 책을 읽으며 이쪽저쪽에서 의견을 수렴하고 나만의 독자적인 의견을 만들어 판단을 할 수 있었다. 역사란 문학 장르와도 같다. 객관적인 사실을 조합하고 풀어내는 과정에서 작가의 언어를 통해 소설과 같이 색채가 입혀지게 된다. 새삼 우리나라 출판과 전기 시장의 빈약함에 대해 절감하게 된다.

현실을 뛰어넘는 환상만큼 중요한 것은 환상 뒤에 웅크리고 있는 현실이다. 나는 비록 외국의 영부인에 대한 백 권에 가까운 책을 읽으면서 나의 미래를 구상하게 되었지만, 앞으로는 우리나라에서도 우리의 매력적인 인물들이 충분히 연구되고 소개될 수 있는 환경이 조성되었으면 좋겠다.

이 즈음에서 내가 해야 할 일을 찾아보기 시작했다. 먼저 내가 읽을 재클린 케네디 오나시스 전기 작가들을 주목했다. 위에서 언급한 《재클린 케네디 오나시스: 아메리카의 여왕》의 저자 사라 브래드포드는 영국 여자로, 옥스퍼드를 졸업하고 크리스티 경매 회사에서 일한 경력이 있는 재원이다. 현재 영국 귀족과 결혼해 작위를 받기도 했는데, 편안하고 안락한 삶에 안주하지 않고 자신의 지적인 관심사에 천착해 5년에 걸친 연구를 통해 이 책을 써냈다는 게 매력적이었다. 고등학교 때 읽은 《워너

비 재키》를 쓴 티나 플래허티는 뉴욕 어퍼 이스트 사이드 피프스 애비뉴에 사는 재키의 이웃주민으로서 생계가 급한 사람들은 아니었던 걸로 보인다. 그러나 안락한 환경과 상관없이 개인적인 탐구 주제를 가지고 그것에 대해 글을 써내는 작업을 했다는 것이 참으로 인상적이었다. 이들이 쓴 책을 통해 나는 쉽게 접할 수 없는 세계를 볼 수 있는 기회를 얻고 결국 성장시키는 땔감으로 썼다는 점에서 지식인의 의무라는 생각을 하게 되었고, 이런 지식을 접할 수 있는 기회를 누린 나 또한 글을 써내야 하는 이유를 깨닫기 시작했다.

강도 높은 글쓰기 훈련

무엇보다 나는 재키가 글을 아주 잘 썼다는 게 부러웠다. 1950년 조지 워싱턴 대학교로 편입한 후 4학년이 된 스물세 살의 재클린 부비에는 〈보그〉의 그랑 드 프리 파리 문예 대회에서 1등으로 뽑히게 된다. 그녀가 제출한 글은 500자짜리 에세이와 단편 소설, 짧은 자기소개서와 잡지 레이아웃 구상안까지 총 20페이지 분량이었다. '내가 알았더라면 좋았을 사람들'을 주제로 쓴 에세이에서 재키는 로맨틱한 면모를 마음껏 발휘해 프랑스 시인 샤를 보들레르Charles Baudelaire, 아일랜드 작가 오스카 와일드

Oscar Wilde 그리고 러시아 발레 프로듀서인 세르게이 디아길레프 Sergei Diaghilev를 꼽았다. 나는 나이 스물셋 재키의 유려한 글 솜씨에 감탄을 하며 원본을 구해 베껴 써보기도 했다.

그녀의 모든 전기에는 거의 빠짐없이 20대 초반 그녀가 공식적으로 써놓은 이 글들이 인용되며 영부인이 어렸을 때부터 얼마나 스타일리시하고 예술적 재능이 풍부했는지를 뒷받침하는 참고자료가 되곤 한다. 나는 글을 잘 쓴다는 것이 커다란 자산이 될 수 있음을 깨달았다. 그래서 먼저 20페이지짜리 글을 쓰는 데 무리가 없어야 한다고 계산했다. 짧게는 3~5페이지에서 길게는 15~20페이지에 달하는 글을 어떤 주제가 던져지든 정보를 수집하고, 그 정보를 체계적으로 분석한 다음, 나만의 생각이 충실히 반영된 글을 써내는 능력을 갖추길 원했다.

미국 대학교 원서 준비를 하면서 필수적으로 써야 하는 커먼 앱Common App 에세이와 지원하는 학교마다 요구하는 서플 에세이Supplement Essay 등 각각 500자씩 열 개가 넘는 글을 쓰느라 엄청 골머리를 앓았다. 유학 컨설팅 업체의 도움을 받지 않고 오로지 혼자의 힘으로 해결하겠다고 결심했을 때 덜컥 겁이 나기도 했지만, 외부의 도움을 받고 세련되게 포장되어 조금 더 높은 순위의 대학에 가봤자 결국 내 진짜 실력이 언젠가는 들통날 것이라는 결론을 내렸다. 수천만 원에 달하는 비용도 비용이었지만 무엇보다 숙련된 어른들의 생각을 교묘하게 내 글에 삽

입해 마치 모든 것이 나인 것처럼 행세해야 한다는 것이 무척 자존심이 상했다. 더군다나 나 자신의 한참 부족한 수준을 정확하게 파악하고 있었다. 생각하는 힘을 기르고 내면에 깊이를 더하는 훈련을 시작한 지 고작 2년밖에 되지 않은 상태에서 어떠한 형태로든 완성된 글을 써본 적이 없던 것이다. 끊임없이 일기를 쓰고, 떠오르는 생각을 적고, 읽은 책의 인상적인 부분을 베끼며 내공을 차곡차곡 쌓아가는 작업을 2년 동안 꾸준히 해왔으나 결정적인 결과물이 나온 적은 없었다. 하나의 완성된 글을 써내는 것이란 엄청난 동기와 극도의 스트레스를 동반하는 일이기에 나는 그렇게까지 나를 밀어 넣을 자신이 없었는지도 모른다. 그래서 대학 지원 에세이가 여태까지 공부를 마무리하며 실력을 한 단계 도약할 수 있는 좋은 기회라고 생각했다. 대학 지원이 인생의 마지막이 아닌, 그 뒤에 더 큰 목표를 위한 하나의 과정이라 냉정하게 판단했기에 가능한 모험이었다. 나는 우선 목표를 '글을 좀 더 잘 쓰는 것'에 맞추기로 했다.

인문학을 중시하는 리버럴 아츠 칼리지에 1학년으로 입학한 뒤, 내가 고등학교 3학년 10월부터 거의 6개월에 걸쳐 그 어떤 손길도 거치지 않고 혼자만의 힘으로 500자 에세이에 매달려 완성한 경험을 해본 게 얼마나 다행인지 모른다고 생각했다. 대학교에 입학하자마자 교수님은 바로 15쪽짜리 페이퍼를 과제로 내주셨다. 그제야 말로만 듣던 강도 높은 글쓰기 훈련을 시키기로 유명한 리버럴 아츠식 대학 교육에 입성했음을 깨달았다. 이곳에서는 모든 시험이 페이퍼로 이루어진다. 기말고사가 닥칠 때마다 내가 마치 페이퍼를 찍어내는 공장 기계 같다고 생각할 정도로 많으면 50~60페이지에 달하는 글을 써내야 한다. 글 쓰는 것은 근력운동이나 다름없다. 처음에 가벼운 운동을 반복적으로 한 뒤 강도 높은 운동으로 넘어가는 것처럼, 500자 내지 한 바닥 에세이를 쓰는 것으로 준비운동을 한 덕분에 역량을 한꺼번에 초과하지 않고 분량을 조금씩 늘려가며 한 호흡에 비교적 많은 페이지 수의 글을 쓰는 방법을 익힐 수 있었다. 요령을 피우지 않고 정공법을 택해 세련되지 못한 서투른 글이더라도 내 힘으로 글을 써본 것이 진짜 실력이 되어 다음 단계로 넘어갈 기본 바탕이 되어준 것이다.

내가 '글을 좀 더 잘 쓰고자' 하는 목표를 가진 이유는 사실 이것이야말로 가장 좋은 직업 훈련이기 때문이다. 리버럴 아츠 칼리지에서 정상적으로 4년 공부를 마친 이들이라면 보고서 작성은 누구나 할 수 있게 된다. 이것은 변호사가 되어 법률 사무소에서 일하든, 아트 딜러가 되어 갤러리에서 일하든, 모든 전문직 분야에서 요구되는 기본 소양이다. 나는 '일을 시켜보면 한국 유학생들은 보고서를 전혀 쓸 줄 모른다.'는 말을 듣기 싫었고 무조건 남들보다 뛰어난 글을 쓰기를 원했기 때문에 일부러 페이퍼를 많이 써야 하는 수업만 골라 들었다. 안타까운 점은 한국 학생들은 한국에서도 혼자 글을 써보는 것을 해볼 수는 있겠지만, 문제는 정해진 마감 시간 안에 일정한 분량의 완성도 높은 글을 써야 하는 엄청난 에너지가 소비되는 상황에 익숙하지 않다는 점이다. 어느 정도 강요되는 상황이 아니라면 쉽사리 들어가지 않으려고 몸부림칠 수밖에 없는 게 바로 '완성도 높은 글' 쓰기다. 그렇기에 한국 중고등학교와 대학교에서 다른 것은 다 집어치우고 글쓰기 훈련에 더욱 신경 쓰면 하는 바람이다. 결국 그것이야말로 고도의 지적 교육이고, 전 세계에서 인재로 살아남는 길이다.

역사책은 소설책 읽듯이

내가 존 F. 케네디에 갑자기 호기심을 갖기 시작한 것은 순전히 재키 덕분이었다. 묘하게도 나는 존 F. 케네디와 재클린 케네디를 한 쌍으로 보지 않고 영부인에 대해서만 협소하게 공부하고 있음을 깨달았다. 그러던 차에 2011년 공개된 '존 F. 케네디와의 삶에 대한 재클린 케네디와의 대화' 육성 녹음 파일을 구해 재키의 말을 듣던 중, "잭(존 F. 케네디의 애칭)은 결코 소설을 읽는 법이 없었어요."라고 말하는 남편에 대해 말하는 부분을 듣고 문득 호기심이 갔다. 케네디와 내가 책 읽는 취향이 유사하다는 것을 발견하고 어쩌면 이제부터 관심의 폭을 확대해 그를 공부해봐야 할지도 모른다고 생각했다. 케네디와 마찬가지로 나는 소설을 평상시에 읽은 법이 거의 없었는데, 내가 고르는 책은 모조리 역사책 아니면 전기였다. 소설을 읽으며 환상의 세계로 빠져들기에는 너무 시간이 아깝다고 느꼈기 때문인데, 내가 책을 읽는 이유는 오히려 재키처럼 현실에서의 도피 수단이 아닌 잭처럼 무언가를 배우고 얻어가기 위함이었기 때문이다.

직감적으로 케네디에게서 공통점을 더 많이 찾아내 배울 수 있을 거라고 느낀 나는 도서관에 달려갔다. 도립도서관에는 아쉽게도 케네디 전기가 달랑 한 권 있었는데, 그게 바로 로버트 댈럭의 《케네디 평전》 1, 2부였다. 1,400쪽짜리에 이르는 퓰리처 수상자이기도 한 사학자의 재구성으로 이루어진 이 책은 전반부는 대통령 당선 이전, 후반부는 이후의 케네디의 모습을 생생하게 다루고 있다. 나는 일찍이 이렇게 유려하고 세련되면서도 독자의 시선을 사로잡는 문체를 본 적이 없다. 1, 2부로 구성된 《케네디 평전》은 고등학교 3학년 5월부터 나의 교과서나 다름없는 지침서 역할을 했다. 마치 수험생이 공부를 하듯 책에 밑줄을 치고 여러 번 반복해서 읽으며 인상적인 부분을 달달 외우려고 노력했다. 나는 댈럭의 문체에 매료되어 대학교에 입학하자마자 영어 원본 두 부를 구해서 한 권은 너덜너덜해질 때까지 형광펜으로 그어가며 문장을 꼼꼼하게 참고해 나만의 요약본을 만들기도 했다. 지금 생각해보면 매우 무식한 방법이었지만, 당시 영어 문체가 완전히 성립되지 않은 상태에서 어떠한 하나의 완성된 페이퍼를 제출한다는 것은 불가능하다고 보았다. 내가 우수하다고 생각하는 다른 사람의 글을 악착같이 똑같이 베껴 써보면서 자연스럽게 몸에 맞게 해보려고 노력했다. 이런 과정이 반복되자 나의 고유한 문체가 형성되었다. 그리고 그 끊임없는 노력 덕분이었는지, 지금은 대학교에서 페이퍼를 쓰는 일 때문에 괴로워하지 않게 되었다.

나는 이 책의 저자를 너무나 만나보고 싶어 보스턴 대학 교수진 프로필을 뒤지기도 했다. 보스턴에서 컨퍼런스라도 열리면 당장이라도 찾아갈 요량으로 말이다.(컬럼비아, UCLA, 옥스퍼드, 스탠퍼드에서 교편을 잡은 경력이 있는 로버트 댈럭 미국 근대사 교수는 2004년 보스턴 대학교에서 은퇴했다) 평전의 거장이라 불리는 로버트 댈럭의 《케네디 평전》을 읽고 배운 것이 너무나 많지만 그중 가장 크게 느낀 점을 꼽자면 역사란 바로 스토리텔링이라는 점이다. 아이러니하게도 내가 소설을 읽지는 않지만 역사책을 좋아하는 이유는 바로 역사란 끝나지 않는 소설이라는 점 때문이다. 나는 어렸을 때 즐겨 읽던 몇 권의 소설을 하염없이 반복해서 읽고 나면 너무나 아쉬워 '그 뒤 주인공에게는 무슨 일이 일어났을까?' '주인공이 만약 일기를 썼다면 무슨 내용일까?' '만약 이 편지를 보낸 후 답장을 받았다면 어떤 내용이 담겨 있었을까?' 이런 궁금증이 끊임없이 괴로울 만큼 생겨났다. 소설이 단 한 명의 작가의 세계관을 여실히 보여주는 것이라면, 그에 반해 역사는 스토리텔링하는 목소리가 무궁무진하게 많다. 역사 속 한 명의 주인공에 대해 쓰더라도 캐스팅되는 주변 인물들이 셀 수 없이 많으며 작가에 따라 새롭게 조명되어 등장하기도 한다. 또한 그 인물에 대해 쓰인 이 책 저 책을 읽어가며 역사 속 주인 공에 대해 미처 몰랐던 비화를 알게 되기도 하여 언제 어떤 주변 인물, 기자, 또는 역사학자가 새로운 정보가 담긴 책을 들고 나 타날지 모른다는 기대감이 있다. 그런 점에서 나에게 역사는 내 가 소설을 읽을 때 느꼈던 아쉬움을 채워주는 또 다른 세계였다.

또한 역사를 공부하는 것이야말로 현실 공부를 할 수 있는 가 장 좋은 교재라고 생각했다. 나는 인문계 고등학교를 다니다가 바로 홈스쿨을 한 케이스이기 때문에 주변에 외국 대학을 다니 는 선배들이 없어 앞으로 해외에서 어떻게 대학 생활을 보내야 하는지 조언을 들을 수가 없었다. 인생에서 가장 중요하다는 20 대 초반 대학 4년을 어떻게 보내야 하는지 전혀 감을 잡을 수가 없었다. 고육지책으로 《케네디 평전》을 다시 집어 들었다. 케네 디의 학부 시절 부분만 워드에 그대로 베껴 작성해 프린트 물로 만든 다음 꼼꼼하게 분석해서 대학을 마칠 즈음에는 어떠한 결 과물이 나와야 하는지를 대강 계산해볼 수 있었다. 케네디는 알 려진 대로 하버드에서만 4년 내내 다닌 것이 아니었다. 원래 프린스턴을 다니다가 휴학하고 하버드에 편입했다가 다시 런던 정경대에서 공부를 하는 등 다양한 학풍을 경험했다. 나는 그것이 인상적이었고 특히 그가 어떻게 여름방학을 보냈는지를 유심히 살펴보았다. 여름방학마다 한국에 들어와서 하릴없이 집에서 논다거나, SAT 학원에서 영어를 가르친다거나 하는 비생산적인 일을 하는 건 상상할 수 없었기 때문이다. 물론 케네디를 그대로 따라 한다는 것은 상식적으로 불가능하지만, 그가 이러이러하게 살았다는 객관적 자료를 상황과 처지에 맞게 응용하는 것은 온전히 나의 몫이었다.

내가 결정한 중간고사

유럽의 예술세계에서 벗어나 마운트 홀리요크에서 본격적으로 인문학 공부를 하는 데 온 신경을 쏟기로 마음먹었다. 창조에서 예술을 거쳐 인문학까지, 돌고 돌아서 드디어 대학생이 된 것이다. 1학년 봄학기에 선택한 수업은 랄프 왈도 에머슨과 헨리 데이비드 소로의 작품을 읽고 분석하는 영문학 수업, 이탈리아어 기초, 불어로 진행되는 프랑스 역사와 문명 수업, 그리고 프랑스 부르봉 왕가와 오스트리아 합스부르크 왕가 일원들을 공부하는 유럽 왕조와 제국 역사 수업 이렇게 4개였다.

대학에 와서 알게 된 사실이지만, 한 학기에 신입생이 들을 수 있는 수업은 보통 4개였고, 그 위 학년이 들을 수 있는 수업은 5개였다. 간혹 욕심을 부려 6개를 듣기 위해선 사유서와 학장의 허가가 있어야만 한다. 게다가 전공에 반드시 필요한 수업들과 학교에서 요구하는 기본적인 교양수업을 채우다 보면 닥치는 대로 공부를 하기에는 시간이 턱없이 부족하다는 것을 느끼게 된다. 게다가 나 같은 경우 역사와 저널리즘, 정치, 불어, 미술사 쪽으로 초점이 맞춰지면서 자연스레 철학이며 심리학, 사회학, 철학, 영문학을 거의 건드리지도 못하게 되어 매우 아쉽다. 따져보면 대학교 4년이 결코 긴 시간도 아니고 사회생활을 하게 되면 그만큼 개인적인 공부를 할 시간이 줄어드는 것을 감안한다면, 한국에서는 인문학 공부를 중학교 때부터 일찍 당겨서 하는 게 좋을 듯싶다.

내가 신입생 때 들은 수업은 대부분 3, 4학년을 위한 것으로, 1, 2학년은 특별한 이유가 있어야만 들어갈 수 있었다. 1학년이 듣는 수업은 100레벨로 입문 과정이라 하여 비교적 다루는 내용이 쉬우나 깊이는 없어, 시간이 아깝다고 느꼈다. 나는 바로 교수님께 왜 반드시 내가 이 수업을 들어야 하는지에 대한 열의를 보이는 이메일을 몇 통 작성 후 3, 4학년만 들어갈 수 있는 '유럽 왕조와 제국' 수업에 신입생 신분으로 들어갈 수 있었다.

이 수업이 인연이 되어 은퇴 전까지 나의 어드바이저를 맡아

해주신 프레데릭 맥기네스 역사 교수님은 고령의 연세에도 창의적이고 열린 사고를 하는 분이었다. 맥기네스 교수님은 우리에게 특별한 중간고사 시험을 내셨는데, 이는 바로 교수님을 프랑스의 장 바티스트 콜베르 재정부 장관이라고 가정하고 그가 모시는 주군인 루이 14세의 왕정의 정책에 관해 30분 동안 인터뷰 형식으로 논하는 것이었다. 신이 난 나는 도서관에서 이틀 밤을 새워가며 프랑스 왕들에 대한 저서들을 샅샅이 찾아보며 준비했다. 그러나 정보를 취득하는 데 있어 내가 가장 중요하게 생각한 것은 지금 당장 내가 눈길이 가느냐 안 가느냐였다. 나는 철저하게 정보를 소화할 수 없을 것 같다는 판단이 들면 버렸다. 줄줄이 지식을 외우고 있는 것보다는 내가 시험공부를 하면서 무엇을 얻고자 하는지, 무엇을 배웠는지를 끊임없이 고민하는 것이 효율적이라는 생각이 지배적이었다. 그래서 나는 나 자신에게 오히려 초점을 맞췄다.

"교수님, 저는 지극히 개인적인 이유에서 이 수업을 택했어요."라고 나는 중간고사 인터뷰 시험 당일, 맥기네스 교수님의 오피스 소파에 앉자마자 털어놓기 시작했다. "저는 고등학교 때부터 재클린 케네디에 관심이 많았고 케네디 정부에 대해 연구하는 것으로까지 이어졌죠. 제가 '유럽 왕조와 제국' 수업을 선택한 건 순전히 재클린 케네디가 어렸을 때부터 프랑스어를 익히고 프랑스 문학과 역사에 심취해 있었다는 점을 잘 알고 있기 때문이에요. 저는 분명 재클린이 케네디 가를 '미국의 왕조' 내지 '카멜롯 시대'라는 이미지로 탄생시킨 배경에는 그녀가 존경해 마지않았던 프랑스 왕과 정부들, 그리고 귀족들에 있다고 생각했고, 어떤 부분을 차용했는지를 공부해보고 싶었어요. 그래야만 저 또한 무언가 만들어낼 수 있다고 생각했거든요."

맥기네스 교수님은 미소를 지으며 계속 해보라고 하셨다. "교수님께서 교수님의 강의 계획표를 갖고 계시듯, 저는 제 나름대로의 공부계획서를 가지고 있어요. 제 목표는 맹목적으로 교수님의 세계에 뛰어드는 것이 아닌, 교수님의 세계와 제가 기존에 가지고 있던 호기심의 교집합을 찾아내 창의적인 시각에서 제 나름대로의 사고를 하는 거예요." 나의 당돌한 발언에 맥기네스 교수님은 눈을 반짝이시며 "너의 독립적인 사고라면, 이번 기말고사 페이퍼는 네가 하고 있는 케네디 연구의 연장선으로 보고 한 번 써보렴. 나도 무척 기대가 되는구나."라고 말씀하셨다. 문을 닫고 나오면서 나는 다리가 후들거렸다. 만약 한국이었다면 어림도 없었을 것이다. 교수님이 나만의 세계를 인정하지 않고 자유를 주지 않으셨더라면 턱도 없었을 것이다. 나는 입학할 때부터 오기와 배짱을 가지고 나만의 분명한 사고체계를 갖고 생활하고자 결심했고, 선생님께 일일이 채점 당하며 거기에 감정이 휘둘리는 어린 아이가 아닌 동등한 성인이라는 것을 분명히 했다. 대학 공부는 엄청난 지식의 홍수를 맞는 것이기 때문에 자기계발과 관련된 필요를 느끼지 못하면 시험공부든 아니든 재빨리 판단을 하고 바로 다음 공부를 해야 한다. 예전에만 해도 그런 판단 자체가 너무 두려워 오랜 시간을 낭비했던 것과 달리 나는 감정 훈련을 통해 고민과 갈등 없이 순간순간 찾아오는 선택의 문제들을 냉정하게 처리할 수 있게 되었음을 느꼈다. 자신감을 가지고 휩쓸리지 않고 내 갈 길을 가는 것이 성공적인 대학 생활의 지름길이며, 숫자로 명시된 성적표보다 사람의 마음을 움직이는 스토리텔링을 얻는 방법이다. 나는 그해 올 A학점을 받았다.

기록의 중요성을 깨닫다

미국에 도착하자마자 바로 대학교 도서관을 구경했는데, 한쪽 벽면이 케네디 일가를 다룬 책으로 꽉 채워져 있는 것을 보고 너무나도 행복했다. 한국에서는 서초동 국립 도서관에서조차 책을 구할 수가 없어 모조리 해외에서 공수를 하는 수밖에 없었는데, 그러다 보니 한 달 책값이 너무 많이 들어 나는 마음껏 영어책을 읽을 수 있는 공간에 갔으면 바라곤 했다.

문제는 이 많은 책들을 바쁜 학기 중에 언제 다 읽느냐 하는 것이었다. 수업 하나에 읽어야 하는 교재며 교수님이 따로 내주시는 프린트 물까지 상당한 양을 소화해야 했기 때문에 학기 중 수업 외 다른 책을 마음껏 읽는다는 것이 어려워 보였다. 나는 좋은 수를 생각해냈고, 그건 바로 수강신청을 하는 대신 독자적 연구를 하기로 학교 측에 허락을 받은 것이다. 우리 학교에는 독자 연구Independent Study라 하여 교수님이 강단에서 수업을 하는 것이 아니라 학생이 자율적으로 연구 계획표를 짜고 해당 전공 지도 교수님을 골라 혼자서 연구를 하는 또 다른 수업 방안이 있다. 이는 대다수의 리버럴 아츠 칼리지라면 갖추고 있는 탁월한 시스템이다.

이제 나의 '케네디 관련 책 읽기 취미'는 자연스레 '연구'의 탈을 쓴 채 '역사' 전공의 범주에 들어가게 되었고, 1년 동안 두 학기에 거쳐 진행했다. 2학년 가을학기에는 이차적 출처secondary source로서 이미 시중에 나와 있는 각종 보고서 및 연구물들을 읽는 것으로 진행했고, 2학년 봄학기에는 미국에서 구할 수 있는 대부분의 책을 다 읽어버려 일차적 출처primary source로서 1950~70년대까지 출판된 각종 신문, 잡지, 인터뷰 기사들을 수집해서 50년이 지난 뒤의 지금의 손질된 시각이 아닌 당대의 평가를 날 것으로 보는 작업을 했다. 나는 보스턴 콜롬비아 포인트에 있는 존 F. 케네디 박물관에 추수감사절 방학 동안 가서 전시회를 본 뒤 자료 열람을 하고 수집해온 갖가지 일차적 출처를 17쪽짜리 기말고사 페이퍼에 집어넣을 만큼 열의를 보여 교수님의 칭찬을 받기도 했다.

내친 김에 나는 아예 전공까지 역사로 바꾸었다. 런던에서 돌아왔을 때까지만 해도 나는 엄연히 미술사 전공이었다. 그러나 나는 내 시각이 역사의 한 갈래인 미술에만 초점이 맞춰지기보다는 폭넓은 세상 공부를 하고 싶었고, 어쩌면 무조건 대학 때까지 마치고 싶었던 케네디 공부를 할 수 있는 좋은 핑계거리도 되겠다고 생각했다. 내가 좋아하는 것을 파고들다 보면 사업 구상이든, 미래 구상이든, 직업 설정이든 해결되겠지, 굳게 믿었다. 게다가 마운트 홀리요크는 워낙 역사학부가 뛰어난 것으로 알려져 있어 제공되는 강의 카탈로그마다 모두 듣고 싶어 안달이 났다.

내가 케네디를 파고들면서 정치가 아닌 역사 전공의 범주에 넣은 이유는 솔직히 케네디의 정책이나 정치적 행보에는 깊은 관심이 없었기 때문이었다. 나에게는 케네디에 대해 읽는 것은 마치 대하소설을 읽는 것과 같아서 그들이 대중에게 어떤 이미지와 이야기를 선보이고 싶어 했는지에 오로지 초점이 맞추어져 있었다. 처음에 나는 단순히 일반 대중의 한 사람으로서 연예인에게 호기심을 가지듯 얕고 한정되고 조작된 정보를 소비하는 것에 그쳤는데, 어느 순간 이것이 '역사' 연구를 하는 것으로 탈바꿈이 되어 갑자기 다른 차원으로 넘어간 것만 같아 기분이 묘했다. 그야말로 열렬한 팬인 나는 '케네디 덕후'로서 내가 신이

나서 집요하게 찾아보는 건데 학교에서 판을 깔아주고 아예 학위까지 주니 말이다.

나는 심층적인 연구를 하면서 차츰 이들이 대중들에게 인기가 좋은 스타 대통령 부부의 위치에 만족하지 않고 깊이를 추구해 미래의 역사학자들이 연구를 하기에 충분한 의미를 부여하기 위한 노력을 한 흔적을 추적해나가기 시작했다. 재클린 케네디는 그녀의 업적보다는 패션 감각과 스타일로 더 알려져 있었으며, 엘리자베스 테일러에 견주어 영화잡지 표지에 오르는 스타성으로 더 유명했다. 여태껏 대통령 가족을 이토록 미국 대중이 사랑한 적은 없었다. 그들이 잡지에 실렸다 하면 판매 부수가 올라가는 등 그 인기는 하늘을 치솟았다. 그러나 그것은 정치에 전혀 관심이 없는 대중들에게 다가가기 위한 하나의 방편이었을 뿐, 그 너머로 그 둘은 역사가들에게 진지한 연구과제로 인정받기 위해 무수히 노력했다는 것이다.

무엇보다도 나는 케네디가 스스로 역사에 남을 준비를 진작부터 하고 있었다는 점이 놀라웠다. 역사를 기록한다는 것에 대한 의식을 분명히 가지고 케네디는 일찍부터 집요하게 자료를 남기기 시작했다. 아무리 기자들이나 역사학자들이 자신의 사생활이며 업적을 캔다 해도 정작 본인이 남겨놓은 자료가 없다면 완전한 역사의 재구성은 불가능하다는 것을 그는 알았으며, 자신을 호의적으로 바라봐주기를 위해서가 아니라 객관적인 판단을 통해 후세에 새로운 교훈을 주기를 바라는 마음으로 그는 대통령 집무실에서 자발적으로 대화 내용을 녹음파일로 만들기도 했다.

나는 기록의 중요성을 점차 깨닫기 시작했다. 명성을 신화와 전설로 옮기는 작업이 바로 기록에서부터 비롯된다는 비밀을 깨달은 것이다. 어떤 지식이든 유용하게 써먹을 수 있어야만 가치가 있다고 생각하는 나는 이 비밀이 한국 문화계에도 똑같이 적용되었을 때 가장 빛을 발할 것이라는 생각에 이르렀다. 한때 나는, 왜 한국의 대중문화가 같은 동아시아권에서는 인기가 많음에도 서구의 대중문화에 비해 격이 떨어지는 취급을 받는 것인지 궁금해서 찾아본 적이 있다. 오드리 헵번, 마릴린 먼로, 비틀즈 등 서양 문화의 스타들과 한국 스타들의 가장 큰 차이가 보이는 지점이 바로 이 턱없이 부족한 참고문헌 목록에서 볼 수 있다.

한국 연예계에서 팬들은 잡지나 혹은 가십 기사나 단신만을 접하는 것이 스타에 대해 할 수 있는 유일한 경로이다. 그런 한편 외국 스타들의 경우 영화 평론가나 영화 담당 기자가 아닌 한 평범한 팬의 노력으로도 필독서로 불릴 만한 일대기를 집대성한 전기 책자를 내는 일이 흔하며 이것이 전문가들의 반성을 추구하는 동시에 또 분발하는 계기가 되는 등 상호간의 발전에 좋은 자극을 준다는 것이다. 서양 문화권에서 꾸준히 선보이는 연구서들은 한국에서는 쉬쉬하는 부분들까지도 아주 세세하게 다루어지며 이렇게 축적된 연구 결과를 바탕으로 어느덧 역사의 일부가 된 그들은 쉽게 사그라들지 않는 가치를 유지하게 되는 것이다.

결국 이러한 기록을 남기는 것이 바로 지식인의 역할이다. 재키라는 한 사람의 삶을 추적하다 보니 나는 자연스레 태어난 1990년대 초반부터 생을 마감한 1990년대까지의 20세기 미국사에 통째로 관심을 갖고 알게 되었다. 의도하지 않은 사이 나는 한 개인을 통해 미국 지식사회를 들여다보고 배울 기회를 얻었고, 미국이 유럽의 강력한 영향력에서 어떻게 서서히 벗어나게 되었는지도 알게 되었다. 특히나 그녀가 대통령의 부인으로서 활동하던 1950년대, 1960년대는 나의 전문 분야가 되었고 인생설계를 하는 데 큰 도움을 주었다.

내가 재클린 케네디에 대한 신화를 깨뜨리고 현실적인 배움을 얻어갈 수 있게 한 데에는 수많은 미국 지식인들이 제 역할을 다했다는 점이 매우 크다. 그들이 기록이 후세에 나에게는 진정한 모습을 해부하는 교재가 되어주었기 때문이다. 그래서 한국에서는 나부터 먼저 내가 좋은 교육을 받는 특혜를 누렸다는 점을 인지하고, 전업 작가가 되지는 못하더라도 다른 사람들이 나의 경험이나 지식을 통해 배울 수 있는 하나의 교재를 만든다는 책임감을 가지고 꾸준하게 저술활동을 하고 싶다. 혼신의 힘을 다해 지적인 삶을 살아가고자 하는 사람이 고귀하다는 것을 역사를 통해 배웠기 때문이다.

앞으로도 내 인생을 살아갈 것이다

리스투아르L'histoire. 불어로 역사라는 뜻이다. 그러나 프랑스에서 역사와 이야기는 동음이의어다. 다시 말해, '리스투아르'라는 단어는 역사를 의미하면서 동시에 이야기를 지칭하기도 한다. '역사는 이야기다'는 프랑스인들의 사고방식을 이만큼 명쾌하게 보여주는 단어도 찾아보기 힘들 것이다.

라 팡 드 리스투아르La Fin de l'histoire. 이야기의 끝이다. 여기까지가 내 이야기의 끝이다. 그러나 역사와 이야기에 진정한 출구란 없기 때문에, 나는 내 인생을 계속해서 살아갈 것이다. 인생이 어떤 장애로 가로막히든 계속해서 진전하는 능력, 상상력에 대한 신념을 굳게 지니고서. 그렇게 리스투아르는 끊임없이 창조될 것이다.

나 또한 삶에 대한 불안을 안고 있다. 그러나 미래에 대한 젊은이의 불안은 그 애착과 애정의 농도를 의미하는 것이기에, 찬란한 불안이라 부르고 싶다. 우리 모두 불확실성을 안고 살아간다. 그러나 불확실성에 대한 통제만이 해결책은 아니다. 얼마나 많은 학생들이 불확실성을 통제하기 위해 스스로 불행을 자처했던가? 진리는 자신의 감정을 믿어야 한다는 말에 깃들어 있다. 우리의 감정은 때때로 이성보다 유능해서, 우리를 위해 준비된 인생을 살게끔 유도한다. 그 신호를 무시하는 것만큼 어리석은 일은 없을 것이다.

불안은 예술 창조 욕구의 본질이다. 예술가가 되지는 못하더라도, 자신의 삶을 예술의 수준으로 끌어올리는 노력은 누구나 할 수 있을 것이다. 위대함과 영속성에 대한 갈망과 용기만 가지고 있다면 우리 모두의 삶은 책의 한 페이지보다 위대해질 수 있다.

모험에 대한 열정을 일깨워야 한다. 재능과 개성을 찾아야 한다. 남들이 발굴해주기 기다리기 전에 스스로 깨우쳐야 한다. 위대한 천재들은 남들이 천재라고 불러주기 전에 자신의 천재성을 깨달았다. 위축당하지 않고 경쾌한 마음을 지켜나갈 수 있는 용기도 필요하다. 니체는 《권력에의 의지》에서 "명랑하게 살아라. 울부짖는 일 따윈 오페라 가수에게나 맡겨라."고 말했다.

너무나 많은 사람들이 재능은 남들보다 빨리 시작해서 우위를 점하는 것이라 착각하고 있다. 목적이나 방향 감각 없는 재능은 무의미할 뿐이다. 한때 반짝거리는 재능이 있다 하더라도 아무것도 창조해내지 못했다면, 쉽게 잊힐 것이다. 여러 세대를 지나쳐도 생명력을 잃지 않는 유산을 만들어내는 이가 아니라면 천재의 범주에 들어서지 못할 것이다. 천부적인 재능은 세상에 모습을 드러내기 전까지 보호받아야 하는 것임을 잊지 말자. 십대일 때 드러나지 않아도 조급해하지 말아야 한다.

영국의 시인 스티븐 스펜더Stephen Spender의 '나는 진정으로 위대했던 이들을 끊임없이 생각합니다."라는 시 구절처럼, 우리는 가짜가 판치는 세상에서 가식과 겉치레, 허례허식으로부터 진짜 감정을 구분해야 하며, 내면이 깊은 사람들만을 곁에 두어야 한다. 그리고 스스로 고귀해져야 한다.

이 책은 소신을 따라 아름답게 살고자 했던 한 소녀의 책이다. 책을 쓴 이상, 이 책은 나의 손을 떠나 고유의 생명력을 갖게 될 것이다. 자신의 주인을 스스로 찾아가기를 바라면서 이 글을 마친다.

시대를 만들어갈 용기, 상상력, 그리고 스무 살

이 책을 쓰면서 예상독자를 설정하지는 않았다. 만약 있다면 그건 십대 소녀였던 나 자신이었다. 십대일 때 그토록 보고 싶었으나 아무도 보여주지 않았던 그 무언가를 내가 성장하면 십대 소녀, 소년들을 위해, 나는 갖고 싶었으나 가질 수 없었던 것들을 창조해내고 싶었다.

한 시대를 만들어간다는 것은 결코 혼자서는 해낼 수 없는 일이다. 르네상스도 천재들이 동시다발적으로 탄생했기에 가능했다. 도래하고 있는 새로운 시대의 주인이 되기 위해 가장 중요한 것은 바로 상상력이다. 보이지 않는 미래를 상상할 수 없는 사람이라면 보이는 현실에 만족해야 한다. 가끔 상상력이 부족한 이들은 도저히 벌어질 수 없는 일이라며 나무라곤 한다. 그러나 이루어지지 않으면 어떠한가! 상상의 즐거움이란 상상하는 그 순간 자체가 커다란 기쁨이며, 동시에 가능성을 무한대로 확장하는 행위다. 상상하는 순간을 두려움 때문에 망칠 필요는 없는 것이다. 역사적으로 위대한 인물들 모두 어린아이다운 상상력을 평생토록 유지했다. 이 책이 어린아이처럼 상상력을 자유롭게 사용할 수 있는 용기를 주었으면 좋겠다.

상상력 다음으로 중요한 것은 자기 감각이다. 나는 자유의지와 운명이 상호배타적이라 생각지 않는다. 오히려 자유의지가 운명으로 이끈다고 생각한다. 내가 누구인지를 아는 것, 내가 무엇을 좋아하고, 무엇을 할 수 있는지, 그리고 무엇을 하도록 되어 있는지를 안다면 자기에게 주어진 길을 자유의지가 찾아갈 수 있도록 자유롭게 놔둬야 한다. 그것을 판단할 수 없다면 자기 자신에게 무관심하지는 않았는지 돌아봐야 한다. 가끔은 자기 감각을 잃어버리는 게 세상에서 가장 쉬운 일처럼 느껴질 정도니까. 이 책이 자기 자신을 찾는 데 용기를 주는 참고서가 된다면 좋겠다.

이제 나는 만 스물세 살이다. 앞으로 나에게 어떤 세상이 펼쳐질지 기대가 된다. 신나는 모험을 하는 기분이다. 세상에는 모험할 것들로 가득 차 있는 것 같다. 예고 없이 위기가 닥칠 수도 있겠지만, 극복해내리라 믿는다. 그럴 만한 용기를 갖고 있기 때문이다! 초등학생, 중학생, 고등학생 때까지 공부를 하면서 매번 고민과 고비가 찾아왔지만 언제나 최대한 긍정적으로 해석하기로 마음먹었다. 세상을 끝까지 순수하게 바라보는 눈을 지켜낼 것이다. 그렇게 하기 위해서는 매번 용기가 필요한 것 같다.

내가 무너지지 않고 나 자신을 지킬 수 있었던 데에는, 이 모든 것이 성장과 배움의 과정이라고 생각하기 때문인 것 같다. 열여섯 살 때부터 스무 살까지의 나의 여정은 알아가고, 배워가고, 깨달아가는 과정의 연속이었다. 천재성과 창조의 비밀, 몰랐던 예술, 그리고 역사의 중요성까지…. 각각의 시간과 공간에서, 그리고 그곳에서 만났던 사람들에게서 나는 모든 걸 흡수했고, 성장의 원동력으로 삼았다. 이걸로 내 십대를 잘 마무리한 것 같다. 성인이 된 만큼, 앞으로는 주변 사람들에게도 관심을 가지고, 특히 도움을 필요로 하는 이들에게 아낌없이 다가가고 싶다. 내 성장이 중요한 만큼, 다른 사람들이 성장하는 모습을 지켜보는 것도 너무나 신나는 일이다.

끝마치며 마지막으로 하고 싶은 말은, 여러분 모두와 함께 가고 싶다. 우리 모두가 합해져서 이루어야 할 시대의 소명이 있을 것이다. 우리 세대에서 이루어야 하는 것은 무엇일까? 그것을 함께 찾고, 함께 이루어가고 싶다. 그 동안 글을 쓰며 너무 많은 축복을 받았다는 사실을 깨달았기에, 사회에 그걸 돌려드리고 싶다. 사명감을 갖고, 그들을 위해 나 자신을 기꺼이 바칠 것이다.

2016년 7월

임하연